# 英美文学与西方文论融合研究

李艳 王乐 马强◎著

吉林出版集团股份有限公司

**图书在版编目（CIP）数据**

英美文学与西方文论融合研究 / 李艳，王乐，马强
著．— 长春：吉林出版集团股份有限公司，2021.9
ISBN 978-7-5731-0532-5

Ⅰ．①英… Ⅱ．①李… ②王… ③马… Ⅲ．①英国文
学－文学研究－20世纪②文学研究－美国－20世纪③文学
理论－研究－西方国家－20世纪 Ⅳ．①I561.06
②I712.06③I0

中国版本图书馆 CIP 数据核字 (2021) 第 214055 号

## 英美文学与西方文论融合研究

| | |
|---|---|
| **著　　者** | 李　艳　王　乐　马　强 |
| **责任编辑** | 王　平 |
| **封面设计** | 林　吉 |
| **开　　本** | 787mm×1092mm　　1/16 |
| **字　　数** | 230 千 |
| **印　　张** | 10.5 |
| **版　　次** | 2021 年 11 月第 1 版 |
| **印　　次** | 2021 年 11 月第 1 次印刷 |
| **出版发行** | 吉林出版集团股份有限公司 |
| **电　　话** | 总编办：010-63109269 |
| | 发行部：010-63109269 |
| **印　　刷** | 北京宝莲鸿图科技有限公司 |

ISBN 978-7-5731-0532-5　　　　　　　　　　　定价：78.00 元

# 前　言

西方文论主要指的是流传于以欧洲为主的西方世界的文学理论，它是对文学创作和欣赏实践的总结，也是对文学本身及其要素、功能、结构等方面进行思考的结晶。

西方文论是一门相对独立的学科，它以研究西方文学的本质、特征、功用以及创作、欣赏、发展的规律为己任，是文艺创作实践的概况，也是时代现实和社会思潮在文艺领域的理论反映。多年的英语专业教学实践表明，西方文论课程的开设对提高学生的人文素质、增强学生的文学欣赏力、扩大学生的知识面起着积极的作用。

本书首先介绍了 20 世纪西方文论的理论背景、演进历程、基本问题与发展趋势，从整体上把握 20 世纪西方文论的理论脉络，对该时期西方文论的主要派别与现状做全面梳理，通过归纳分析和理论描述，展现这一时期西方文论的文化精髓与思想状貌。本书重点摘选了具有代表性的英美文学，并从西方文论派别的角度进行赏析解读，分析了两者的融合点，观点较为新颖，对于该领域的研究具有一定的借鉴意义。

本书的主要内容包括西方文论发展概述、结构主义、读者反映批评、精神分析批评与西方马克思主义、女性主义、后结构主义、后殖民主义、文化唯物论和新历史主义等内容。

由于笔者水平有限，时间仓促，书中不足之处在所难免，望各位读者、专家不吝赐教。

作　者
2021 年 3 月

# 目　录

# 第一章　西方文论发展概述

20 世纪是一个文学理论繁荣的世纪，美国著名的文学理论批评家、耶鲁大学比较文学教授雷纳·韦勒克曾说："18 和 19 世纪都曾被称作'批评的时代'，而 20 世纪却真正应该给予这个称号。"[①]20 世纪的文学理论达到了一个前所未有的发展高峰，不但文学理论流派层出不穷，新见迭出，而且文学研究的方法论意识更加自觉，文学批评理论在人文学术中的作用也更加明显，体现出了文学理论知识生产与传播的进步以及文学研究格局的深化。了解和把握 20 世纪文学理论的历史与现状，首先需要掌握它的理论背景、发展历程及理论特征，进而需要把握 20 世纪西方文论的理论脉络、主要派别、文化精髓与思想状貌。

## 第一节　20 世纪西方文论的发展历程

20 世纪是人类社会历史发展进步的重要历史时期，也是一个曾经给人们带来无限欣喜、激动、彷徨、哀伤、痛苦、迷惘的时期。20 世纪西方文论诞生在西方 20 世纪社会发展的复杂历史语境之中，与西方现代性社会发展和文化语境有着密切的联系。以语言学转向和俄国形式主义文论的崛起为标志，20 世纪西方文论开启了思想发展与理论转型的历程，在形式主义、英美新批评、结构主义、精神分析、现象学、存在主义、解释学与接受美学、西方马克思主义、女性主义、后现代主义、后殖民主义、文化研究等理论发展中，拓展了文学批评的视野，更新了文学批评的方法，丰富了文学研究思想，所涉及的领域除了文学之外，还包括美学、社会学、哲学、人类学、政治学以及一些特殊的艺术种类，如绘画、雕塑、电影等，理论研究蔚为壮观，产生了广泛且深刻的人文影响。

### 一、20 世纪西方文论的社会背景

按照英国文化理论家雷蒙·威廉斯著名的"情感结构"理论，一定社会的文化历史演进过程与一定社会历史阶段人们的精神、情感和心理呈现出某种趋同性的张力，并往往表现为理论上、美学上的审美表达机制。20 世纪西方社会文化历史的演进过程非常复杂，从而 20 世纪西方文论的社会背景也呈现出高度的复杂性。20 世纪西方文论诞生于 20 世纪西方社会历史文化发展的独特背景之中，它的整体面貌、理论形态、思想精神与

---

① 雷纳·韦勒克.20世纪西方文学批评[M].刘让言译.广州：花城出版社，1989.

社会历史语境之间也存在某种"情感同构"的特征。具体而言，20世纪西方社会工业与后工业的发展环境构成了20世纪西方文论发展的社会背景。首先，20世纪西方文论的发展演变是以20世纪西方社会现代化演进过程为核心背景的。20世纪是人类社会有史以来现代化发展最为迅速的时代，凭借现代科技、信息革命的成果，人类社会展现出了前所未有的现代化成就。自然科学领域中被称为"20世纪三大自然科学理论代表"的"爱因斯坦相对论""哥本哈根学派量子力学""混沌学"彻底刷新了科学研究的历史。从1946年，世界上第一台计算机ENIAC在美国宾夕法尼亚大学诞生，到互联网技术的飞速发展；从1926年苏格兰人约翰·贝蒙德以"尼普科夫圆盘"制造的影像机，到高端云电视的普及；从1953年DNA的双螺旋结构的发现，到1996年世界上第一只克隆羊"多莉"的诞生……20世纪以来，人类在科学技术上的每一次重大改变，都极大地促进了生产力的发展，极大地改变了世界面貌。在科学技术的推动下，电子信息技术和电子通信技术飞速发展，社会生产率不断提高，国际投资不断增加，跨国公司大量涌现，金融全球化发展迅速，信息产业的比重大幅度上升，人类的全球性交往活动日益便捷，现代西方社会由此开始了由工业社会向后工业社会的转型过程。正是在这种后工业社会转型中，20世纪西方文论从多个侧面展现了与传统文论不同的理论形态与精神特征，批评理论的发展呈现出丰富多彩的局面，各种哲学思潮、理论流派、文学观念、价值取向层出不穷，不但对传统哲学美学与文论观念构成了冲击和挑战，而且诸多流派的理论逻辑、价值观念相互交融，理论承继关系复杂，这些重要的变化离不开西方工业与后工业社会发展的促动。19世纪德国诗人、思想家海涅曾经说过，每一个时代都有它的重大课题，解决了它就把人类社会向前推进一步，理论上的发展与变革也正是社会现代化演进历程的文化征兆。

其次，随着经济全球化和文化多样性的发展，在以蒸汽机和电力为标志的人类的第一次科技革命、第二次科技革命和以原子能、计算机、空间技术为标志的第三次科技革命的基础上，人们的生活观、价值观、消费观也发生了重要的变化，从而引起20世纪西方社会领域中科学与人文的对立与冲突。20世纪西方文论，特别是欧美文论，大多产生在已进入后工业化社会或信息社会的发达资本主义国家，在后工业社会中，媒介信息的发展加速了本土化和全球化的进程，同时也带来了人的观念的巨大变化。加拿大学者马歇尔·麦克卢汉曾有一句名言："媒介即是信息。"① 在麦克卢汉看来，现代社会的媒介的发展不仅是传播方式的变化，更主要的是人的延伸。媒介为人们创造了新的角色，使人深深卷入工作和人际交往的新组合中。这种变化也颠覆了传统的、机械的科学技术所创造的人的价值观念，从而带来独特的"文化境"观。在后工业社会中，随着社会经济结构的调整，人类日常交往方式的变换也改变着人类的生产方式和生活方式，包括科学技术变革在内的信息媒介的变革在广泛影响人们的生活空间的过程中也对生活主体产

---

① 赫伯特·马歇尔·麦克卢汉.理解媒介 论人的延伸[M].何道宽译.北京：商务印书馆，2000.

生了重大的影响，进而影响科学与人文的交融。在 20 世纪西方文论的发展中，受科学主义的影响，曾经有很长时间科学主义文论占据文论发展的主要内容。无论是形式主义、英美新批评还是结构主义，都存在着文学科学的理想，科学主义文论的发展极大地启发了 20 世纪西方文学理论的一些重要观念，开启了 20 世纪西方文论的新篇章。但是，在社会语境的迅速变革中，科学主义文论最终难以抵制社会多元发展以及文化多样性所带来的各种冲击，特别是日常生活领域的变革所带来的审美自律层面的冲击。20 世纪西方文论的发展演变从整体上呈现出科学与人文的不同层面的相互影响，这不仅是科学向人文的转换，更主要的是依托后工业社会、媒介变革以及信息社会、日常生活审美化的变化，在文学理论的整体精神层面展现出的理论的深化与精神的变革。在文化研究崛起之后，这种科学与人文交融发展的态势已经非常明显，科学、媒介与日常生活的变革既构成了20 世纪西方文论发展的一种长期的社会语境，同时在漫长的革命式的发展中，也已经成为它的思想主题。

最后，如果抛开这种现象层面的观察，我们会发现 20 世纪西方文论还拥有一种审美现代性的主题。现代性以及审美现代性本身是 20 世纪西方文论研究中的核心问题，但在 20 世纪西方文论的发展中，审美现代性不仅是作为问题存在的，更是作为语境存在的。作为语境存在，也使 20 世纪西方文论的发展历程增添了科学、媒介与日常生活变革层面的理论和思想深度。美国学者马歇尔·伯曼曾指出："所谓现代性，就是发现我们自己身处一种环境之中，这种环境允许我们去历险，去获得权力、快乐和成长，去改变我们自己和世界，但与此同时它又威胁要摧毁我们拥有的一切，摧毁我们所知的一切，摧毁我们表现出来的一切。"[①] "它将我们所有的人都倒进了一个不断崩溃与更新、斗争与冲突、模棱两可与痛苦的大旋涡。所谓现代性，也就是成为一个世界的一部分，在这个世界中，用马克思的话来说，'一切坚固的东西都烟消云散了'。" 20 世纪，现代化的影响毫无疑问已经扩展到全世界，科学技术与媒介的发展带来了文化艺术的繁荣，但同时也导致工具理性的膨胀以及生活的平庸化、文学精神的平面化和艺术精神的破碎化。泰勒曾指出，在现代性社会中，所谓"一切坚固的东西都烟消云散了"，那是因为"人们不再有更高的目标感，不再感觉到有某种值得以死相趋的东西"。在充分享受 20 世纪的科技进步、经济增长、财富增值以及社会变革的成果的同时，人们也深刻地感受到了现代性社会发展的种种精神分裂与价值困惑。奥地利著名社会学家康拉德·洛伦茨在他所著的《文明人类的八大罪孽》中曾提出了威胁人类生存的种种危机，包括生命系统的机能障碍、人口爆炸、生存空间的破坏、追逐金钱过程中的恐惧性忙碌、"快乐刺激"中情感的暖死亡、否定传统后的文化危机、现代大众传媒的"灌输危机"等。他认为这些罪孽是人类文明发展的结果，这些罪孽既相互独立又互相联系，"它们不仅使人

① 马歇尔·伯曼.一切坚固的东西都烟消云散了：现代性体验[M].徐大建，张辑译.北京：商务印书馆，2003.

类的现代文明出现衰竭征兆，而且使整个人类'物种'面临着毁灭的危险"。[1]与此同时，美国学者 L.J.宾克莱在《理想的冲突》中认为，20 世纪几乎人类努力的一切领域都发生了巨大的变化，但他同时认为，"这些变革一方面增添了我们生活的乐趣，另一方面却使我们的生活更加紧张和不安"。[2]俄国思想家别尔嘉耶夫曾这样表达过他对 20 世纪的体验："孤独是我生命的基本旋律，我时感自己十分孤独。但依从自己的积极性和战斗性，我又周期性地进到现实的众多领域中去。然而现实总那么令人沮丧，幻灭感总时时折磨着我。"[3]在 20 世纪人类历史发展的过程中，类似别尔嘉耶夫这样的感受不在少数，所以，面对 20 世纪西方资本主义社会的文化危机和思想危机，马尔库塞曾饶有兴致地问在经历奥斯威辛劫难之后，写诗还有可能吗？ 20 世纪西方文论的众多理论流派都有这种现代性的思想特征，理论层面的发展变化既体现了人们的智识能力的发展以及思辨精神的进步，同时也刻写出了思想求索的印迹。当我们欣喜于"批评的世纪"中理论的飞跃时，我们更不要忘记其实这也说明了至今为止人类仍未找到一条合理地解决生存与发展的理想途径。因此，在 20 世纪西方文论的发展中，只要审美现代性的核心问题还存在，那么，"人，诗意地栖居"仍然是人类一厢情愿的理想。在这样一种现实情境下，那句著名的刻在阿波罗神庙柱子上的古希腊箴言"我是谁？ 我从哪里来？ 我到哪里去？"似乎更有了重新思考的必要。在后现代文化的进逼越来越明显的今天，或许在有的时候我们不得不放下终极的关怀以寻找现实的种种可能，但只要我们没有放弃思考，理论的研究就会仍然作为一种思想底色与文化原质起到重要作用。因此，虽然现代性的社会发展给我们提出了很多严峻的问题，但 20 世纪西方文论仍然具有严肃对待当代文学问题的接受语境的能力。在这方面，对 20 世纪西方文论文化语境的考察也必须作为一种思想探索的要素纳入我们的研究中来。

## 二、20 世纪西方文论的发展历程

20 世纪西方文论的发展历程呈现出复杂纷繁的态势，无论是从历史的角度归纳梳理，还是从理论与问题的层面做横向探究，都难免挂一漏万，下面，我们仅从研究主题方面对 20 世纪西方文论的发展历程做概要性的梳理。

### （一）语言学转向

在 20 世纪西方文论中，"语言学转向"既是一种理论发展的内部促发因素，也是一个严肃的理论问题。严格意义上的"语言学转向"不仅发生在文论研究领域，而且发生在哲学、语言学领域，最终对包括 20 世纪西方文论在内的整个人文学科产生了非常重要的影响。20 世纪西方文论中的"语言学转向"与索绪尔的《普通语言学教程》所开创的现代语言学理论有直接的关系。索绪尔是瑞士语言学家，现代语言学的奠基人，1916

---

① 康拉德·洛伦茨.文明人类的八大罪孽[M].徐筱春译.合肥：安徽文艺出版社，2000.

② 宾克利，马元德.理想的冲突：西方社会中变化着的价值观念[M].北京：商务印书馆，1983.

③ 林贤治编选.被驱逐的人[M].贵阳：贵州人民出版社，1999.

年在日内瓦出版了著名的《普通语言学教程》。在这部著作中，索绪尔认为语言是一个在其内部一切都互相联系的系统，"语言本身就是一个整体、一个分类的原则"。<sup>①</sup>他提出了"能指"与"所指""共时"与"历时""语言"与"言语"等一系列重要的语言学概念，不但开启了现代语言学研究的历程，而且影响了20世纪西方文论的理论转折。由于索绪尔的语言学研究强调共时性语言学、语言系统和结构以及能指符号本身的研究，它影响了什克洛夫斯基、艾亨鲍姆、雅各布逊等理论家关于文学研究对象、方法与文学本体研究的新思考。在20世纪文学批评领域，俄国形式主义、英美新批评、结构主义、后结构主义等理论流派明显受到索绪尔及其"语言学转向"的影响，心理分析批评、存在主义、新历史主义等理论流派虽然没有明显受索绪尔的影响，但它们的理论观念共同行进在"语言学转向"所开启的文学"内部研究"的过程中，索绪尔的《普通语言学教程》与韦勒克、沃伦的《文学理论》所确定的文学"内部研究"传统也一并构成了20世纪西方文论内部转向的重要契机。

德国哲学家伽达默尔曾说过："毫无疑问，语言问题已经在21世纪的哲学中获得了一种中心地位。"英国文学理论家特里·伊格尔顿也指出："语言虽然有其问题、神秘性和内涵，却已经成为20世纪知识生活的标志和不可摆脱的东西。"在"语言学转向"的背景下，20世纪西方文论研究的一大变化就是开始将语言问题作为文论研究的基础性和核心的问题，传统语言学与文学的意义生成过程受到了极大的挑战，在意义/语言之间的工具论语言观被本体论意义上的语言观念代替，"文学是语言的艺术""文学的第一要素是语言""语言是文学的工具"等文学观念被抛弃了，文学意义展现从"'我'在说'话'"变成了"'话'在说'我'"，从而促成了文学研究中的文学文本概念与理论的出现。特别是在英美新批评、结构主义的文本观念中，语言不再仅仅是中介，而是变成了一种完整的关于社会生活的幻想，文学研究的对象也不再是理性、思想或内容，而是形式、结构等文学的内部语言问题。倡导文学"内部研究"的韦勒克、沃伦就认为："社会性的文学只是文学中的一种，而且并不是主要的一种……文学不能代替社会学和政治学。文学有它自己存在的理由和目的。"<sup>②</sup>这种理由和目的在雅各布逊等人看来就是文学之所以成为文学的东西，即由文学作品的基本结构构成的"文学性"；瑞恰兹则认为是语言和思想的关系，即我们说话和写作的意图，简而言之就是"语言的功能"。兰色姆则认为是文学的肌质，肌质才是诗的本体，并坚持认为："如果一个批评家，在诗的肌质方面无话可说，那他就等于在以诗而论的诗方面无话可说。"<sup>③</sup>

在20世纪西方文论中，"语言学转向"所涉及的问题不仅在于文学文本理论，还广泛地存在于其他的文化理论中。比如在存在主义理论看来，语言是人的生存方式，语言在艺术中是创造意义的场所，意义不再是简单地先于语言并决定语言，而是意义在语

① 费尔迪南·德·索绪尔.普通语言学教程[M].高名凯译.北京：商务印书馆，1980.

② 刘庆璋.欧美文学理论史[M].福州：福建教育出版社，1995.

③ 赵毅衡编选."新批评"文集[M].天津：百花文艺出版社，2001.

言中被创造出来；在文化研究理论中，语言不仅指狭义的语言符号，而且扩展开来指广义的非语言符号，如绘画、建筑、雕塑、香水、广告、时装系统等，甚至任何文化过程似乎都可以被视为语言机制而加以研究。很显然，在"语言学转向"中，这种从"外"到"内"的转移不仅是文学研究对象的变化，更主要的是文学研究方法上的转化，在这种转化背后隐藏着一种对长期以来文学传统的批判乃至背离的努力。20世纪60年代以后，伴随着"新批评"学派在西方文论统治地位的终结，"语言学转向"的影响渐渐消除，但它的影响在20世纪西方文论的发展历程中却是不容忽视的，也是我们把握20世纪西方文论发展历程的一个重要的理论基础。

## （二）形式主义文论的发端

英国文学理论家特里·伊格尔顿在他的《文学理论导论》中曾经提出，20世纪文学理论的重大变化是在1917年。因为这一年，俄国形式主义者维克托·什克洛夫斯基发表了他的拓荒性论文《艺术即方法》，"自那以后，文学理论取得了惊人的发展"[①]。坚持这种看法的不止伊格尔顿，很多研究者都把形式主义文论登上历史舞台作为20世纪西方文论的起点。这主要是因为从文学理论的发展来看，形式主义文论的出现的确导致文学理论观念的重大变革。尽管作为俄国形式主义文论的代表人物之一的雅各布逊曾经很不满意人们将他们称为"形式主义者"，而坚持认为他们是文学"特性论者"，并认为"形式主义"这种说法造成一种不变的、完美的教条的错觉，这个含糊不清和令人不解的标签，是那些对分析语言的诗歌功能进行诋毁的人提出来的。但是，毫无疑问，他们的文学理论观念在20世纪文学理论史上存在着形式变革的因素。

从学理层面上来说，形式主义文论在根本上是再次叩问文学真谛的尝试，它有着关于文学之为文学的新的理解和解释。荷兰学者佛克马提出，在"欧洲各种新流派的文学理论中，几乎每一流派都从这一'形式主义'传统中得到启发"[②]。在文学理论研究中，形式的确是一个重要的问题，从康德以来，各种形式主义文学批评都努力对文学做出新的理解和解释，并进而扫荡那些僵化的理论观念和批评模式。形式主义文学批评对历史的放逐体现了他们对理想中的普遍的文学理论或统一标准的文学观的追寻。但正是因为他们这种偏执的方式，在形式主义文学批评的反叛和颠覆的全部过程中，来自它的对立面的批评声音从来就没有停息。形式主义文论自20世纪初诞生以来，从最早的托洛茨基到巴赫金，再到西方马克思主义文论中的杰姆逊、伊格尔顿、托尼·本尼特等，各种批评声音不绝于耳，理论立场不一而足。但也正是在这些理论批评中，形式主义文论的理论影响日益明显，它和其他理论思潮的交融、对话也展现出了非凡的理论启发。巴赫金、伊格尔顿、托尼·本尼特等学者都非常重视形式主义文论的理论遗产，并努力对形式主

① 巴微，段吉方.意识形态与文学形式:特里·伊格尔顿对形式主义批评的反思与批判[J].中外文化与文论，2014（2）.

② 佛克马，易布思.二十世纪文学理论[M].林书武，等译.北京：生活·读书·新知三联书店，1988.

义和其他理论思潮的对话与联系做学理总结和理论透视。所以，在 20 世纪西方文论中，形式主义文论不仅仅是就俄国形式主义而言的，而且是指广泛地具有形式研究特性的理论思潮，包括索绪尔的语言学观念、康德美学以来的现代审美形式研究理论，也涵盖了俄国形式主义、英美新批评、结构主义、叙事学等理论的内核，这些理论思潮本身提出了很多重要的理论问题；同时，在对这些理论思潮的反观中也蕴含着深刻的思想能量，那就是托尼·本尼特提出的，如何挖掘形式主义的学理资源，进而超越形式主义的文本形而上学的问题，很显然这是值得我们接下来认真关注的地方。

当然，20 世纪西方文论中的形式主义批评观念仍然存在着很多理论上的不足，伴随着 1930 年什克洛夫斯基那个"告别革命"式的宣言，20 世纪初最先举起形式主义革命大旗的俄国形式主义文学批评流派很快就偃旗息鼓了；而在 20 世纪 40 年代的美国，在"新批评"之后，"结构主义还几乎没站稳脚跟，它的前景便化为乌有"；紧接着，随着"德里达领导的解构之兵，成功地攻占逻各斯的巴士底狱之后，20 世纪形式主义文学批评苦心经营的种种批评实绩终于土崩瓦解"。在形式主义批评按着"形式的逻辑"颠覆了文学的历史和社会研究的合理性之后，20 世纪中后期以来，那些曾被形式主义批评指责为"历史主义者"的文学理论家又按着他们拿手的"历史的逻辑"再次颠覆了形式主义批评的合理性，20 世纪西方文论在"语言学转向"和形式主义批评中完成了一次文学研究"向内转"的变化之后，重新回归了历史与文化。之所以会有这样的"批评循环"，根本上还是因为像布尔迪厄说的那样形式主义反对各种历史化的雄心是建立在对其可能性的社会历史条件的无知基础上的。所以，形式主义批评者"只是把问题搬了家，而没有解决它"。[①]但尽管如此，形式主义批评仍然使 20 世纪西方文论完成了一次非常重要的批评转型，形式主义文论取消了传统的内容／形式二元论，对突破 19 世纪以来的文学研究传统的痼疾有重要的开创性作用，形式主义文学批评的"陌生化""文学性"等概念和范畴也启发了 20 世纪西方文论一些重要的理论观念的生成。形式主义文论处于 20 世纪西方文论的发端时期，但它的理论启发和渗透性的影响却一直连绵不绝，由此也可以看出它的理论价值和影响。

## （三）现代心理学批评的发展

在 20 世纪西方文论发展中，由现代心理学的成果引发的精神分析批评与后精神分析批评是非常重要的理论内容。自从奥地利精神病学医生西格蒙特·弗洛伊德创立精神分析学派以来，精神分析学的思想意义就一直处于学术界不断的争鸣探讨之中。经过一个多世纪的思想钩沉，精神分析理论巨大的冲击力已经在人文思想领域获得了淋漓尽致的表现，特别是精神分析理论与文学释义的共生关系更是引发了文学批评领域的重视，在精神分析与文学写作的关系上，人们也自然能够想到很多作家乃至文学大师，如劳伦斯、德莱塞、福克纳、海明威、卡夫卡、茨威格、普鲁斯特、菲茨杰拉德，诗人艾略特、

① 乔治·卡勒.文学理论[M].李平译.沈阳：辽宁教育出版社，1998.

庞德、里尔克等，他们也为在文学的园圃中探索精神分析与文学批评的理论渊源提供了重要的参考。

　　精神分析理论是 20 世纪西方心理学、哲学、美学等研究领域的重要学说，在 20 世纪二三十年代由弗洛伊德创立，经荣格、阿德勒、埃里克森等人丰富并达到繁荣，60 年代在拉康、霍兰德等人那里得到深入发展。目前，精神分析理论的发展早已超越了弗洛伊德当年所开创的理论格局，其理论影响也早已越出了心理学的范围，而广泛涉及人文社科领域。在 20 世纪西方文论的发展中，精神分析理论的影响已经鲜明可见，马克思主义、女性主义、解构主义、后现代主义等理论思潮都先后与精神分析建立了广泛的联系，同时精神分析理论的方法论与哲学影响也更加深远。在学术形态上，精神分析属于 20 世纪心理学研究领域的一个分支，它着重强调实验性，在研究方法上，精神分析理论强调人的无意识领域的发掘，注重人的心理本能与社会实践的关系，这有效地补充了马克思主义、女性主义等理论思潮所关注的问题领域的不足，同时它的无意识研究对人的内在心理状况的重视也与马克思主义、女性主义的社会历史批评相得益彰，马尔库塞、弗洛姆等人所坚持的精神分析式的马克思主义美学与理论批评就有效地展现了现代心理学的发展对文论研究的广泛影响。在哲学观念上，精神分析理论带有非理性思潮的特点，存在着心理与社会、理性与非理性、人本与科学的尖锐对立，其间的矛盾蕴含着重大的思想问题，这也对 20 世纪西方文论有效借助精神分析的理论资源，发掘人类主体研究的隐蔽现实和规律有重要的启发，拉康、霍兰德、克里斯蒂娃等学者的理论研究不同层面地展现了精神分析理论的思想魅力。精神分析理论开拓了 20 世纪西方文论的理论视野，促进了 20 世纪西方文论的方法论的更新，是把握 20 世纪西方文论理论走向的不可忽视的内容。

### （四）审美经验研究

　　审美经验研究是一个几乎贯穿于 20 世纪西方批评理论发展过程的理论内容。审美经验通常又称为"审美趣味""审美判断"等，主要探究审美主体在审美活动中对审美对象的感受以及内在知觉体验的感性特征。审美经验是美学研究的一个基础性问题，20 世纪以来，随着西方近代哲学与美学的发展，文学理论中的审美经验研究日益重要，并以现象学、解释学、接受美学、读者反映批评等为主，形成一个以审美经验研究为核心的文论派别。

　　德国哲学家胡塞尔的现象学理论与方法奠定了当代美学视野中审美经验研究的理论基础。20 世纪初，胡塞尔有感于西方哲学的基础性危机，提倡一种回到知识的确定性基础的现象学理论，由此开创了现象学文论。现象学文论是一个有着承前启后影响的派别，存在主义、解释学、接受美学、读者反映批评与现象美学既有着密切的理论联系，同时又构成了理论观念上的"互文"反应。存在主义理论代表人物萨特曾经深受胡塞尔现象学的影响，他把胡塞尔的"纯粹意识"的概念和思想引入人的"存在"的命题，提出了

"存在""存在先于本质""他人即地狱""存在主义是一种人道主义"等概念和理论，在现象学美学理论的基础上阐发了重要的存在主义思想。解释学理论也曾受胡塞尔现象学的"回到事物本身"观念的影响，解释学理论先驱狄尔泰把胡塞尔的现象学还原方法引入解释学，反对早期解释学理论代表施莱尔马赫的自然实证主义倾向，提出建立一种以人的历史发展过程为核心的精神科学，并深入探索如何消除"解释的循环"问题，对解释学的方法论变革做出了重要的理论贡献。伽达默尔则继承胡塞尔、海德格尔的观念，把理解和解释与人的存在的基本方式结合起来，提出理解是真理发生的方式，最直接的解释学真理就发生在艺术理解活动中，解释和理解的目的是接近艺术真理，也就是接近存在，由此开创了现代解释学的理论传统。1966 年，联邦德国五位年轻的文艺理论家沃尔夫冈·伊瑟尔、弗尔曼、罗伯特·姚斯、沃尔夫冈·普莱森丹茨和尤里·施特里德聚集德国南部的康士坦茨大学，他们决心对传统的文艺研究方法进行一番彻底的变革，提出了一种新的理论，也就是"接受美学"的文本理论和读者反映理论。接受美学理论的崛起，既有其深刻的历史原因和现实土壤，又与审美经验研究有着复杂的理论联系，特别是姚斯的接受美学思想和伊瑟尔的文本阅读理论基本上是以审美经验研究为核心的，在理论上，它们吸收的仍然是胡塞尔现象学美学的理论内涵。以现象学美学理论为核心的审美经验研究从整体上促进了 20 世纪西方文论的发展。从现象学到存在主义、解释学，再到接受美学、读者反映批评，20 世纪西方文论存在着一条以审美经验研究为核心的相互之间有着密切理论联系的发展线索。

如何直面审美经验的问题也是 20 世纪西方文论研究中的一个重要的理论内容。在这条线索上还体现了一些重要的理论概念，如"现象学还原""先行结构""前见""视域融合""空白与未定点""期待视域""召唤结构""隐在的读者"，等等。这些理论概念也是把握 20 世纪西方文论理论发展历程及其相关理论流派内容的重要概念，需要我们在学习把握中进行认真的辨析。

### （五）"60 年代断代"

20 世纪 60 年代以来，在经历了法国 1968 年"五月风暴"以及种种社会历史文化的巨变之后，西方文论的发展更加复杂。20 世纪 60 年代以后，欧美主要资本主义国家的社会环境发生了重大的变化，特别是随着科学技术以及信息产业的飞速发展，整个资本主义社会的社会结构、经济结构发生了重大的变革，资本主义社会开始了向晚期资本主义或后工业社会的转型过程。20 世纪 60 年代，资本主义社会面临的文化、政治环境也日趋复杂，特别是随着第三世界的兴起以及英、法、德等国家左翼文化运动的兴起，各种社会文化思潮也对资本主义社会的文学生产和传播机制产生了极大的冲击和挑战。20 世纪 60 年代以后，西方资本主义社会的价值观念发生了重大的变化，消费文化、大众文化等新兴文化日益崛起，对传统的文学观念及其文化理想也产生了强烈的冲击。美国文学理论家杰姆逊曾经用"60 年代断代"来形容 20 世纪 60 年代以来西方社会发生的各种文化变革，并且总结了它在文化与政治层面的诸种表现，如"第三世界"的崛起、"他性"政治的出现、"哲学的萎缩""主体的死亡""符号的历险"，等等。[①]杰姆逊指出，20 世纪 60 年代以来，西方资本主义社会面临着文化与社会层面的结构性断裂，"历史再现正像其远亲线性小说一样，确实处于危机之中，原因也极其相像"。[②]20 世纪 60 年代以后，西方文论的发展正是在这样的社会语境下发生了重要的转变，其特征表现为以下三个方面：第一，从理论形态上看，20 世纪 60 年代以后，西方文论整体上体现出了超越"新批评"的文本研究的特征，特别是结构主义之后的文学理论不再遵循"新批评"以来的形式主义的文本自律的观念，文学理论研究开始更深刻地关注社会与文化政治。比如，法国学者罗兰·巴特在他晚年的自述中，就曾厌烦地说结构主义是一部"写作的机器"，认为结构主义的隐喻／换喻等文本概念使他感到拘谨，结构主义通过"留住概念、连续的激动、难以持久的狂热来进行"写作，而"留住意味着阻滞"。第二，20 世纪60 年代以后，随着西方哲学危机意识的加剧，西方文论的整体哲学基础开始从现代主义向后现代主义转变，文学理论的主体意识面临着日益零散化的趋向，文学和美学研究层面的反哲学、反文化、反美学、反艺术的特征日趋明显，特别是解构理论的兴起及新历史主义等文论的出现，更加剧了文学理论研究中的后现代主义理论和价值倾向。第三，20 世纪 60 年代以后，西方文论的理论模式带有明显的文化转向特点，西方马克思主义、女性主义、解构主义、后现代主义、后殖民主义等理论思潮更强调文学与美学的意识形态功能，美学与文化上的理论革新也更着眼于意识形态领域的变革，这些文论派别之间有着千丝万缕的联系，理论观念与价值层面的内涵与指向也更加复杂。

20 世纪 60 年代以后，由于特殊的社会文化与政治语境的影响，西方文论呈现出多元化发展的复杂态势。西方马克思主义、女性主义、解构主义、后现代主义、后殖民主义，每一种文论派别都具备自身的理论特点，理论展开方式及其表达形式也更加复杂，甚至让人眼花缭乱。这些理论思潮产生于西方哲学、历史与政治文化语境的讯息变化之中，并在文艺批评领域中凸显出它们的立场与精神，其中不排除有的理论思潮具有一种激进的锋芒，但有时，很多理论流派也带有暧昧游弋的立场。更值得注意的是，在这些理论派别中，很多理论家的身份都比较复杂，理论家的理论身份的跨界与理论流派直接的思想交融互为一体，共同构成文学理论发展的复杂格局。同时，这些理论流派有的还蕴含着很多尚未实现的政治潜能，文学理论研究的"介入"功能也比较明显。正是在这个意义上，20 世纪 60 年代以后的西方文论也代表了当代西方哲学文化发展的重要方向和特有的思维方式变革，这些理论流派既是由一些声名显赫的哲学家、思想家所创造的，同时又是创造这些思想家重要的思想和理论园地。我们在把握这些理论时，既要考虑它们的社会背景和文化语境，也要警惕其中思想话语空间的混乱、纠结与矛盾之处。

---

① 弗雷德里克·杰姆逊，三好将夫编；马丁译. 全球化的文化[M]. 南京：南京大学出版社，2002.

② 弗雷德里克·杰姆逊，三好将夫编；马丁译. 全球化的文化[M]. 南京：南京大学出版社，2002.

## （六）文化研究的兴起

文化研究是 20 世纪 60 年代以后西方文论新的发展趋向，并在 20 世纪八九十年代走向高潮，至今仍然在影响西方文论的发展。美国学者乔纳森·卡勒在他的《文学理论》中认为文化研究有着双重血统，他把文化研究的理论潜源追溯到 20 世纪 60 年代法国结构主义和英国文化研究学派的理论家。前者以法国结构主义大师罗兰·巴特的《神话集》为代表，后者以雷蒙·威廉斯的《文化与社会》和英国伯明翰大学当代文化研究中心的创始人理查德·霍加特的《识字的用途》为代表。在《神话集》中，巴特对许多当时不为人们所关注的通俗文化活动进行了分析，从职业摔跤、汽车、洗涤用品广告到法国葡萄酒和爱因斯坦的大脑都在巴特的分析范围之内。巴特的意图是消除这些文化现象的"神秘感"，他要说明的是通俗文化中那些看似自然的东西其实是基于某些社会含义而存在的。雷蒙·威廉斯是英国剑桥大学的教授，是英国早期的马克思主义者，在《文化与社会》中，他把马克思主义观念与文化的经验结合起来分析文化的整体特征和特殊的文化承传过程，威廉斯强调文化与社会的互动关系，认为文化来自人类整体的生活经验，是人类的一种整体的生活方式的概括。威廉斯把他的理论概括为"文化唯物主义"，并且以此来反驳长期以来在英文研究传统中占主导地位的利维斯传统。[①] 霍加特出身于工人阶级家庭，他的《识字的用途》是英国文化研究中的扛鼎之作，在这本书中，霍加特把自己的生活经验和记忆与劳工阶级的文化氛围结合起来，目的是记录自己经验和记忆中的"民族志"，因此开创了一种特殊的文化研究的"民族志"传统，为文化研究树立了典范理论形态。

文化研究的出场是对文学研究的一次大范围的冲击和反叛，它所体现出的广阔的观察视野、敏锐的问题意识以及文化分析的实践形式，使 20 世纪 80 年代以来的文学研究范式发生了重大的变化。首先，文化研究具有明显的跨学科特征，文化理论家约翰生曾直言不讳地说，"文化研究就发展的倾向来看必须是跨学科的"。[②] 澳大利亚学者特纳也曾经指出："文化研究不仅是某种跨学科的领域，也是许多问题关切点和不同方法交互汇流的领域。"[③] 文化研究以大众文化为核心，主张打破学院体制那种壁垒森严的学科界限，走学科整合、学术研究多角度、宏观化、社会化的路子，从而体现它开放性、批判性和实践性的理论精神。其次，文化研究与当时的社会政治现实有一定的联系，特别是英国文化研究与工人阶级文化经验的表达有密切的关系。雷蒙·威廉斯和霍加特都出身工人阶级，他们又是英"新左派"运动的重要成员，他们的理论在很大程度上是英 20 世纪五六十年代工人阶级政治活动的产物。在他们的理论中，工人阶级文化始终是一种受压迫的文化，他们探讨这种被压迫的文化与阶级的关系，后来的理论家则把工人阶

---

① 威廉斯.文化与社会[M].高晓玲译.长春：吉林出版集团有限责任公司，2011.

② 理查德·约翰逊.究竟什么是文化研究.罗钢、刘象愚.文化研究读本[M].北京：中国社会科学出版社，2000.

③ 格雷姆·特纳：《英国文化研究导论》，唐维敏译.台北：亚太图书出版社，2000.

级的文化意识研究与葛兰西的文化领导权理论结合起来，形成了独特的意识形态批判的特点，早期的文化研究成了一种广义的文化政治研究，阶级、种族和性别问题也成了当代文化研究的主要内容。再次，在早期的文化研究理论中，大众文化得到了非同寻常的重视。巴特曾对当时的通俗文化现象进行过分析，雷蒙·威廉斯对文化所做的唯物主义的解释和霍加特对工人阶级文化的"民族志"式的分析，都对大众文化的地位和作用做了重新的定位。他们反对自19世纪的人文主义者马修·阿诺德开始一直到20世纪的利维斯所倡导的精英文化传统，强调工人阶级的文化意识的作用，主张把大众文化纳入人类共同文化的存在范畴中。特别是雷蒙·威廉斯，他坚持"文化就是一种生活方式"。威廉斯的"文化"概念既有着对当时英国主流文学批评的批判意识，但也不完全是对英国文化研究经验的历史与理论传统的决裂，而是一种观念反思后的理论调整，这种理论调整也对后来文化研究理论的完善起到了重要的作用。最后，在早期的文化研究理论中，"文化唯物主义"和"民族志"的研究方法占据着重要的地位。在某种程度上，这种研究方法决定了文化研究的主要范式和特点。威廉斯的"文化唯物主义"重视文化与生活经验的关系，霍加特的"民族志"的研究方法则把来源于人类学的方法运用于工人阶级文化经验的分析，它们构成了文化研究基本的方法基础，那就是从最基本的经验、个案出发、而不是从一定的理论体系和观念出发来考察文化个案、具体的文化经验在文化意识形成中的作用，赋予理论一种批判的能力，最终达到一种有效的分析。文化研究把研究视线转向摇滚乐、流行时装、麦当劳等文化个案现象，而不是那些长期以来在学院和学科中规定好了的文化经典，它更多地关注我们借以生存的文化形态和社会关系，体现了文化研究独特的方法论内涵。

文化研究既是当时的社会政治环境、学术环境、人文环境影响的结果，也是一些文化研究学者努力冲出当时学术体制的樊篱，反叛和挑战当时的学术机制和规范的结果，体现了20世纪西方文论发展一种新的理论路向。文化研究向文学研究的"入侵"与世界范围内文学研究的大环境的变化分不开，具体来说，就是世界范围内的经济全球化导致文化多样性的发展，改变了文学研究的背景和现实，从而使文化研究能够轻而易举地"越界"。经济全球化以及它所导致的文化多样性使文学研究的资源利用更加便利，文学研究的对话和交流所需要的硬件设施也更加完备。但是它的冲击和引起的压力也更加明显，比如世界经济一体化所导致的世界经济的大发展使文学研究受到商业经济的过多影响、与发达国家的经济强势相伴的文化强势对欠发达国家的文化威慑更加明显、文化多样性造成的世界范围内文学研究规范一致的压力，等等。这些冲击和压力都迫使文学研究的范式和策略发生了很大的变化，其中最显著的就是世界范围内的文学研究吸收了早期文化研究的视角和立场，在阶级、种族、性别的立场上广泛关注文化身份的对抗政治的研究，西方马克思主义、女性主义、后殖民主义、后现代主义都有这样的理论特征，从而使文学研究的文化视角和文化立场更加明显，使文学研究深深地打上文化研究的烙印。

　　文化研究向文学研究的全面渗透还与一些文学研究者的自觉引进和借鉴分不开。文化研究的理论和实践在20世纪中期英国的马克思主义文学理论研究中最突出，但是到了20世纪的最后十几年，一些欧美的知识分子纷纷从文化研究中吸收养分，并把文化研究作为一种重要的观念和方法引进文学研究过程中，这些理论家包括当代的杰姆逊、赛义德、斯皮瓦克、霍米·巴巴、伊格尔顿、米勒、拉尔夫·科恩、戴维·伯奇、巴特·穆尔-吉尔伯特、詹姆斯·克利福德、斯坦利·费什等。他们往往把文化研究的观念与批评理论的应用结合起来，在广阔的文化背景中理解和考察文学的对象。通过他们的努力，文化研究的范式和观念渐渐在文学研究领域传播开来，西方当代一些学术刊物，如文学理论刊物《新文学史》《批评探索》《疆界》和一些文化研究理论著作，如西蒙·杜林编的《文化研究读本》、劳伦斯·哥伦斯堡编的《文化研究》等，也对文化研究理论和实践做了大量的介绍和引进。此外，随着当代传媒的发展，当代文化研究已经把大众文化当作一个巨大的演练场，大众文化有着巨大的覆盖面，文学、音乐、戏剧、电影、电视、广告、建筑、绘画等一些具体的文化和艺术门类都在它的探讨之中，也自然在文化研究的领域之内。文化研究对这些大众文化研究现象的过分青睐，不但大大削弱了文学经典在社会中的影响，使经典的概念变得苍白而虚幻，而且很自然地导致文学研究边界的模糊，并导致文学研究范式的转变和文学研究观念的变革。

　　文化研究方兴未艾，但这并不意味着文化研究已经是一种成熟、稳定的理论形态，在某种程度上，文化研究呈现出的复杂面向以及在实践过程中所产生的各种问题，仍然是我们今天所要反思的内容。从学理上看，文化研究与文学研究在根本上是方法和思想的交叉关系，文化研究的兴盛影响了文学研究的格局与走向，但在深刻的学理层面和学科层面，文化研究并不能取代文学研究。从文化研究的兴起到今天，在近半个世纪的时期中，文化研究其实也在经历转折。相比20世纪80年代以来的文学研究的文化转向，文化研究面临的这个转折同样是在它自身的学科内部发生的。现在，文化研究已经有了专门的研究机构和研究课题，文化研究也有了学科化的规划，已经形成了一种准学科的形式，当初坚决寻求从学院、学科、制度、规范中独立出来的文化研究，现在又面临着被再度学院化、学科化、制度化的危机。从跨学科的动力发展而来的文化研究曾经给文学研究带来了新的转折路向，如今文化研究重走学院化和学科化的路子，在这种情形下，文化研究跨越文学研究的理论范式其实也就成了一个不现实的话题。

　　从20世纪初俄国形式主义文论的崛起到如今文化研究的兴盛，20世纪西方文论经过了复杂的理论的更迭变化。每一次的理论发展和飞跃都孕育了新的文学理念、批评方法以及理论范式，更形成了各种批评方法与观念相互对话、融合的理论格局。法国学者塔迪埃曾说，在20世纪文学批评中，"各种方法的此番较量，各种流派的相互对话，说明描述某种文学体裁或某部作品的形式和意义的方式绝不止一种"，从而使"表达思想、体现一种乐趣的批评也是一种文学体裁"。就在最近几年，西方文学理论的研究也不断涌现出新的观念，诸如"理论的死亡""反理论""理论的抵抗"等种种的质疑性论断不绝于耳，"理论的黄金时代已经过去"似乎成了一种普遍的认识。理论高峰的背影还未远去，理论低潮的暗流就开始涌动，理论的危机也让 20 世纪以来的西方文论经受了新一轮的话语洗礼，也预示了当下文学理论研究正经历某种动荡，甚至是大的转折。在这种情形下，无论是对"理论盛宴"的额手相庆，还是对"理论危机"的悲观消沉，都体现了文学理论知识生产与价值更替变幻多端的格局，同时也反映了当下的理论生态与批评情势。理论在发展，文学理论的生长语境也在不断变化，了解 20 世纪西方文论的发展历程，也正是有效把握西方文学理论发展的最新格局的一种方式。

# 第二节　20 世纪西方文论的基本特征

20 世纪西方文论既是 20 世纪西方社会历史文化发展变化的结果，又与 20 世纪以来现代西方哲学、美学、文化思潮的发展有着密切的关系，体现了 20 世纪现代性审美文化理论的发展与变化趋势。20 世纪西方文论的思想内容与理论内涵包罗万象，哲学精神和价值取向也比较丰富，理论思潮和理论学派之间的对话、交融深入而复杂，这种理论格局也使 20 世纪西方文论的理论特征具有不可通约的表现。但是，从整体上看，20 世纪西方文论在其漫长的发展过程中也表现出一定的特点，20 世纪西方文论具有明显的实践特色和跨学科特点及很强的方法论变革的特色，并在 20 世纪以来的西方人文学术发展过程中产生了非常重要的影响。这些都是学习和把握 20 世纪西方文论时应该注意的问题。

## 一、20 世纪西方文论的理论特征

20 世纪西方文论的理论特征与它的理论背景、理论形态、实践方式具有重要的关系，理论层面的特征往往也是思想启发与精神价值所在，所以，把握 20 世纪西方文论的理论特征也是了解它的深刻的思想启发和人文价值的过程。20 世纪西方文论的理论特征首先表现在它的批评上的方法论特色，其次表现在它与意识形态和现实语境的密切联系中所展现出的政治实践色彩上，最后表现在它的广泛和深刻的理论影响上。

## （一）方法论特征

无论是从理论流派的兴起，还是从思想讯息的丰富以及哲学美学精神的进步来看，20 世纪西方文论都取得了重要的理论进步。这种理论进步当然不仅因为它的理论家为数众多、理论派别此起彼伏、各种理论概念和观点层出不穷，更重要的是，20 世纪西方文论在它的发展中体现出了理论思维的拓展、理论范式的更新以及理论形态的丰富，而且各种理论观念在切入文学研究具体问题的过程中体现出了鲜明的方法论特征。正如韦勒克所言，20世纪西方文学批评的繁荣无外乎两种基本因素：一个是批评方法的兴盛对批评实践的推动和促进，另一个是文学客体的选择变化对批评观念的拓展与深化。其实，这两种因素都指向了批评方法论的革新。在20世纪西方文论中，方法论的革新不仅使文学批评有了实践演练的逻辑和范式，有了把一个文本拆解、分析、重组的一套规则，更主要的是使文学理论研究具有理论变革的动力和展现批评效应的方式。这可以从形式主义、新批评、结构主义、精神分析、现象学、接受美学等理论流派中见出。特别是法国著名结构主义文学批评家罗兰·巴特对莎士比亚的小说《萨拉辛》的分析，曾让我们看到了从形式主义、英美新批评一直到结构主义以来的批评理论是如何在一种方法论的立场上展现批评的魅力，这也正是法国批评家蒂博代所坚持的"职业批评"的基本要领。批评家不能忽视文学批评的方法准则和实践形式，文学批评所欲照亮的不是已经完成的艺术之城，而是将要遵循的艺术之路。[①] 这也意味着批评方法论的革新从来就不只是一种批评手段和方式的简单调整，其中蕴含的批评传统与批评观念的变化无疑是重要的。法国学者埃德加·莫兰认为，方法的变化和选择就是思想和观念的变化和选择。所以，无论是形式主义、英美新批评，还是结构主义以及精神分析、女性主义，方法本身就是一种思想的结晶，批评方法论的革新意味着思想和观念的进步，文学研究方法的选择本身就含有一个研究者的基本观念和基本态度的选择，这是一种观念的变革，也是一种思想的变革，每一种批评方法的更新都代表了一种批评趣味的转移，因此也都区分了具体文学批评实践的形态。

20世纪西方文论因方法论的革新而蔚为壮观，但也不能忽视批评客体选择的变化所起到的潜在的促进作用，它孕育于批评方法论革新的肌理，又展现在理论繁荣的前台。从学理上讲，批评客体选择的变化其实就是文学研究范围、对象、边界的位移、上升以及外向拓展。如果说方法的更新影响着文学研究的观念、思维与理念，那么批评客体选择的变化影响的则是文学研究的学科规范。美国文化批评家罗伯特·艾伦曾指出当代批评与传统批评的区别：传统批评强调艺术品的自律性，而当代批评注重文本与作为特殊的文本实践基础的惯例之间的关系；传统批评以艺术家为中心，当代批评注重文化产品的生产得以发生的语境及其得以发挥作用和传导的力量；传统批评把意义看作一件艺术品的属性，当代批评将意义看作读者或读者群体参与文本的结果。"传统批评"的任务不仅在于确立作品的意义，更在于把文学与非文学分离开来、树立起从作品中寻找伟大经典的等级制，而当代批评则审视已有的文学准则、扩大文学研究的范围，并把非文学与关于文本的批评话语包括在内。20世纪西方文论的发展历程在某种程度上正是展现出了"当代批评"对"传统批评"的逆反与超越，这是一种方法论革新与批评对象转移相互呼应的理论策动，它的影响不在文本与批评话语的表层，而是文学发展结构的内部。文学研究对象、范围和边界的变化，文学研究重心与格局的位移与拓展，在某种程度上

①蒂博代.六说文学批评[M].赵 坚译.北京：生活·读书·新知三联书店，1989.

都是在这种理论策动中发生的。这是一种典型的文学范式的转变，它所导致的文本的自律性与非自律性、文学生产的语境、读者群体参与、文学经典观念等诸多复杂问题的出现，不仅体现了 20 世纪西方文论的文学理论思维模式的变化，更体现了文学研究方法的重组与更新，所以，20 世纪西方文论的方法论特征也是文学理论变革过程中重要的因素。

## （二）政治实践性

20 世纪西方文论的实践性在于它与社会历史文化语境，特别是与 20 世纪西方意识形态及政治语境的某种同源关系。按照英国文学理论家特里·伊格尔顿的说法，20 世纪西方文论中的精神分析、现象学理论、解释学、接受理论、结构主义和符号学、后结构主义、女性主义等都与 20 世纪西方政治和思想意识的现实有密切的关系。伊格尔顿坚持意识形态批评，他对 20 世纪西方文论的看法固然与他的批评观念有一定的关系，但他从 20 世纪以来的社会文化现实的角度看文学理论的发展也具有一定的合理性。20 世纪西方文论中的很多理论家在他们的理论研究中都显出了明显的现实与政治反思的意识，批评实践的政治敏锐性也比较强烈。伊格尔顿在他的《文学理论导论》中提出，"一切批评都是政治的"，并声称"毫无必要把政治拖进文学理论，就像南非体育运动的情况那样，它从一开始就在那里存在。美国文学理论家杰姆逊甚至片面地认为政治视角构成了'一切阅读和一切阐释的绝对视域'"。[①] 罗兰·巴特在 70 年代也提出："我似乎必须搞点政治，而且我甚至不该决定我应该搞的政治的多少。这样一来，我的生命就很可能贡献给政治，甚至为其做出牺牲。"[②] 虽然不能以此认为 20 世纪西方文论都与政治有一定的联系，但像女性主义、新历史主义、后殖民主义、后现代主义等新理论流派对现实文化与意识形态问题的关切却是有目共睹的：女性主义理论与 20 世纪的妇女解放运动的联系、西方马克思主义理论与西方社会政治运动的联系、后殖民主义与冷战后资本主义社会的意识形态的联系，解构主义与资本主义社会的政治霸权的关系，均构成 20 世纪西方文论的某种意识形态和政治蕴含。这些理论流派试图尽力在文学言说之外发现阶级、种族、性别等关涉主体文化身份的非文学言说的意义，拆穿它的意识形态阴谋并寻求抵抗的方式。在某种程度上，正是这种意识形态解读的方式促使 20 世纪西方文论研究的视野更加敏锐地向社会现实延伸，从而体现出 20 世纪西方文论鲜明的政治实践色彩。

毫无疑问，20 世纪西方文论的政治实践性也是文学研究的范式转换和观念变革的重要促发因素，它使文学理论的研究更加深入地介入社会和现实，这也正是 20 世纪西方文论中某些理论流派的重要的思想内容，体现了西方文学理论家的社会关怀意识。20 世纪西方文论的政治实践性的内涵是走向一种特殊的政治抵抗和文化争夺，它是一种特殊的参与政治的方式。这既是现实对批评理论的影响，同时也是批评理论介入现实的方式，

---

① 伊格尔顿.文学理论导论[M].北京：外语教学与研究出版社，2004.

② 罗兰·巴特.罗兰·巴特自述[M].怀宇译.天津：百花文艺出版社，2002.

这也是德里达所坚持的"要思考哲学就必须以某种方式超出哲学"的方式。20 世纪西方文论的政治实践特性使文学理论研究在现实政治的语境中磨炼了批评的锐气，同时也加深了理论反思的深度，当然，这也是 20 世纪西方文论有着重要的人文影响的原因。

### （三）理论影响

美国文学理论家卡勒曾认为，文学理论是一种思维与写作的躯体，那些名目繁多的思想判断之所以被称为"文学理论"，是因为"它们提出的观点或论证对那些并不从事该学科研究的人具有启发作用，或者说让它们从中获益"[①]。在 20 世纪西方文论发展中，各种理论思潮和理论流派不断涌现，这些理论思潮和理论流派不但是文学批评得以奏效的、有力的思想武器，而且还是批评效应得以发挥的思想形式，也使 20 世纪的文学批评体现出突出的理论影响。首先，20 世纪西方文论的蓬勃发展，使文学研究的视野扩大了，理论问题获得了更深入的探究，文学研究进一步呈现出理论化和批评化的趋势。其次，20 世纪西方文论的发展、文学研究的理念与方法的进步，更新了文学研究的价值观，文学研究方法的繁荣推动了文学研究的进程，使文学研究呈现出广泛的哲学性和人文性，对人文学科的发展起到巨大的促进作用。再次，20 世纪西方文论的发展呈现出明显的现代意识，现代性的思想与价值贯穿 20 世纪西方文论的发展过程，在扩大文学研究的视野、更新文学研究的理念、革新文学研究的方法方面发挥了巨大的作用，同时也使 20 世纪西方文论的现代性内涵更加深刻。

美国学者莫瑞·克里格说："今天，在文学学术研究的各个领域的各个地方，都不能避而不谈理论问题了。"[②] 正是因为各种文学理论的闪亮登场，20 世纪的文学批评更加精彩，批评方法的革新和文学批评范式的构建也更有成效。从这个意义上讲，与其说 20 世纪是"批评的世纪"，毋宁说是"文学理论的世纪"，因为每一种文学理论都为文学批评提供了具体的实践方案。20 世纪的西方，风光无限的各类文学理论家曾经缔造了一种以理论研究为业的知识分子的共同事业，它甚至成了无数学院知识分子的生活方式和生存姿态，曾经引起一群生活在"格林威治村"的文学信徒和时尚青年的无限崇拜和追求。但是，我们也要看到，无论关于文学理论如何定义与定位，文学理论的深入发展都离不开文学阐释实践的正当性与有效性，因此，在 20 世纪西方文论的理论影响层面，除了对理论的发展与现实保持一份应有的认可，也要思考理论影响的现实性问题，即理论如何"接地气"的问题，所以，理论影响的研究与反思最终应该落实到文学阐释的具体问题中来。从文学阐释的层面看，文学理论把握现实问题的途径在于理论深入文学表达、文学象征、文学意蕴等问题的有效方式，这就需要对理论的艺术阐释的有效性问题进行具体分析。当然，任何理论，特别是文学理论，都包含内涵上的不周延性与逻辑上的互文性，这意味着文学理论并非具有一种恒定性的方案与本质主义的策略。也就是说，

---

① 付建舟."强制阐释论"的独创性与矛盾困境[J].江汉论坛, 2017（7）.

② 王一川.理论的批评化：在走向批评理论中重构兴辞诗学[J].文艺争鸣, 2005（2）.

理论本身并非先验地具有把握现实问题的方案与手段，理论的意义蕴含在它与艺术实践的张力关系之中，理论把握现实的限度也恰恰在于它呼应文学实践的互文性的意义。正因为如此，当我们思考 20 世纪西方文论的发展历程及其理论影响之时，首先应该尊重的是理论本身的这份尊严，只有在这种敬畏之下，才有可能避免理论迷信与理论滥用所导致的悖论性后果。

## 二、20 世纪西方文论的学习与研究方法

在人类历史的发展中，20 世纪虽然已成历史，但 20 世纪的思想遗产仍需要我们认真地梳理与总结。20 世纪西方文论中的很多理论流派和理论观念仍然处在纷繁复杂的发展中，很多理论观点、批评原则与思想方法至今仍然对文学研究产生着持续的影响，很多理论家仍然活跃在文学理论研究的舞台上，但同时，新的理论思潮与理论观念也在不断产生，20 世纪西方文论与今天的文学理论发展仍然处于一种继承与革新、对话与融合、批判与发展、互动与共生的复杂关系之中，这就需要我们在学习与研究 20 世纪西方文论的过程中不断强化一种现代意识、一种历史的态度和发展的眼光。具体来说，学习和研究 20 世纪西方文论，应该注意以下原则和方法：

首先，要对 20 世纪西方文论的社会与文化语境有充分的认识和了解，特别是对 20 世纪西方文论的本土性特征有一定的把握。任何理论的发展都有它的起源语境和理论上的背景，处于不同文化语境中的 20 世纪西方文论的各个理论流派都各自具有特殊性，同时也不可避免地存在本土性特征。学习和把握 20 世纪西方文论既要把握它的本土性，也要考虑到它的特殊性。20 世纪西方文论的本土性根植在它的社会语境、哲学语境与现代性发展的历程中，体现了现代西方社会发展在文化、哲学和美学上的变革态势，学习和研究 20 世纪西方文论，需要进一步把握它的语境特征和本土性特征，这样才能进一步把握它的思想和精神内涵。

其次，要对 20 世纪西方文论的基本的理论概念、理论范畴、理论形态及其基本问题有完整的学习和把握。理论的学习和研究是一个辩证思维展开的过程，离开基本概念、理论观念和基本问题层面的系统学习和掌握，很有可能走向凌空蹈虚式的粗疏议论，也不利于这些文学理论的具体应用。这就需要我们扎实地掌握相关概念、系统地消化相关理论观点、掌握辩证思维的方法与能力，这样，才能对 20 世纪西方文论有更加深入的认识和了解。

再次，要对 20 世纪西方文论的哲学基础和美学精神有深入的了解和学习。20 世纪西方文论既是在 20 世纪西方社会历史文化语境中产生的，同时也是在 20 世纪西方哲学、美学以及文学演进的历史中形成的，也就是说，一种理论观念的生成以及一种理论形态的确立，从来不是空穴来风的事情，更不仅仅是哪个理论家的天才创造的结果，而是包含复杂的哲学、美学以及文学的精神与内涵。20 世纪西方文论具有很强的哲学性、美学性和人文性，往往一个理论流派同时融合了多个学科的知识背景，一个理论家具有多重

身份，这就要求我们在学习把握20世纪西方文论的过程中打好哲学功底、锤炼美学素养，掌握文学史与文学批评方面的相关技巧与实践能力，这样，才能对20世纪西方文论有一个整体的把握。

最后，学习和研究20世纪西方文论要有鲜明的问题意识和批判精神。无论是哲学理论、美学理论还是文学理论，其核心问题意识在于解决现实审美与文学问题的能力，离开了这个问题意识，理论的研究就容易走向空泛，特别是在今天各种"理论的抵抗""理论的终结""反理论""后理论"的声音不断涌现、理论研究的危机不断加深的情况下，我们学习和研究20世纪西方文论更应该保持一种基于基本问题意识的思考和反思。除此以外，还要坚持批判精神，20世纪西方文论的发展对世界范围内的文学研究的共生能力构成了挑战，20世纪西方文论与其他国家和地区的文论同时处在一个交融发展的全球化语境中，特别是要认识到，有些理论流派、理论观点仍然存在这样或那样的缺陷，有些理论家的立场和价值观不一定适合我们的文学研究。在这种情形下，我们既要坚持各美其美、取其所长的原则，也要杜绝盲目崇拜照单全收的做法，只有坚持批判精神，才能促进文论研究的整体发展。当然，这也是我们对待20世纪西方文论的基本的理论态度。

# 第三节　英美新批评的发展

"新批评"自20世纪20年代肇始于英国，30年代在美国形成，四五十年代成为美国文论界的主流观念，50年代末趋于衰落。它主张以文学作品本身作为文学研究的中心，否定传统的传记批评和社会历史批评方法，提出了一套独特的文学批评范畴和理论观念。新批评的奠基人是T.S.艾略特和艾弗·阿姆斯特朗·瑞恰兹，前者提供了新批评学派的理论基础，后者提出了基本的方法论主张。约翰·克娄·兰色姆则是新批评学派承上启下的关键人物，"新批评"这一名称就源自兰色姆的《新批评》一书。新批评学派其他重要的理论家还有阿伦·退特、克林斯·布鲁克斯、罗伯特·沃伦、威廉·维姆萨特、蒙罗·比尔兹利和雷纳·韦勒克等。

## 一、新批评学派的理论背景和发展历程

新批评学派的兴起和发展既汲取20世纪西方哲学中的"语言学转向"的理论资源，也受到了西方浪漫主义和唯美主义等思潮的影响。"语言学转向"影响了新批评学派的核心理论范畴和批评方法的确立，西方浪漫主义和唯美主义思潮则影响了新批评学派的批评原则，是新批评学派坚持艺术自律、形式至上的批评主张的思想来源。新批评学派的理论活动曾引领欧美主流文论四十多年，从理论发展来看，其发展历程大约可以分为

萌芽期、形成期、鼎盛期、衰退期四个理论阶段。20世纪50年代末，新批评学派逐渐衰微，但某些理论观点和方法至今依然被沿用。

## （一）新批评学派的理论背景

20世纪西方哲学中的"语言学转向"是新批评学派兴起与发展的重要理论背景。作为一个哲学术语，"语言学转向"最初由美国哲学家古斯塔夫·伯格曼提出，而这一观点得到普遍认同则缘于理查德·罗蒂所编的《语言学转向——哲学方法论文集》一书。理查德·罗蒂用"语言学转向"概括了20世纪西方哲学发展的新动向，他说："语言学转向对哲学的独特贡献……在于从讨论作为再现媒介的经验，转向讨论作为媒介本身的语言。"罗蒂的判断主要是基于当时英美分析哲学的理论发展，英美分析哲学普遍把哲学问题归结为语言问题，认为哲学的混乱产生于滥用或误用语言，许多哲学争端都可以归结为语言问题的争端，因而英美分析哲学奠定了哲学中语言研究的中心地位，开启了西方哲学的"语言学转向"。[①]"语言学转向"一方面是西方现代哲学方法论变换的结果；另一方面与西方现代语言学的理论发展分不开。瑞士语言学家索绪尔在他的《普通语言学教程》中发展了结构语言学的观念，他把语言符号划分为"能指"与"所指"，认为语言符号的能指和所指关系并不是稳定的、一成不变的，而是任意的。意义的产生就源于语句的差异。这种差异表明不存在固定不变的意义，意义是关系的产物。

"语言学转向"对新批评理论的影响主要体现在以下两个方面：一是强调文学语言的特性。瑞恰兹区分了诗歌语言和科学语言，并指出文学语言四种不同的意义功能，即"字面意义""情感意义""语气"和"目的"；燕卜荪认为，文学语言具有多义性，从而造成意义的"含混"；布鲁克斯指出，文学作品中的词语由于受到语境的影响而意义发生扭曲，所言非所指，而形成"反讽"，等等，都与"语言学转向"有一定的理论联系。二是确立了文本研究的中心地位。新批评学派认为，文本的意义不是固定的，因而对这些意义的阐释成为文学研究的焦点，而对意义的阐释是基于词语与词语之间的关系。兰色姆就曾提出"文学本体论"批评，认为文学作品是自足的实体；维姆萨特和比尔兹利认为文学批评应以作品为中心，以避免"意图谬误"和"感受谬误"；韦勒克则强调文学的自主性，主张文学的内部研究，等等，这些理论观念基本上以文本研究为核心，新批评学派也正是在文本研究中展现出了它的理论特色。

新批评学派也曾受西方浪漫主义和唯美主义思潮的影响。浪漫主义思潮的代表人物之一是英国著名诗人柯勒律治，他认为天才的诗人在主题的选择上不会与个人的生活环境或兴趣爱好相关，比如莎士比亚在表现情感时并不表现他的生活与个性，而是保持了一种疏远的关系。浪漫主义思潮的另一位代表济慈曾提出"消极能力"说，他认为诗人在创作中要排除情感和思考，目的就是使自己没有个性，保持一种消极的情感状态，从而创作出优美的诗。这些观点直接影响了新批评学派的理论先驱T.S.艾略特。艾略特虽

---

① 理查德·罗蒂著.哲学的场景[M].上海：上海译文出版社，2009.

不排斥艺术表现情感，但他反对浪漫主义诗人对激情的直接抒发和个体情感的泛滥和放纵，因而提出了"非个性化"理论，认为诗歌要通过"客观对应物"表现普遍情感。韦勒克曾指出浪漫主义诗人济慈和艾略特的诗学观念的相关性，他说："像济慈和艾略特这样的诗人，强调诗人的'消极能力'，对世界采取开放的态度，宁肯使自己具体的个性消泯；而相反类型的诗人则旨在表现自己的个性，绘出自画像，进行自我表白，做自我表现。我们知道在历史上有很长一段时间只有第一类的诗人：在他们的作品中表现个人的成分微乎其微，然而其美学价值却很大。"[1] 柯勒律治等浪漫主义文学思潮的代表性理论家本身就与唯美主义的理论观念有密切的联系，特别是曾深受德国古典美学中的形式美学观念的影响，艾略特、瑞恰兹等英美新批评学派理论家在某种程度上都接受了德国古典美学家康德"美在于形式"的观点，他们的理论观念也比较接近"为艺术而艺术"的主张，他们注重分析文本的形式内涵，探索文学作品中的那些形式要素及其所蕴含的美学价值，从而否定了传统的传记批评和社会历史批评方法，试图保持艺术的独立性和纯洁性。虽然像萨特所说的那样，他们的"美学纯洁主义"不过是一种漂亮的防卫措施，但内在理论旨趣确有相同之处，新批评学派的理论原则和批评主张也正是在他们的思想启发下确立的。

## （二）新批评学派的发展历程

### 1. 萌芽期

新批评学派于 20 世纪 20 年代肇始于英国，其理论萌芽至少可以追溯到 1915 年，从 20 世纪 20 年代到 30 年代都可以看作是新批评学派的萌芽期。1915 年，英国意象派批评家休姆写了一篇重要论文——《浪漫主义与古典主义》，该文宣告了浪漫主义的终结和"新古典主义时代"的来临，其中表露出了新批评学派理论家反对浪漫主义的信息。但在这一时期，真正对新批评学派的理论兴起起到重要的理论推动作用的还是英国诗人兼批评家艾略特和英国文艺理论家瑞恰兹。艾略特提倡一种有机形式主义的文学观，他把文学作品看成是一种有机的独立自主的"象征物"，他反对浪漫主义的表现观，提出"非个性化"理论，对新批评"文学本体论"批评观点的确立起到了先导作用。瑞恰兹在 1924 年出版的《文学批评原理》则对新批评学派的方法论观念产生了重大影响，他采用 20 世纪心理学的新观念，把语义分析的方法运用于文学批评，试图建立一种科学化的文学批评方法，被后人称作"语义学批评"、视为一种与科学对立的特殊形式，认为语义学是文学批评的基础，应对文学作品进行词语的分析，而不应游离于作品之外。[2]艾略特和瑞恰兹本身是英美新批评学派的理论代表，他们最初的理论研究促发了后来新批评学派的理论发展，因此也是新批评学派的理论先驱。

---

[1]　勒内·韦勒克，[美]奥斯汀·沃伦著. 文学理论[M]. 北京：文化艺术出版社，2010.

[2]　文学批评与批评家[M]. 北京：商务印书馆，1924.

2. 形成期

新批评学派的理论形成期大致在1930—1945年，主要代表性理论家是美国现代著名的文论家约翰·克娄·兰色姆及他的三个学生——阿伦·退特、克林斯·布鲁克斯、罗伯特·沃伦，他们也被称为新批评学派的"南方集团"。兰色姆是新批评学派承上启下的人物，1941年他出版了著名的《新批评》，正式提出"新批评"一词。他还对瑞恰兹诗歌理论中的心理学倾向提出批评，认为瑞恰兹过分地关注诗歌所表现的情感，而不关注与情感相对应的认知对象，忽略了诗歌本体的意义与价值。他称艾略特为"历史学批评家"，认为艾略特成功地将历史学研究用于诗歌分析，置诗歌于宏大的文学历史背景之下，从而判断诗歌是否符合宏阔的诗歌主流，但这种判断是历史性的判断，而非批评性判断。兰色姆认为，批评性判断不必涉及历史或诗歌传统就能分辨诗歌的优劣，否则，就不能形成有效的批评结论，于是他提出了"本体论"诗学批评主张，并在此基础上提出了"构架—肌质"理论。退特则提出了著名的"张力说"，认为诗是关于完整客体的知识，诗的价值是认知性的，诗歌批评要兼顾其内涵和外延，二者相结合的特征可以用两个词相同的部分来表示。布鲁克斯的理论贡献则体现在他提出了一些重要的概念，如悖论、反讽等。新批评学派在这一时期的代表人物还包括英国文论家威廉·燕卜荪，他是瑞恰兹的学生，1930年出版了《含混的七种类型》，提出了"含混"的概念。"含混"一词的普通用法往往带有贬义，多指风格上的一种瑕疵，指文学作品中某些部分显得晦涩艰深，甚至含糊不清，但"含混"后来也成了20世纪西方文学批评的重要术语，它既被用来表示一种文学创作的策略，又被用来表现一种复杂的文学现象，体现了文学作品意义的丰富性。燕卜荪在《含混的七种类型》中还提出了著名的"细读法"，提出诗歌批评就是要在对诗歌的结构进行分析性的细读中把握诗的意蕴。"细读法"也是新批评学派最重要的批评观念，是新批评学派的理论形成与发展期的突出理论标志。①

3. 鼎盛期

新批评学派的鼎盛期在1945—1957年，主要是由新批评学派的第三代批评家威廉·维姆萨特、蒙罗·比尔兹利、雷纳·韦勒克的理论构成。其中维姆萨特和比尔兹利分别于1946年和1949年合著的两篇著名论文《意图谬见》《感受谬见》影响较大。《意图谬见》否定以作者的意图来评价作品，认为诗歌是自足的，诗歌的意义往往会超越作者的意图；《感受谬见》则否定以读者的感受评论作品，认为读者的感受各不相同，以此为标准就会滑入印象主义和相对主义的泥淖，因而缺乏科学性。这两种理论观念继承和发扬了瑞恰兹的"语义理论"和兰色姆的"文学本体论"，对新批评学派的理论发展起到重要的理论推动作用。美国学者雷纳·韦勒克则是新批评学派的理论总结者，他和沃伦于1942年出版了《文学理论》一书，这部著作代表了新批评学派在理论发展鼎盛期的最高成就，曾一度作为美国大学文科教材。《文学理论》对新批评学派最重要的理论贡献是提出"内

---

① 威廉·燕卜荪.朦胧的七种类型 第3版[M].周邦宪等译. 杭州：中国美术学院出版社，1996.

部研究"的理论原则,认为文学是独立自主的整体,文学研究关注的焦点应该是作品本身,也就是艺术技巧、表现手法等内部规律;强调了文学语言的特殊性,认为"诗的语言将日常用语的语源加以捏合,加以紧缩,有时甚至加以歪曲,从而迫使我们感知和注意它们"。新批评学派在它的理论发展鼎盛期也将理论重镇由英国转到美国,特别是20世纪40年代以来,新批评学派的重要力量雷纳·韦勒克、沃伦、维姆萨特、布鲁克斯都曾任教于美国耶鲁大学,他们又被称为新批评学派的"耶鲁集团",他们在美国发展的新批评文论,更是推动了新批评学派的深层次的理论发展。

4. 衰退期

从20世纪50年代末期开始,新批评学派的理论影响开始日渐衰微,原因是多方面的。首先是它的理论发展内部不断暴露出理论上的缺陷,出现芜杂散乱的趋势,同时新批评学派内部的观念分歧不断加重,影响它的理论生命力。其次是随着存在主义、现象学、解构主义、文化研究等20世纪西方新的文化思潮的兴起,新批评学派的理论发展逐渐与当代西方社会的历史文化现实相去甚远。最后是在批评方法上,新批评学派过分地强调"文本细读"的方法也招致方法论狭窄和缺乏开阔的社会学、诗学视野的责难,而在"细读法"的理论原则下的一系列批评概念和范畴也招致美国文论界的批评,认为新批评的"文本细读"太过于追求文学批评方法的新潮,甚至把文学研究变成"合乎时尚的运动"和"关于词语的词语的概念游戏"。从20世纪60年代以来,在欧美文论中,新批评基本上失去了它的理论影响力,虽然在欧美有的大学教学中仍然会提及它的理论观念,但逐渐被文化研究、后殖民主义、后现代主义等新的理论观念超越。

## 二、瑞恰兹

艾弗·阿姆斯特朗·瑞恰兹,著名文学批评家、美学家、诗人,新批评学派的创始人。出生于英国切希尔郡桑德巴奇县,父亲是位化学技师。1905年,瑞恰兹进入克利夫坦学院中学学习,这所中学以"系统的科学教学和注重个性培养"而著称。1911年,他考入剑桥大学马哥德林学院学习历史。1918年秋,瑞恰兹在剑桥大学开始了自己的学术生涯。1922年,他和詹姆斯·伍德、C.K.奥格登合著第一部著作《美学基础》,1923年与奥格登合作完成了《意义之意义》一书,奠定了西方现代语义学的基础。在1924年出版的《文学批评原理》中,他把心理学和语义学两门学科运用到文学研究领域,试图建立"科学化批评"的理论模式。1925年,出版了《科学与诗》,强调诗歌与科学的关系,为诗歌的特异性进行辩护。1929年,瑞恰兹完成了《实用批评》一书,明确提出"文本细读"的方法。到了30年代,又相继完成了《孟子论心》《柯勒律治论想象》《修辞哲学》三部著作。《修辞哲学》进一步发展了"符号—情境"理论,正式提出了著名的"语境"理论。瑞恰兹从20世纪20年代开始,曾多次来到中国,并在清华大学等高校任教,他与中国现代新文学的发展也有一定的联系。

## （一）语义分析的理论来源

语义分析理论是瑞恰兹在《文学批评原理》中的主要文学观念，同时也是奠定新批评学派理论思想的重要批评形式。所谓"语义分析"是指在具体的文学批评过程中，从文学语言入手，强调以分析语言在读者心理上产生的效果为主的一种分析方法。[①] 这种分析方法认为，一部作品只要总的效果是统一的，前后连贯，具有"内在必然性"，使读者感到合情合理，就具有艺术上的真实性。因此，文学作品只要统一连贯，符合本身的逻辑，就形成了一个独立自主的世界。文学批评就是要深入这个独立的世界，分析"内在必然性"在读者心理上的表现。瑞恰兹的语义分析理论明显地受到西方语言学和心理学理论发展的影响。在语言学方面，瑞士语言学家索绪尔的语言符号理论是语义分析理论的重要理论来源。这主要体现在以下两个方面：一是对语言符号"能指"与"所指"的划分。索绪尔认为，语言符号由两项要素联合构成，它所连接的两项要素并不是事物和名称，而是音响形象和概念，这两项要素是紧密相连的。后来，索绪尔又用"所指"和"能指"两个术语分别替代了"概念"和"音响形象"，"符号"则表示能指和所指结合而构成的整体，任何符号都有能指和所指两个方面，意义就是在这两方面结合而形成的意指关系中形成的。二是关于价值和意义的区别的分析。索绪尔认为，价值是意义的一个要素，但他同时也指出，意义虽存在于价值，但跟它不完全相同。索绪尔以法语的"mouton"和英语的"sheep"为例指出，法语的"mouton"和英语的"sheep"虽有相同的意义，但作为语言单位，"mouton"和"sheep"在各自的语言系统中并不具有同样的价值。因为在英语中，"sheep"指"羊"、"mutton"指"羊肉"，而在法语中，"mouton"既指"羊"又指"羊肉"。索绪尔的符号双重性理论把意义纳入符号结构内部，这样就把意义与词语所表示的客观事物分开来了，意义由所指与能指的关系决定。

在心理学方面，瑞恰兹的语义分析理论还受到行为主义心理学的影响。行为主义心理学是美国现代心理学的主要流派之一，20世纪初由美国心理学家华生、斯金纳等人创立。华生等人认为，传统心理学所研究的心理意识现象，人们无法直接观察，不可捉摸，实际上无从研究，因而他们主张不把心理意识作为研究对象，转而研究可直接观察的有机体的行为。行为主义心理学诞生后，在依据可观察的刺激和反应之间的因果关联，解释人类的某些行为方面取得了一定的成绩，由此使语言学研究的学者受到很大的鼓舞，引发他们以同样的方法研究语言交际行为的浓厚兴趣。

瑞恰兹的语义分析理论对索绪尔的语言符号理论和行为主义心理学都有所批判和借鉴，在这些理论基础上，瑞恰兹提出了"语义三角"理论和"符号—情境"理论。"语义三角"理论是指分析词语、思想和事物三者之间的关系，而意义就产生于词语、思想和事物的三者关系之中。瑞恰兹认为，索绪尔关于语言符号"能指"与"所指"的划分忽视了语言符号所代表的事物，仅把意义的产生封闭在语言内部，因而缺乏科学性和实

---

① 艾弗·瑞恰慈.文学批评原理[M].杨自伍译.南昌：百花洲文艺出版社，1992.

证性。意义的产生也并非如索绪尔所分析，仅是出自能指与所指二者的关系之中。瑞恰兹认为语言符号本身并不表示任何意义，"正是只当思考者使用词时，词才代表任何事物，或者在某种意义上说，才有'意义'"。所以，意义的产生，是思考者听到或看到词语，触动头脑中的思想，再联系到世界中的所指对象的过程，这个过程是一个言语行为的交际过程。

"符号—情境"理论是"语义三角"理论的发展，它主要分析意义生成过程中语言符号和情境的关系。所谓情境，是指在阐释符号的过程中的心理背景和外部背景。根据行为主义心理学理论，行为就是有机体用来适应环境的反应系统，它的构成单位是反射，而反射就是刺激与反应的联结。刺激指的是外部环境和身体内部组织所起的任何变化，反应就是随着某种刺激而引起的肌肉和腺体的变化。瑞恰兹把这一观点运用到文学批评中，用于阐释词语意义的产生过程。瑞恰兹认为，词语意义的产生除了语言单纯的指称功能以外，还存在一个语境问题。因为在言语交际行为中，语言和事物并非一一对应的，而是存在着复杂的具体环境。在这种环境下，人们的反应具有再现性的特征，某种情况过去影响过人们，当后来这种情况再次出现时，即使只是其中的一部分，人们也将以先前的那种方式做出反应。对词语的反应行为也具有同样的再现性，"符号永远是与初始刺激的某个部分相似的刺激，足以唤起由那个初始刺激所形成的印记"。符号对人所产生的影响，都与人过去的历史相关。瑞恰兹以巴甫洛夫著名的"条件反射"实验为例说明了这种现象。当狗听到铃声时，会自动联想到食物，原因就在于狗有过多次这样的经验，瑞恰兹称之为"再现性事件群"。在这个实验中，存在着两个关键因素：外部背景和心理背景。所谓外部背景就是反复出现的事件群，而心理背景就是外部背景在狗的大脑中所留下的心理印记。瑞恰兹认为，词语的解释行为和这种现象相似，对某个符号的解释，离不开外部背景和心理背景这两个情境，"在全部解释过程的后面，我们有以下事实：当外部背景的一部分在经历中再现时，这个部分通过它跟某种心理背景的一个成分有联系，有时成为外部背景的其余部分的符号"。因此，对词语的意义来说，心理背景和外部背景不可分割，它们共同构成符号的"情境"。

## （二）语境理论

瑞恰兹对新批评学派的发展贡献最大的就是他提出的语境理论。语境理论与"语义三角"理论和"符号—情境"理论联系密切，主要探讨的也是词语意义的产生问题。在"语义三角"理论中，瑞恰兹认为意义产生于词语、思想、事物的三者关系之中。关于三者的关系，他认为词语与思想之间存在因果关系。人们使用什么样的词语，一方面是由人们所做的指称引起的；另一方面是由社会和心理等外界因素决定的。人们只是用词语代表所指对象，符号与所指对象之间并不存在直接联系，而只能通过思想这个中间环节。所有的思想和指称都是由外部语境中各种成分连在一起的心理语境所引起的反应，只有当听话人的指称和说话人的指称相似，两者所处的情境一致时，听话人才能准确地理解说话人的意思。

瑞恰兹把意义产生的条件和环境称为"语境"，按照瑞恰兹的定义，语境"是用来表示一组同时再现的事件的名称，这组事件包括我们可以选择作为原因和结果的任何事件以及那些所需要的条件"。这里的语境概念已经大大突破了传统意义上的"上下文"含义，其理论内容包含以下两个方面：

1. 强调词语意义在作品中不是固定的，而是变动的，意义的确定由词语具体的语言环境决定

瑞恰兹认为，词语从过去发生的一系列再现事件中获得其意义，是词语使用过程中留下的历史印记。因而词语无法独立存在，一个词语的意义并不是静态的，而是处于意义间的运动过程中，因而词语也就没有固定的意义。瑞恰兹认为，把作家所使用词语的意义等同于创作之前头脑中就存在的固有概念是极为荒谬的，因为词语的意义只能是人们对整个话语做出的各种解释可能性之间相互作用的结果。所以词语之间并不是相互孤立的，而是相互联系的；句子也不是词语拼凑的结果，而是一个有机的整体。语境理论说明词语的意义有多种选择的可能，词语的意义随语境的不同而发生变化，因而词语的意义有多重性，词语具有"复义"现象。旧修辞学往往认为复义是语言中的一个错误，总是努力消除。而在瑞恰兹看来，复义现象恰恰是"语言能力的必然结果"。瑞恰兹的语境理论也很好地阐释了词语意义多变性和稳定性的关系。当一个词语由一个语境转换到另一个语境时，其意义也随之变化。瑞恰兹认为，正是由于意义的多变性，人们的交际语言才会丰富多彩。但言语交际行为不仅要求意义的多变性，还要求意义的稳定性，否则人们无法理解说话人的意思。而意义的稳定性并不是传统修辞学所理解的那样，认为词语都有一个独立的意义。意义的稳定性只能来源于语境，一个词意义的稳定成分不是被主观假定的，而是在语境中被解释的结果。

2. 认为词语意义的确定既受过去所发生的事件的影响，又受具体使用时的环境的制约

瑞恰兹认为，词语意义是从过去发生的一系列事件中获得的，体现了词语使用的全部历史痕迹。他指出，当一个词用在一首诗里，它是在特殊语境中被具体化了的全部有关历史的总结。词语意义的确定过程是两种语境相互作用的过程，瑞恰兹曾用两个比喻来形容语境理论的机制：一个是"警察行为"，指的是语境允许某些词语意义的存在，而驱逐另一些词语意义；另一个是"人体运动"，就好比当人们的手在运动时，其实全身的骨骼和肌肉也在运动。词语意义的确定也是如此，某一词语意义也从其他语境中的词语中获得支持，传统的语境往往是指语言意义呈现的条件，某个词、句、段由于上下文的具体条件不同而呈现不同的意义。在瑞恰兹那里，语境的概念不但被赋予了新的意义，而且理论内涵扩大了：一方面，他把语境的概念扩大到语言与所阐释的对象所处的历史时空的一切事物；另一方面，又着眼于词语之间的相互关系，体现了新批评学派核

心的理论观念，也对后来的接受美学、读者反映批评、分析美学等 20 世纪西方文论思潮产生了重要影响。

### （三）语义分析与文学内在批评

在具体的文学批评实践中，瑞恰兹将语义分析理论运用到文学语言的分析中，提倡对文本进行"细读"，力求把握文学作品的内在含义。在剑桥大学任教期间，瑞恰兹曾经在课堂上做过一次小小的"批评实验"，他把一些诗歌作品隐去作者的名字，然后要求学生在课堂上做出鉴赏甄别，结果那些大名鼎鼎的诗人的作品得到的大多是差评，而一些名不见经传的诗作却受到赞美。这让瑞恰兹认识到，与诗本身的价值和意义无关的大量其他因素可能一直以来影响了文学批评的判断，所以针对类似的批评界的混乱状况，他力图建立一种"科学化"的文学内在批评，以解决批评标准的无序问题。

瑞恰兹的文学内在批评是从他的语义分析理论中得出的，理论与实践的着眼点仍然是词语意义的产生过程，具体而言，其包含如下理论内容：

1. 关于文学价值的判断问题

首先，文学价值就是读者的经验价值，它能够使读者的心理经验得到平衡和协调。瑞恰兹认为，真正的批评家对艺术作品的评论不应该涉及艺术作品的质料客体，而只能是艺术作品在批评家身上引起的经验。例如，说一幅画美，其实指的是它引起欣赏者内心的一种经验形式。瑞恰兹把文学批评的对象分为两个部分："表述经验价值的，我们称之为批评部分；表述客体的，我们称之为技巧部分。"他把对作品对象性质和本身特点的评论称为"技巧意见"，而把艺术作品对欣赏者的影响和产生经验的评论称为"批评意见"。瑞恰兹认为文学批评的对象应该是关注艺术作品所引起的经验价值，批评语言应该主要是关于经验价值的语言。

其次，经验价值有优劣之分。瑞恰兹运用心理学方法分析经验价值的优劣。瑞恰兹所说的"经验"，是表示精神活动中出现的任何反应，因而是一个具有心理学意义的概念。因此，在《文学批评原理》中，他引入心理学的"冲动"概念描绘一首诗歌在心理学意义上的阅读经验。瑞恰兹认为，经验作为一种精神活动源于外部环境或人体内部的刺激作用，是以一个刺激开始并以一个行动结束的过程，这个变化过程就是"冲动"。他认为人们阅读一首诗歌的经验，其过程大体分为六个步骤：对印刷文字的视觉和这些感觉联系极为密切的形象、相对自由的形象、对纷然杂呈的事物的指称或"想法"、情感、情与意交织的态度。在这六个不同的步骤中，冲动始终存在：冲动始于视觉，终于情与意交织的态度。瑞恰兹指出，心理学意义上的冲动都是复合性的，生活经验中绝对没有单一性的冲动。人的精神活动由众多的冲动构成，在人的机体内部各种冲动之间是相互联系、相互影响的，所以形成了一个冲动组织系统。在这个系统中，一个冲动的挫败可能会影响其他冲动的完成，因此，冲动之间的组织协调问题对人而言至关重要，而对于文学阅读体验无疑有着深刻的启发。

最后，艺术家身上存在好的、有价值的经验，因而他们创作出的艺术作品能够协调冲动，是使冲动达到和谐状态的最佳媒介。瑞恰兹曾说："艺术家同时是这样一种人，他最可能拥有值得记载的有价值的经验。他是一个契机，精神的成长在此显现出来。他的经验，至少那些使其工作具有价值的部分，体现着冲动的调和，而在绝大多数精神中这些冲动仍然处于一团混乱、相互束缚、彼此冲突的状态。他的工作在于理顺绝大多数精神中发生紊乱的一切。"艺术家往往把这种可贵的经验记录下来，使之成为艺术作品。因此，真正优秀的艺术作品能使人们混乱的相互冲突的冲动变得协调有序，而文学的价值就是使读者的心理经验得到平衡与协调，文学价值的衡量标准也就在于对心理经验的协调程度。

2. 分析文学价值的实现过程

文学价值的实现，就是对读者的心灵施加影响，使读者达到心理上的平衡和协调统一，这其实就是文学交流活动。瑞恰兹说："批评理论所必须依据的两大支柱便是价值的记述和交流的记述。"瑞恰兹认为人作为社会性动物，交流活动是其生存所必需的组成部分，贯穿于人类发展的全过程。交流的内容则往往是人们总结的人生经验，但一个完整的经验形成之后，经验本身并不能自动传达给他人，必须借助某种媒介的力量，而文学艺术正是进行经验交流活动的最高媒介形式。经验大体分为两种：一种是智力性的，主要指文字所代表的客观事物；另一种是情感性的，是人们情绪的反应。瑞恰兹认为，情感性经验在诗歌经验中起主要作用。很多诗歌欣赏者往往关注的是诗歌的智力性经验，却忽略了情感性经验，所以他们不可能把握诗歌的真义。

文学自身含有的价值能使读者混乱的冲动达到和谐状态，而要实现文学的价值，就需要发挥审美交流的作用，把作家的经验完美地传达给读者。在这个过程中，文学作品起到关键性的作用：一方面，作品是作家"好的经验"的载体；另一方面，作品又是审美交流过程的中介。读者能否正确地理解作品，感受作品的情感性经验，关系到能否成功实现文学的价值和交流。由于文学作品在文学批评理论中的重要作用，所以瑞恰兹把批评实践的重点放在了作品分析上，文学作品为本体，作品自身就是目的，作品也是批评的出发点和落脚点。

3. 提出了文学语言的四种意义功能的理论

瑞恰兹划分了文学语言四种不同的意义功能，分别是"字面意义""情感意义""语气"和"目的"。"字面意义"是指作者运用语言叙述的事物，它是作者的经验载体。"情感意义"是作者对自己所谈到的事物的情感态度。"语气"是作者对于读者的态度，它往往能反映出作者对自己和读者之间关系的看法。"目的"是作者的写作用意，是作者运用这些语言所希望达到的效果。一般的文学语言的意义都是由这四个方面组合而成。瑞恰兹指出："圆满的理解不仅包括对作品思想的准确把握、对作品情感意义的正确领悟、对作品语调的精确理解和对作品目的的明确认识，并且要恰当掌握这些意义的秩序和比例，把握它们之间的相互关系。"假如批评者不了解文学作品的语言有这样四种意义，就不能对作品做出正确的评价和分析。瑞恰兹认为，批评者在进行作品批评时应该仔细地辨析、理解作品中每个词句的这四种意义，只有这样才能充分掌握作品实际，有足够的事实根据，从而客观地去评价一部作品。

4. 区分了科学语言和情感语言，强调文学语言是一种情感性的语言，是一种不符合客观事实但能在情感上被接受的"伪陈述"

瑞恰兹指出，科学语言和情感语言的区别在于：前者是指称客观事物，后者是要造成感情态度方面的影响。"为了一个表述所引起的或真或假的指称而运用表述。这就是语言的科学用法。但是也可以为了表述触发的指称所产生的感情的态度方面的影响而运用表述。"这就是语言的感情用法。情感语言和科学语言对于"真"的要求是完全不同的，他说《鲁滨孙漂流记》的"真"在于小说向我们讲述的事情可以接受，其可接受性在于有利于叙述效果，而不是其符合涉及亚历山大·塞尔扣克或另一个人的真实情况。科学语言指称客体，它的"真"是词语符合客体；而情感语言的"真"却不包含这层意义。情感语言是一种不同于科学语言的特殊语言形式，文学语言就属于情感性的语言，它们表达着作者的情感经验，同时又唤起了读者的情感经验。它们所指的事物未必是客观存在的，但是它们能够作用于读者的情感与态度从而使其变得可信，这便是文学语言的"真"。科学语言的功能是指事称物，传达真实信息，说的话可以和客观世界一一对应；而情感语言的功用是激发人的情感和想象，说的话并不一定和客观事实一一对应。前者是真实的叙述，是科学的真，后者是所谓的"伪陈述"，"在语言的科学用法中，不仅指称必须正确才能获得成功，而且指称相互之间的联系和关系也必须属于我们称之为合乎逻辑的那一类。——但就感情语言而论，逻辑的安排就不是必要的了。它可能而且往往是一种障碍"。

5. 提出了文学批评中的"细读法"

细读是语义分析的基本形式，"细读法"也是新批评学派最有理论创见和实践特征的批评方法，也体现了瑞恰兹文学内在批评的基本观念。"细读法"注重文学内部的结构组织，注重分析语言的多义性，强调在具体语境中分析语言的意义，并从读者心理的角度总结误读的原因。瑞恰兹指出，细读主要是对文学语言四种意义的辨析，细致地辨析词语意义是文学批评中的关键，只有完全理解了词语意义，批评者才能够完全地体会到作者的经验，进而对其价值做出分析和评价。"细读法"是为了抵制批评中的"外部标准"而提出的阅读主张，它要求排除与作品无关的一切因素而专注于仔细阅读和审视作品本身。因为每一首诗歌都是极其复杂的创作，表达着诗人丰富而又微妙的情感，是远比散文或科学复杂的文体形式，所以要正确理解诗歌就必须对其语义进行"细读"。瑞恰兹所说的"细读"包括两个要点：反复阅读和细致阅读。他认为只有经过反复而又细致的阅读，才能避免与作品无关的观念和想法出现，进而把注意力集中放在文学作品意义的解读上，从而达到读者掌握诗歌经验的目的，继而实现文学作品的价值。

## 三、艾略特

托马斯·斯特恩斯·艾略特，美国著名诗人、评论家、剧作家、文学理论家，英美新批评学派的理论先驱和奠基人。艾略特出生于美国密苏里州圣路易斯，祖父是牧师，曾任大学校长，父亲是商人，母亲是作家。艾略特早年就读于美国哈佛大学，主修哲学和比较文学，并了解梵文和东方文化。第一次世界大战后他来到英国，定居伦敦。1922年创办文学评论季刊《标准》，1927年加入英国籍，1948年获诺贝尔文学奖。艾略特曾受美国诗人庞德的影响，也曾受法国象征主义文学的影响。艾略特主要的文论著作有：《传统与个人才能》《批评的功能》《诗歌的用诗和批评的用诗》等。艾略特的诗学思想并不具有系统性，对英美新批评理论影响最大的是他的"有机整体观""非个性化"诗学主张和"客观对应物"理论。

### （一）有机整体观

有机整体观是艾略特在他1917年所著的《传统与个人才能》中提出来的，是其文论思想的重要组成部分。在《传统与个人才能》中，艾略特说：传统是一个具有广阔意义的东西。传统不能继承。假若你需要它，你必须通过艰苦劳动来获得它。

首先，它包括历史意识……这种历史意识包括一种感觉，即不仅感觉到过去的过去性，而且感觉到它的现在性。这种历史意识迫使一个人写作时不仅对他自己这一代了如指掌，而且感觉到从荷马开始的全部欧洲文学以及在这个大范围中他自己国家的全部文学，构成一个同时存在的整体，组成一个同时存在的体系。这种历史意识既意识到什么是超时间的，也意识到什么是有时间性的，还意识到超时间的和有时间性的东西是结合在一起的。有了这种历史意识，一个作家便成为传统的了。这种历史意识同时也使一个作家强烈地意识到他自己的历史地位和当代价值。

艾略特在这里所说的文学的"传统"大致包括以下几层含义：第一，传统只能通过劳动而获得，文学中的传统不是简单地继承的结果，而必须通过新的文学实践和探索才能有所发现；第二，传统同时具有"过去性"和"现在性"，传统在时间上具有连续性和历史性；第三，传统在时间和空间上具有整体性，一个国家或一个地区的文学传统构成一个同时存在的整体；第四，一个传统意义上的作家应该具有"历史意识"，并且通过某种"历史意识"确认自己的历史地位和当代价值。艾略特认为，传统是一个有机的开放系统，这个系统具有自我调整、自我更新的功能，是一个具有内在严整性和活跃生产性的有机整体。由于个人才能的贫乏、有限性和不完整性，传统便对其有了一种强有力的推动作用，对其产生了潜移默化的影响，而个人才能要体现出自身的价值和意义也必须融入传统的深厚底蕴之中。

在艾略特看来，"传统"具有两方面的特征：一是历史性；二是开放性。首先，传统具有历史性，他说："对于任何一个超过二十五岁仍想继续写诗的人来说，这种历史意识几乎是绝不可少的。"艾略特把传统视为一种有选择性的历时与共时并存的历史意识。传统不再是作为一种线性的历史存在，而是历时性和共时性的结合体。传统是一个充满活力的有机体，它包含不断相互作用着的过去和现在，它"包括一种感觉，即不仅感觉到过去的过去性，而且也感觉到它的现在性"。传统还是一种过去和现存、永久和暂时的统一体，是对"过去的过去性"与"过去的现存性"的意识。个人只能在传统中进行创造性的转化，无法凭空创造出完全属于自己的东西来。传统是积极的而非消极的，是动态的而非静止的，传统不是盲目地或胆怯地墨守前一代成功的方法，不是机械地模仿或追随前人；传统不是压迫个人才智发展的巨大负担和应当极力摆脱的阴影，而是具有广泛意义的东西。传统成了诗人们的共同财产，它们为个人创作提供有益的源泉。

其次，传统具有开放性。作为一个有机秩序体，它的序列不是恒定的，而是随着新成员的加入而发生变化。由于"传统"这一概念具有了开放性，传统不再是僵死和陈旧的让人厌烦的历史负担。艾略特说："从来没有任何诗人，或从事任何一门艺术的艺术家，他本人就已具备完整的意义。他的重要性，人们对他的评价，也就是对他和已故诗人和艺术家之间关系的评价。你不可能只就他本身来对他做出估价；你必须把他放在已故的人们当中来进行对照和比较。"这样，诗歌批评不再那么主观印象化和直觉化，而是有了一个相对客观的标准，这个标准不仅能够作为新的历史评论原则存在，更是作为一种新的美学评价原则和美学价值而存在。诗人处于由过去诗人组成的诗人群之中，对个人的评价也就有了一个由传统构成的参照体系。个人在他眼里只是一个有限的历史存在，其理性、知识和经验都是狭隘的。个人只有自觉地融入传统秩序之中，敏锐地意识到自己在其间的位置，才能有所作为。

在对文学的"传统"重新理解和界定的基础上，艾略特提出了他的文学"有机整体观"。具体来看，艾略特的文学"有机整体观"理论主要包括以下内容：

首先，艾略特把整个的文学艺术看作一个有秩序的整体，并且这个整体是有机的和动态的，会随着文学艺术发展的需要随时发生新的整合，而这种整合不只是加进一个新的个体那样简单，而是在新成员进入这个整体之后，这个整体的整个秩序都要发生相应的改变，从而形成一个新的有机整体。他强调："现存的不朽作品联合起来形成一个完美的体系。由于新的艺术品加入到它们的行列中，这个完美体系就会发生一些修改。在新作品来临之前，现有的体系是完整的。但当新鲜事物介入之后，体系若还要存在下去，那么整个的现有体系必须有所修改，尽管修改是微乎其微的。于是每件艺术品和整个体系的关系、比例、价值便得到了重新的调整；这就意味着旧事物和新事物之间取得了一致。"不断有新作品加入这个秩序当中，意味着过去的作家将永远面临着重新被后世评价的情况，这也在某种程度上决定着文学史要不断地被重新改写，以适应不断变动的文学新秩序。这也决定了在由一个有机秩序所构建的传统中，诗人和传统不再处于对立的、毫不相关的隔离状态，对每一个诗人的评价不再着眼于其本身，而是要把其植入一个有机传统中加以评价和定位。

其次，艾略特除了把整个的文学看作一个有机整体之外，也把每一个具体的文学作品的存在看作一个有机的整体。他认为每一部作品的各个组成部分并不是一种简单的叠加，而是一种各要素的有机组合。因此文学批评家在解释和评论作品时，对构成作品的每一个部分都应当与作品的整体相联系，这样才能获得准确和客观的解释。从古希腊的亚里士多德到当今的西方文论，许多文论家都用联系的观点分析文艺作品的内部构成，研究文学现象之间的关系，这种有机整体观其实也一直是西方文学研究的一个优良传统。艾略特对传统的文学"有机整体观"既有继承也有发展，充满辩证色彩，他不仅着眼于整个文学的历史传统，而且具有开放性的视野和历史性的眼光，从而推动了传统文学理论观念的新发展。

## （二）非个性化诗学

在《传统与个人才能》中，艾略特分析了传统与现代诗人的关系，他认为现代诗人一方面不可以无视传统的存在，要接受传统的滋养；另一方面也要认识到从荷马迄今的欧洲文学是一个整体，古今文学在这个整体里形成一个同时并存的秩序。所以，传统与现代之间存在顺应与互动的关系，传统是现代的一部分，也受到现代的修正。在成熟的诗人身上，存在过去诗歌的痕迹，后者组成了诗人个性的一部分。因此，不管是从创新的角度还是从现代文学发展的角度来说，诗人都必须深切认识到自己是传统的一部分，诗人的个性、价值、才能都离不开这个"传统"，所以诗人应该拒绝在诗歌中表现自己的个性。他甚至认为"诗歌不是感情的放纵，而是感情的脱离；诗歌不是个性的表现，而是个性的脱离。当然，只有具有个性和感情的人们才懂得想要脱离这些东西是什么意思"。基于这种观念，艾略特提出了"非个性化"的诗学主张。

艾略特"非个性化"诗学主张的核心理论是反对浪漫主义文学观念的抒情原则，倡导一种消除个性、力求科学的文学批评观念，强调文学研究应该回到"诗"本身，"文学传统"才是文学批评的标准和价值所在。作家在艺术上的进步意味着持续不断的自我牺牲，持续不断的个性消灭。他说："诗人有的并不是有待表现的'个性'，而是一种特殊的媒介，这个媒介只是一种媒介而已，它并不是一个个性，通过这个媒介，许多印象和经验，用奇特的和料想不到的方式结合起来。对诗人本身来说，这些是一些重要的印象和经验，但它们却在他的诗歌中可能没有占任何地位，而那些在他的诗歌中变得重要的印象和经验却可能在诗人本人身上，在他的个性上，只起了一个无足轻重的作用。"为此，他首先区分了个人的情感和诗歌中的情感，强调生活与艺术之间的界限。艾略特认为诗人的卓越并不在于由生活中某些特殊事件所唤起的个人情感，因为个人情感可能是简单、粗糙和乏味的。而诗歌中的情感不同于个人生活中的情感，它是一种非常复杂的东西，并且"它的复杂性并不是那些生活中具有非常复杂或异常的感情的人们所具有的感情复杂性"。由于个人情感的微不足道，艾略特否定浪漫主义者努力追寻新的情感表达方法，认为"诗人的任务并不是去寻找新的感情，而是去运用普通的感情去把它们综合加工成为诗歌，并且去表达那些并不存在于实际感情中的感受"。尽管诗人自己所熟悉的感情对他来说是有用的，但诗人所需要去表达的并不是个人新奇的感情，而是需要对他所没有经历过的感情和经验加以综合的表现。在这个意义上，诗歌是一种经验和情感的集中，诗人在这种过程中起了一个"储存"的作用。为了形象地说明诗人在诗歌创作中由"个性"转化到"非个性化"的媒介作用，艾略特借用一个化学反应来形象地说明。在化学反应中，氧气和二氧化硫在白金丝的催化下发生化合作用，生成硫酸，而在此过程中白金丝却没有受到任何影响，也没有发生任何变化。艾略特巧妙地把诗人比作这种白金丝："诗人的头脑就是那少量的白金。这个头脑可能部分地或全部地在诗人本人的经验上进行操作。但是，诗人的艺术愈完美，在他身上的两个方面就会变得更加完全分离，即一方是感受经验的个人，另一方就是进行创作的头脑。头脑也就会变得能够更加完美地消化和改造作为它的原料的那些激情。"[1]

其次，艾略特的"非个性化"诗学主张并不是否定个性和情感的表达，而是强调诗人要做到"间接地表现"诗人的个性和情感，而且要对诗人的个人情感进行提炼，以表达一种人类更为普遍的情感。这也就要求诗人处理好特殊与普遍、复杂与单一的关系。优秀的诗人应该有能力超出强烈个人感情的表达，以表现一种普遍的真实，在保留个人经验特殊性的同时，也要把这种个人经验提升和转化为普遍的经验。当然，艾略特并不否认诗人具有个性，但他认为诗人的个性对于创作并无太大作用，他希望优秀的诗人能够像莎士比亚一样，把个人的情感转化为具有共通性的、普遍的情感。

英国浪漫主义诗人华兹华斯曾说："诗歌是强烈情感的自然流露，它起源于在平静中回味的感情。"[2]这种观念向来是浪漫主义诗学所主张的，浪漫主义者把情感作为诗歌表现的对象，认为诗人的心灵是诗歌创作的源泉，而诗人则是依靠自己的天才创造出诗歌。但浪漫主义诗人抒发个人情感的同时，也造成了个人情感的泛滥乃至将诗歌创作沦为声嘶力竭的呐喊，艾略特提出他的"非个人化"正是对这种诗歌创作倾向的批判乃至反叛。新批评学派的理论发展曾经受到了浪漫主义思潮的影响，但它受到的是济慈等浪漫主义诗人在节制诗人情感、消弭诗人个性方面的影响，像华兹华斯这样的浪漫主义诗歌创作观点却恰恰是艾略特所反对的。艾略特认为，一个艺术家只有消弭了自己的个性，融入传统，才能创作出优秀的艺术作品，他的"非个性化"诗学理论提倡作者放弃对个性的追求，使作品自身成为作家与传统相互发生的共时的存在物。他的理论观点成了新批评学派重要的理论基石，他的"非个性化"诗学主张也是新批评学派的科学的文学批评观念的主要理论潜源，但他反对诗人张扬个性和表现情感，这一点又与诗歌创作的一般规律有一定的矛盾，这也是他的"非个性化"诗学主张的不足之处。

[1] 艾略特.传统与个人才能[M].上海：上海译文出版社，2014.

[2] 华兹华斯著.华兹华斯诗选[M].桂林：广西师范大学出版社，2009.

## （三）客观对应物

艾略特强调诗歌创作需要融入传统，诗人在创作中需要消弭个性、节制情感，并认为诗人的感情要想进入作品，就必须转化为普遍性的艺术性情感，那么，诗歌既要逃避个人情感，脱离个性，又要表现普遍性情感。诗歌创作如何才能达到这个要求呢？为此，艾略特提出了"客观对应物"理论，认为诗歌等文学作品与作家的个性创作无关，文学作品只是诗人情感的"客观对应物"。

"客观对应物"理论是艾略特在《哈姆雷特》一文中提出的，他认为《哈姆雷特》"远非莎士比亚的杰作，而确确实实是一部在艺术上失败了的作品"。其失败原因在于情感与外界事物没有准确对应。艾略特把莎士比亚的悲剧作品《麦克白》和《哈姆雷特》进行了对照分析，他认为《麦克白》的细节、氛围与诗人的情感能够准确对应，"你会发现麦克白夫人梦游时的心境是通过巧妙地堆积一系列想象出来的感觉印象传达给你的；麦克白在听到妻子的死讯时说的那番话使我们觉得它们好像是由一系列特定事件中的最后一个自动释放出来的"，而《哈姆雷特》缺乏的正是这种艺术上的"不可避免性"与外界事物和情感之间的对应关系。所以艾略特说："用艺术形式表现情感的唯一方法是寻找一个'客观对应物'，换句话说，也就是用一系列实物、场景，一连串事件来表现某种特定的情感。要做到最终形式必然是感觉经验的外部事实一旦出现，便能立刻唤起那种情感。"诗人的情感要转化为具有普遍性的艺术情感，不是直抒胸臆，而应该通过寻找"客观对应物"来表现。

首先，在诗歌创作中，如何才能恰当地找到"客观对应物"？艾略特提出，首先要求诗人将自己的内在感情客观化，使内在情感变成清晰的外部世界的表现并展现在读者面前，而不是让诗歌成为诗人情感的简单宣泄。其次，说明情感只存在于诗歌本身，任何对于诗歌本身之外的诗人感情的推断与解释都是徒劳无益的，他反对将诗人的任务看作向读者传递某种确定的情感和思想，也不同意评价诗人优劣的标准是依据传递情感和思想的效果。最后，艾略特强调，正是因为诗人是通过"客观对应物"来表达普遍性的艺术情感，所以诗歌批评应该坚持客观性的标准，这个标准就是诗歌由一系列实物、场景，一连串事件等构成的自足的稳定结构，它们是作品结构的有机组成部分，也是情感表达的媒介，欣赏者和批评家关注的应该是这种媒介物的形态和特点。

很明显，艾略特的"客观对应物"理论是与他的"非个性化"诗学主张联系在一起的，可以说，它们共同构成艾略特文论思想的重要内容。他的"客观对应物"理论也集中反驳了浪漫主义文论的片面之处，并对20世纪现代主义诗歌的创作和批评产生了巨大的影响。艾略特的"有机整体观"、"非个性化"诗学主张和"客观对应物"理论也与英美新批评学派的其他一些理论观念和概念如含混、反讽、悖论、张力、隐喻等，构成20世纪西方文论中的"文本诗学"的重要理论主张，对文学批评有重要的启发。

# 第二章　英美文学与结构主义

## 第一节　《艰难时世》

维多利亚时期所谓的"工业小说"，如《艰难时世》，给文学评论提出了难题，设下了陷阱。因为这些小说直面当时的社会问题，人们往往根据其反映的社会历史事实的"真实程度"来评价它们。关于《艰难时世》的现代评论就清楚地反映了这一趋势。例如，汉弗莱·豪斯在《狄更斯的世界》一书中，认为该小说是一个失败。因为狄更斯选择的是他既不能够也不愿意充分把握的题材：狄更斯对功利主义的理解不够充分，不足以对它进行有效抨击；而且，在处理工业关系这一主题时，歪曲了他自己所观察到的情况，这从他在《家常话》关于朴莱斯顿罢工的报道中即可看出。利维斯博士在《伟大的传统》中，对该小说做出令人吃惊的高度评价，同时在后一点也承认了狄更斯的不足，但仅一笔带过。在他看来，小说的中心是通过塑造葛擂硬和庞得贝这样的人物来批判功利主义。对后一点的处理，利维斯声称："狄更斯对于功利主义的渊源和实际趋势做出了中肯的评价，正如他在描写葛擂硬之家与葛擂硬上小学时，对待维多利亚时期教育所充斥的功利主义思想也做到的那样。"约翰·霍洛威在他的文章《〈艰难时世〉，一部历史和一部评论》里反对这一观点。霍洛威广泛地利用当时的百科全书、课本和政府报告作例证，有力地说明狄更斯对功利主义以及随之而来的种种做法的描述，不仅有失公正，还前后不一。涉及工业主题时，他同意豪斯的观点，强调狄更斯"有意歪曲了他访问朴莱斯顿时的所见所闻"。在这部小说的企鹅版导言中，马克思主义批评家大卫·克莱格的观点与此完全相反。他断言《艰难时世》"深深且多方面地植根于其时代他所收集的哈蒙德及其他社会历史学家对当时的寄宿学校的描述，紧密呼应《艰难时世》的开头几章。由此，他试图证明，狄更斯对葛擂硬教育哲学的批判，本质上是真实的"。"由雄心勃勃的棉业老板们资助的教育制度，"克莱格说，"即实践中的对功利主义的生动讽刺，甚至在狄更斯以讽刺的模式再现它们之前就已出现。"但谈到对工人阶级的塑造时，小说的这个"模式"就不太容易为克莱格所接受。而且，随着导言的深入，他宣称小说真实性的口气也越来越模糊。他的结论读上去就像一篇斯大林式的社会现实主义戏仿之作："如果人们真能想象到有这么一部有待完成的伟大工业小说，他们可能会建议，小说里的雇主们应是激烈讽刺的对象，而人民大众的形象则应具有鲜明的现实主义色彩。要是狄更斯未能做到后一点，他的小说就会比较乏味；只要他在第一点上高人一筹，小说就是成功的。"

关于《艰难时世》的批评史表明，将一部小说和它的社会历史渊源比来比去，是不能解决小说在艺术上究竟有多大成就这一问题的。这么说并不是因为小说的成就与其是否忠实于事实毫无关系；但是，当评论家们在虚构与事实之间反复考虑时，他们忽视了构成叙事的创作过程中一个至关重要的阶段，即从文本的深层结构至表层结构的转换。也就是说，我们要考虑的不只是历史资料转换成虚构的叙事，还是叙述性的"法布拉"，即一个可用无限种方式实现的故事，转换成一个具体的"苏热特"，即文本。正是在这一过程中，小说特定的文学特性以及与此相应的读者反映就确定了。

在早年写的一篇论《艰难时世》的文章中，笔者试图通过对小说表层结构作形式主义分析来协调对该小说各种相矛盾的评价。笔者所说的表层结构，就是小说的典型风格和修辞。笔者建议把小说的说服力而非真实性视为成败的标准。在本文中，笔者打算从更深的层次，即叙事技巧层次来考察小说结构，以补充前文，目的在于解决这个问题：《艰难时世》的成就究竟在何处。而首先笔者要回答另一个问题：《艰难时世》属于哪一类小说？

利维斯博士在高度评价该小说时，将之归为道德寓言一类。他是这样来定义"道德寓言"的："其意图具有特别的持续性，这样，寓言中的一切——人物、事件等——所具有的典型意味，一读便清晰可见。"但正如罗伯特·加利斯所指出的，利维斯博士对《艰难时世》的解读和他在《伟大的传统》中对其他小说的解读没有什么明显的不同，而且他所声称该小说拥有的一些特质其实几乎不存在。这部小说的这种格外清楚明晰的特点，利维斯概括为"寓言"，加利斯教授则名之为"戏剧"，但这是一个他在狄更斯所有作品中都可以发现的特质。然而大多数《艰难时世》的读者已经感受到，这部小说给人那么一点儿特别与众不同的感觉。在下文中，笔者将从形式的角度分析《艰难时世》特有的道德化的戏剧性，首先从分析时间和"视角"的范畴开始。

狄更斯在小说中对时间的处理最重要的地方涉及杰拉德·热耐特提出的"延续过程"。"延续过程"影响叙事节奏。至于事件的时间顺序则无需给予太多评论——《艰难时世》中没有如《呼啸山庄》或约瑟夫·康拉德小说那样将时间顺序完全打乱重排的情况。狄更斯直截了当地讲故事，按照事情发生的顺序叙述事件。然而，说到叙事的节奏，它可比作者的其他小说要快得多，当然也快于同时期的其他"工业小说"——像盖斯凯尔夫人的《玛丽·巴顿》或狄斯累里的《西比尔》。这种快节奏的出现，部分原因是将几年内发生的事情浓缩为一个相对短小的文本，但也是由于大量削减描写造成的，这是和狄更斯通常的做法比较而言的。当然，在《艰难时世》里也有一些栩栩如生、令人难忘的人物和地点描写，但都高度精练，并且显然起着象征作用，而不是刻画现实。具有代表性的是对葛擂硬先生的外貌和体格以及屋舍的描写，规规整整的几何状，一清二楚的明细账，用的都是这样一些比喻性字眼。描写地点的方式亦相同，寥寥几笔就生动地描绘出：

红砖墙、黑煤烟的焦煤镇，面貌丑陋、样式雷同的城市建筑，不知名的工人在他们破旧的、彼此相同的居所和被讽刺地比作灯火辉煌的宫殿的工厂之间于固定的时间进进出出，工厂里蒸汽机上的活塞正"单调地移上移下，就像一个患了忧郁症的大象的头"。人们常提到的狄更斯的这种用写非生物的手法描写生物或反向运用的技巧，在此取得了一种一目了然、漫画性质的简洁和节省笔力的效果。由于描写的出现总是暂时中断了叙事流，这种简洁就造成《艰难时世》叙事节奏的加快——文本被分成简短的章节，使得节奏更加快。比起其他一些小说如《董贝父子》或《荒凉山庄》中的相应段落，作者的议论占用的篇幅就更少了。《艰难时世》最初是写给《家常话》的，之所以有这些特点，毫无疑问，部分原因是适应《家常话》每周连载出版的要求——但这仅仅是部分原因。其他一些小说如《老古玩店》或《远大前程》最初也以同样方式出版，却相当不同，节奏更为松缓。《艰难时世》的基本节奏是：高度凝缩及程式化的作者的叙述／评论与人物对话相交替，表现方式很有舞台效果或戏剧性，作者的评论和分析相对较少。在这些对话场景里，文本的速度接近"现实生活"的速度，但很少放缓，因为狄更斯没有停下来详细地考察人物的动机和反应。

现在该说到"视角"了。《艰难时世》是由一个作者的声音来讲述的，这个声音偶尔自称"我"，自然会被视为扉页上出现的"狄更斯"的第一人称。换句话说，他是一个可靠的叙述者，吸引着我们接受其价值观和意见。他还无所不知，就是说，关于人物及其行为的信息，所有该知道的他都知道，尽管为叙事起见他会保留或推迟透露他所知道的。并且他不请自来，总是运用很有说服力的语言就教育、政治、社会公正等问题不时发出有争议性、说教性的评论，从而将注意力吸引到他所讲的故事上来。如果说整部小说被视作一个"话语"的话，除了人物的直接引语以外，是由作者的声音说出来的。但是，当作者做讲述时，他经常只限于讲述某一具体人物的所见和所感。这样，叙事就限于某个人物有限的和难免失误的视角之内，悬念和秘密由此产生，因为读者同人物一样说不准下一步将发生什么。

叙事让每组的成员互相接触，且间或地将他们从一组移换到另一组，以此来产生秘密和悬念，同时从道德的角度阐明对文化和社会的某些看法，这都是由作者的声音明确阐述的。在这些效果中，秘密可能最不重要，早在事情水落石出之前，只有头脑迟钝的读者才猜不出汤姆是抢劫犯，派格拉夫人是庞得贝的母亲。比起狄更斯的其他小说，《艰难时世》的情节几乎不依赖神秘性来引人入胜。叙事的简单吸引力主要来自悬念——在于这样一些问题，如：露意莎会有通奸行为吗？斯梯芬会被找到而且洗脱嫌疑吗？汤姆会摆脱毕周吗？最重要的是，故事的说教性和解说性含义主要是由一系列具反讽意味的逆转或情节突变传达出来的。结果葛擂硬先生的功利主义人生哲学的错误性恰恰体现在他对子女及他人的教育的失败上。露意莎童年所受的教育使她在情感上如此匮乏以至于缔结无爱的婚姻，从而轻易地受到赫德豪士的诱惑，而这人又是葛擂硬亲自介绍到焦煤镇寻求功利主义政治利益的；汤姆长大成了一个败家子、小偷，而当葛擂硬先生欲将儿子从丑行败露的困境中解救出来时，差点儿坏事的是他自己学校的模范学生毕周，此人还为自己的插手找出无懈可击的功利主义的理由。与此对照的是，西丝·朱浦，在葛擂硬的制度下不可调教的人，出落成一个有着出色性格的女青年，正是她道义上的支持和实际的协助令葛擂硬越来越深地依赖她。讽刺性逆转这一主题思想贯穿整部小说。斯巴塞太太尽力讨好庞得贝先生，两次想大发脾气却熄了火，这和露意莎涉嫌私奔有关，另一次是在追捕派格拉太太时，这一幕也是庞得贝自取其辱的逆转。

不过，以上关于《艰难时世》形式的描述并没有为说明这部小说的独特之处进一步提供帮助。狄更斯的大部分小说都涉及几组取自社会不同阶层的人物，人物之间引人入胜和有教益性的关系组成故事情节。这些关系大多由一个无所不知的、爱插话的作者的声音讲述。这个作者的声音却常常将自己限制在某些人物的所见所感上。的确，有人可能说这是从司各脱到乔治·艾略特的大部分经典英国小说的形式。而《艰难时世》的独特性在于将没有哪个人物的视点统领整部小说，换一种说法，就是没有主人公：没有哪个或哪一对人物的命运引起读者的大部分兴趣。西丝、露意莎和斯梯芬·布拉克普尔都是这一角色的可能人选，但作者从未让我们与他们的视角充分保持一致，从而真正地认同他们。的确，我们几乎从未洞悉过女孩们的思想——主要从其他人物的视角中观察她们；对斯梯芬的刻画尽管更内在一些，但她在小说显著位置出现的次数不足以统领小说。那些出场时间很长、其视角被叙述人采用的人物又都是道德上不可靠的，如第一卷前几章中的葛擂硬先生、第二卷的赫德豪士和斯巴塞太太。他们中也没有谁可以统领全书。这本书给人总体的印象是视点的快速和不断的转移，不仅从一章转到另一章，而且经常在同一章内转移。没人可以统领全文，没人在很大程度上得以内在表现。要知道他们在想什么、感受怎样，我们只能从他们的谈话——大声的、彼此之间的谈话中得知。叙事由场景而不是事件构成，由人物之间清清楚楚的对话构成。教室里的一幕、飞马店的场景、露意莎和她父亲讨论庞得贝求婚的对谈、与之呼应的在逃脱赫德豪士的诱惑后就她受教育的方式对葛擂硬的责备、工人集会上的讲话，以及斯梯芬·布拉克普尔与庞得贝的两次对峙、赫德豪士阴险地与露意莎和汤姆进行的密谈，以及他在旅馆里与西丝对话交锋中的落败——这些和许多类似的场景是组成《艰难时世》的基本材料。甚至作者的声音也是一个说话的声音：他不是沉思默想的散文家，抑或炉边的谈伴，而是一个演说者，一个重击讲道坛的人，一个宣读开场白和收场白的角色。

人所共知，狄更斯毕生对于戏剧和舞台表演艺术都持有兴趣，也不止有一位评论家关注过他的文学天赋中的舞台特性。戏剧的影响在《艰难时世》中尤其显著，而这对于那些期望小说比较细致和真实地再现生活的读者很难有吸引力，这一点被狄更斯伟大的同时代人约翰·罗斯金敏锐地观察到了。

那部作品的实际效用被很多人严重地低估，就因为庞得贝先生是一个戏剧化的怪物而非世俗雇主的典型，斯梯芬·布拉克普尔是戏剧化的完美形象而非诚实工人的代表。

但让我们不要忽视狄更斯对机智和见识的运用，因为他有意选择在舞台灯火的包围中讲话。

那么，要对《艰难时世》进行赞同性的解读，就必须认识到它在方法上很大程度地借助通俗戏剧。可以通过比较狄更斯的小说和童话剧这一独特的英国戏剧形式来证明这一点。源于一种哑剧形式、植根于意大利文艺喜剧的童话剧在 19 世纪发展成为一种混合形式的叙事剧。它通常建立在传统故事如童话的基础上，将音乐、舞蹈、布景、粗俗幽默、闹剧和浓厚的情节剧成分与观众一边看一边发出的嘶声、嘘声和欢呼声结合在一起。当然，现在它还是一种极受欢迎的娱乐形式——的确，一年一度的观看圣诞童话剧是英国普通家庭惠顾现场戏剧表演的唯一机会。

童话剧有助于阐明《艰难时世》的独特性，有好几个原因：首先，类似童话剧的某种因素实际上已在小说里存在。史里锐马戏团的演出并不像今天我们的马戏一样是纯粹的场面上的表演，它富含极强的叙事和戏剧因素。比如，西丝的父亲就在"新奇而可笑的马上戏剧'裁缝往勃润特福之旅行'"中扮演主角，演出"杀死巨人的杰克"时汤姆乔装打扮成黑仆人。那么狄更斯引导我们去赞同的不仅是马戏团的人所代表的价值观，还有他们所采用的艺术形式。其次，正如笔者在别处证明的，引用与童话剧典型相关的童话故事和童谣，在《艰难时世》的文本中随处可见：魔鬼与女巫、飞龙与仙子、骑在扫帚把上的老婆婆、长弯角的母牛、彼得·潘，等等。葛擂硬先生无情地将这一类幻想从孩子们的教育中驱除，而这正是他的教育制度荒谬的标志。

"你念给你父亲听的是些什么，朱浦？"葛擂硬先生更加放低了声音问道。"仙女的故事，老爷，还有矮人、驼背和神怪的故事，"她呜呜咽咽地说，"还有——""嘘！"葛擂硬先生说，"够了，够了。这种破坏性的无聊话，不要再讲下去了。庞得贝，这样的人需要严加管教，我要好好地加以注意。"

最后，或许是最为重要的一点，人物自身往往扮演源自文学和戏剧传统的角色。露意莎和汤姆好像是常出现在童话故事里的一对兄妹，被重重危险所包围——在这里，恶魔是他们的父亲。对于斯梯芬·布拉克普尔来说，庞得贝就是城堡中的巨人，但他的形象很大程度源于传统喜剧角色大话王，即"米雷斯·格罗里奥塞斯"，那个好吹牛而实际上胆小的士兵。随着葛擂硬家子女长大成人，露意莎变成面临威胁的公主，中了邪恶仙女或女巫的魔法；汤姆成了行窃的无赖；赫德豪士则是总处在烟雾缭绕中的魔王。带着他那种独特的从容态度抽着烟，而且和颜悦色地看着那个狗崽子，似乎他知道自己是一个迷人的鬼精灵，他只消缠着对方，那么，如果必要的话，对方一定会把自己的整个灵魂出卖给他。

这些人物交往的方式，正是典型的童话剧及其他通俗戏剧中直接、明显、常规的戏剧方式。笔者将给出三个例子：第一个例子是西丝要赫德豪士放弃说服露意莎的妄想且立即离开焦煤镇。在小说中，西丝融灰姑娘与充当保护人的仙女的角色于一身。她成功地打发掉魔鬼诱惑者赫德豪士，但她的成功更多地来自我们对这类固定角色的接受，而并非在于她的话多么有说服力，或赫德豪士的动机有几成可信。第二个例子是那个神秘的老太婆。在庞得贝眼里，她"似乎时常骑着一把扫帚飞到镇上来"，他怀疑她与银行抢劫案有关，这个老太婆却恰恰是他的母亲，因而他自称白手起家的谎话被戳穿。这一幕具有高度戏剧性，不仅因为它几乎完全由直接引语组成，还在于有很多镇上的人们蜂拥而至，在庞得贝府邸看热闹。他们怎么会被放进来，首先就很难令人相信，而他们怎么能被允许一直待到庞得贝认出母亲来，这就更不可信了。但是为了成全一个戏剧式结局，将现实主义给牺牲掉了。在这个结局里，作为仪式的一部分，所有"成员"登上舞台见证庞得贝的丢人现眼。第三个例子是露意莎回到父亲身边，责备他昔日在她情感教育上的失误。给露意莎设计的完全是属于舞台的台词和手势，而这一章最后是一句颇有分量的"落幕前的结束语"和象征性的戏剧场面，小说主旨在此昭然若揭：

"看啦，父亲，你把我弄到这个地步。还是用什么别的法子来救救我吧！"他及时地紧紧地抱住她，使她不至倒在地板上，但是她却用一种可怕的声音叫道："要是你抱着我，我就要死了！让我倒在地上吧！"于是他只好把她放了下去，眼睁睁看着他心里所引为豪的人、证明他的教育方法大为成功的那个人，变成毫无知觉的一团，甚至瘫倒在他的脚下。

这一幕更多地源于情节剧而非童话剧，也正是在这方面，狄更斯所受到的通俗戏剧手法的影响给他的读者，尤其是现代读者，制造了问题。用童话剧形式来处理"英国状况"的主题，是极具想象力的一笔。首先，它使狄更斯不必客观、细致、逼真地表现功利主义、工会运动或者工业资本主义的运行——不管怎么说，他都缺乏必要的经验和技术知识来做到这一点。其次，通过嘲讽式地借助童话世界，让这了无生气、布满沙砾的维多利亚工厂小镇的居民重新上演民间传说和传奇的中心情节，将人们的注意力引向对人类幻想的压抑和消灭，而狄更斯认为如果完全按照物质至上主义、经验主义的"有用"的标准来治理社会，就会造成文化上的灾难后果。这双重效果集中体现在反复将焦煤镇的工厂描写为"童话宫殿"：我们看到的不是现实的、充满记录式细节的对工厂的描写，而是一个有反讽意味的隐喻。抱怨小说如果缺少现实成分，就不能捕捉到隐喻的含义。在《艰难时世》里，狄更斯似乎在尝试某种类似布莱希特戏剧的"间离效果"的东西：陌生化的不仅是故事题材，好让它在我们看来面目一新，而且有表现方法本身。结果，我们不是逐渐沦入一种对生活幻象的被动欣赏之中，不是激动地对故事产生反应，而是不得不认识到它的不自然性并且思考其意识形态的内涵。当然，狄更斯不像布莱希特那样一以贯之地采用间离手法——这样要求他也未免不合时宜。在《艰难时世》的有些地方——如露意莎和她父亲对话的场景或斯梯芬·布莱克普尔死亡的一幕——他利用通俗戏剧的技巧来引发读者对故事做出充满感情的、其实是感伤的反应，而且似乎在逃避关于阶级、资本主义和社会公正等由他自己提出的尴尬问题。《艰难时世》不是一本完全令人满意的小说，但是当我们考虑到狄更斯实验的胆识时，我们或许更应该记住的是他的小说的成就，而非小说的瑕疵。

# 第二节　《了不起的盖茨比》

从许多方面来看，菲茨杰拉德的《了不起的盖茨比》的布局都很精巧，小说的结构本身就很吸引人。简要地描述一下这个文本的结构对称即可说明这一点。小说叙事是围绕杰伊·盖茨比追求、获得和失去黛西·菲·布坎农的过程进行的。正如我们在倒叙中看到的那样，这次失败的追求只不过重演了小说开始之前年轻的盖茨比追求、获得和失去黛西的过程。两次失败的追求都被压缩在短短几个月之内，盖茨比每一次都隐瞒了自己的出身，因此小说中的过去和当前在结构上有一种叙事对称。在第五章盖茨比与黛西重逢之际，又出现了一种结构对称：全书共九章，第五章正好处在中间。从叙事时间上讲也是如此：尼克首次造访布坎农的新家是在 6 月初，当时"夏天的故事真正开始"，而盖茨比在 9 月初死去，盖茨比和黛西重逢是在 7 月末，正好处于中间。

当然，在这些叙事模式中，无论哪一种都可以为《了不起的盖茨比》的结构主义分析提供起点。然而，笔者想集中探讨的是其中的一个结构，笔者认为它应当是其他结构的基础。笔者想通过茨维坦·托多洛夫的主题句模式来阐明该小说的叙事"语法"。正如你可能想起来的那样，我们根据这个框架去找出文本是如何通过重复出现的行动与特征和相关的特定人物之间形成的关系模式建立起来的。换句话说，我们试图找出文本是如何通过重复相同的语法、相同的公式，或者说相同的"句子"来建构的。

当然，小说"寻找—找到—失去"套路的"主导情节"是主人公杰·盖茨比的故事。如上文所述，他寻找、找到、失去过黛西两次：一次是在小说开始之前，在他年轻时代。第二次是尼克在西卵与他比邻而居的那个夏天。此外，当他把自己的名字从詹姆斯·盖茨改成了杰·盖茨比的时候，他追求、得到、失去黛西的叙述与他对新生活的追求、得到与失去的叙述是联系在一起的。因此，他"寻找—找到—失去"的故事不仅在不同的时间段重复，也表现出不同的目的：爱情与社会地位。当然，他死的时候两者都失去了。还有，盖茨比的叙事为其他角色的叙述提供了"依附"框架：正是通过尼克之口展开盖茨比的故事，才引出其他故事。

黛西的故事不仅反映了盖茨比叙事所贯穿的"寻找—找到—失去"模式，也反映了它的重复特征。我们在倒叙中看到，年轻的黛西·菲追求刺激，这在她对中尉杰·盖茨比的爱情中找到了，他参加了战争，于是她失去了他。然后她寻找的是情感上的安全，在她与汤姆·布坎农的婚姻里找到了，而当她不久后发现汤姆一直对她不忠的时候，也失去了这种安全。最后，她向往的是从汤姆那里得不到的关爱，在盖茨比身上找到了，当他死去的时候又失去了它。

类似"寻找—找到—失去"的结构，也支撑着汤姆·布坎农、茉特尔·威尔逊以及她丈夫乔治叙事的结构。年轻的时候，汤姆寻求的是自我满足，他在大学橄榄球队的辉煌岁月里体验到了，毕业后就失去了。结婚后，汤姆寻求的是一种类似的自我满足——"下等人"对自己的崇拜，通过引诱一个又一个工人阶级妇女来实现，眼前的例子是茉特尔·威尔逊。然而，无论是哪一种情况，他自我满足的时间都与谈情说爱持续的时间一样长，因此汤姆不断地返回到得不到满足的追寻者的位置上。

相似的是，茉特尔·威尔逊所追求的，是摆脱婚姻的无聊与贫困的生活，她在汤姆·布坎农身上找到了，却因肇事者逃逸的车祸丧身而失去。当然，即使她活了下来，也不能指望与汤姆顺利结婚。汤姆显然有意避免与茉特尔长期厮守，他对她撒谎说黛西信天主教，永远也不会同他离婚。在茉特尔"寻找—找到—失去"的叙事背后，像一个影子一样徘徊的是乔治·威尔逊的叙事，他寻找的是爱情，在他与茉特尔的婚姻里找到了，而当她与汤姆有了私情对他不忠的时候，或者更确切地说，当她知道乔治在婚礼上穿的西装是借来的那一刻，他就失去了爱情。

与这些"寻找—找到—失去"结构相对照的是"寻找—找到—失去"的子集："寻找一旦没找到结构"。这种模式出现在乔治对经济安全的追求中，这是一个无法实现的梦想，它也出现在乔丹对社会和经济安全的追寻中，正如她总是把握不住赢球的一击那样，它似乎也总是从她手边溜掉。"寻找一旦没找到"这套结构也适用于许多次要人物，从而构成了故事的背景。麦基先生想成为一名摄影师，但没有成功。茉特尔的妹妹凯瑟琳好像是永远得不到满足的寻找者：她的蒙特卡罗之行在经济上损失惨重；她"浓密的短短的红头发"、"脸上的粉搽得像牛奶一样白"、"俏皮的"重画过的眉毛被拉下来往里卷的头发弄得"眉目不清"（第2章，34页），这种追求时髦的打扮是绝对的失败；她到处寻欢作乐，不过是从一个醉醺醺的混乱场面跑到另一个而已。就是盖茨比举办的无数聚会上的客人，他们身上也有着得不到满足的漫游者气息，不知他们是从哪儿来的，涌进他的大宅，在他最近的舞会上猎奇，要么借酒来寻找刺激，要么逃避对生活的不满。

当然小说里最完整的"寻找一旦没找到"叙事是尼克·卡拉威的叙事。尼克在纽约的夏天是他一系列不成功的寻求中最近的一次。他在一战中的经历显然与追求刺激有关，从战场上回来后，他比离开之前更感空虚了："我在战争中感到其乐无穷，回来以后就觉得百无聊赖。中西部不再是世界温暖的中心，而倒像是宇宙的荒凉的边缘——于是我决定到东部去学做债券生意"。当然，就像他的叙事展示的那样，他做债券生意的这段经历以及他在东部的事业，也遵循着这个"寻找一旦没找到"结构：他到达纽约几个月后就都洗手不干了。他追求理想的女人也同样不成功。他离开家乡，一部分原因是逃婚。显然他对曾经与自己有过感情纠葛的那个女人不大在乎，因为她的哥哥"给他脸色瞧"，他就退缩了。他对乔丹·贝克的迷恋也不持久：随着对布坎农一家的厌倦，他对她也厌倦了。

　　尼克最重要的"寻找—旦没找到"的结构，似乎还是他对生活目标的追求。在他的整个叙事中，他似乎都"茫然无措"。三十岁了他还没有一个稳定的事业，没有认真谈恋爱的兴趣，没有自己的家。他也强烈感受到了这些匮乏："三十岁——展望十年的孤寂，可交往的单身汉逐渐稀少，热烈的感情逐渐稀薄，头发逐渐稀疏"。实际上，他还是由他富有的父亲供养着，在学做债券生意期间，父亲"答应为我提供一年的费用"。他对盖茨比如此感兴趣，这并不奇怪，因为盖茨比有一种东西是尼克最缺乏的，他尽多大努力也得不到的，那就是目标的追求。

　　把《了不起的盖茨比》的"寻找—找到—失去"结构套路视为现代小说对传统追寻模式的拒斥，这样做也许很有趣。传统的寻求过程是根据"寻找—找到"结构套路来建构的。如果主角死去的时候得到了他所追寻的东西或者正试图得到，世界在一定程度上已被他的努力所改变：找到了某种重要的东西。因此，托多洛夫整理出来的基本情节套路是由动作改造过的特征组成的。因此，传统的寻求过程在某些方面上是拯救性的。

　　正如我们所见，在菲茨杰拉德的小说中，人物的特征既没有被主角的行动改变，也没有被他们自己的行动所改变。在小说的结尾，人物的特征与开始时相同——同样缺乏某种东西，显然，他们在这个过程中什么也没学到。盖茨比死了，很可能认识不到黛西已经背弃他了，即使他想到了这一点，也没有活到从中受益的时候。茉特尔和乔治都死了，他们从自己的经历中什么也没学到。我们最后一次见到乔丹时，她同往常一样还在伪装自己，她对尼克撒谎说，她对他同她断绝关系无动于衷，她已经和别人订婚了。最后，汤姆和黛西，一如既往，逃离了他们自己制造的混乱，"退缩到自己的金钱或者麻木不仁或者不管什么使他们留在一起的东西之中"。

　　唯一例外的是尼克，纽约的经历改变了他。在叙事的开始，他非常乐观，感觉"生命随着夏天的来临又重新开始了"。他对纽约的新工作和新生活很兴奋。到夏天结束的时候，他的幻想完全破灭了，他放弃了在东部开创事业、重新生活的计划："去年秋天我从东部回来的时候，我觉得我希望全世界的人都穿上军装，并且永远在道德上保持一种立正姿势。我不再要参与放浪形骸的游乐，也不再要偶尔窥见人内心深处的荣幸了"。然而，尼克的转变不是救赎性的。虽然他在整个夏季里确实懂得了有关人性的重要东西，可是，他得到的教训却是人生黯淡的观点。在小说的结尾，他的人生态度是无助和绝望："于是，我们像逆流而上的小舟，奋力向前划，却不停地倒退到过去"。

　　如果说"寻找—找到"这个传统的寻求套路，可能与救赎是可能的这种人生观有关，那么，"寻找—找到—失去"这一结构套路就可能与认为救赎无望的这种世界观有关。这种更悲观，或者说更现实的人生观是与现代主义的世界观联系在一起的。现代主义的世界观主宰了从"一战"开始到"二战"结束这一时期的英国—欧洲文学，《了不起的盖茨比》所体现的正是这种世界观。我们当然可以在现代小说中找到许多这种结构的例子，例如劳伦斯的《儿子与情人》、《恋爱中的女人》，弗吉尼亚·伍尔夫的《到灯塔去》，还有理查德·赖特的《土生子》。也许是这些作品的读者，而不是其中的人物，应当发生某些转变，但这些文本并没有提供可以称为救赎性的世界观。

《了不起的盖茨比》"寻找—找到—失去"的结构套路反映了现代小说对传统寻求模式的拒斥，这个推断是符合以下思路的，即分析菲茨杰拉德的小说需要用弗莱的神话理论。根据弗莱的理论构架，《了不起的盖茨比》在反讽的结构中包含传奇的结构，反讽结构对传奇结构做了评述，在小说结束时，让尼克意识到，在现代世界，传奇的结构不再可能存在。也就是说，在菲茨杰拉德的小说里，讽刺的结构包含着并最终超越了传奇的结构。

盖茨比当然是传奇式寻求的主角。虽说其他人物都有自己的"寻求"，但只有盖茨比的寻求是在传奇模式中发生的。弗莱在《批评的剖析》中写道，"传奇在所有文学形式中最接近于如愿以偿的梦幻。因此……每个时期的社会或知识界的统治阶级都喜欢用某种传奇的形式表现其理想"。[1]对于想发横财的人来说，美国20年代的爵士时代，杰·盖茨比经济地位的迅速上升是美国梦的象征，它不仅过去是现在仍然是一个但愿实现却不切实际的梦想。另外一个典型的传奇是盖茨比执着地追寻那个逝去的黄金时代，那是参战之前他在路易斯维尔与黛西·菲的恋爱。战后一回来，他就忙着赚钱，在报纸上寻找有关她社交活动的消息。最后，在他有能力在她家的对面、隔一道海湾的地方买下一所豪宅时，他设法与她重逢，想让"所有的事都回到原来的样子"，回到黄金时代。

实际上，从遇到丹·科迪的时候算起，直到他在尼克的小屋与黛西重逢，盖茨比在此期间的所有活动都成为传奇主角在主要不平凡的经历之前——重新得到黛西——必须经历的一系列次要的不平凡经历。在与科迪的不平凡经历中，他学会了生活成功所需要的技巧，其中包括坚持不懈与自我克制，这些都是传奇主角的标志。他在军队里的业绩使他很快就从中尉升到少校，由于他在战场上表现英勇，又获得了许多勋章。他在沃尔夫山姆的组织里升得也很快，获得的财富可与汤姆·布坎农相媲美。

盖茨比的主要不平凡经历及他寻求重新得到黛西，也是传奇主角寻求新娘的典型。传统寻求故事中的主角与自己的恋人之间总有一水相隔，盖茨比和黛西之间也是如此，他在西卵的豪宅与她在东卵的家之间有一道海湾。另外，从海湾的这一边他可以看见"福地"——在布坎农家码头上的绿色灯光。而且，他对黛西的追求也使得自己与汤姆势不两立，很少有读者同情他的对手。确实，汤姆扮演了侵入者的角色，必须把黛西从他自私的阴谋诡计中解救出来。

主角和对手之间传奇式冲突的高潮发生在纽约旅馆的房间里盖茨比和汤姆的对抗。尽管主角有时会因为这场战斗而丧生，但他情愿为自己的追求而献身，这证明他确实是一个英雄。确实，盖茨比在象征意义上死了——"杰伊·盖茨比已经像玻璃一样在汤姆的铁硬的恶意上碰得粉碎"，而当汤姆唆使乔治·威尔逊带着枪疯狂地冲向盖茨比家的

---

[1] 诺思罗普·弗莱.批评的剖析[M].陈慧等译.天津：百花文艺出版社，1998.

时候，盖茨比真的死了。随着故事向他死亡的方向发展，盖茨比为黛西牺牲的意愿实际上成了小说的主题。

在更微妙的意义上，盖茨比的寻求也类似于传奇英雄另一种寻求的化身：英雄从怪物的肆虐中挽救了王国。正如弗莱所指出的那样，"追寻传奇是丰饶战胜荒原"。需要战胜的怪物是荒废、堕落的世界，等待着弥塞亚式的人物去拯救。相对于小说背景所体现出的现代荒原——灰谷和富人醉生梦死——盖茨比代表了新的生活和活力。用尼克的话来说，盖茨比"对于人生的希望有一种高度的敏感"，有一种"异乎寻常的永葆希望的天赋，一种富于浪漫色彩的敏捷，这是我在别人身上从未发现过的，也是我今后不大可能会再发现的"。① 简而言之，盖茨比拥有现代世界迫切需要的、把他从自身绝望的荒芜中拯救出来的力量。像救世主式的人物一样，他代表了新生的希望。

从某种层面上看，虽说盖茨比也是现代荒芜世界的一部分——他从事犯罪活动，大宴宾客，使宴会成为醉后狂欢的场面，他却象征性地远离这个世界。就像拯救了危难中的王国的追寻式英雄那样，他也是游离于自己生活的世界之外。他离群索居，除了黛西外不与任何人亲近。他不认识他家聚会上的任何人，只是希望黛西在"某个晚上……会翩然而至"。他常常独自出现在画面里，这说明了他传奇般的离群索居。例如，有一天晚上，尼克注意到，盖茨比"从大厦的阴影里走了出来。朝着幽暗的海水把两只胳膊伸了出去"，朝黛西家码头"那盏又小又远的绿灯""发抖"。茉特尔·威尔逊被撞死的那天晚上，他独自一人出现在黛西家门外，像是"神圣的守望"那样站岗，以防汤姆为了他俩的事而"冒犯她"。即使是在他喧闹的聚会上，盖茨比也被刻画成孤独的传奇中的人物："一股突然的空虚此刻好像从那些窗户和巨大的门里流出来，使主人的形象处于完全的孤立之中，他这时站在阳台上，举起一只手做出正式的告别仪式"。在这个堕落的世界中，盖茨比是永不被腐蚀的，因为他有一个"永不腐蚀的梦"。

盖茨比早年的生活，也符合拯救堕落世界的英雄的生活。他的出身很神秘，即使他透露了他父母的真实身份，我们也知道"他的想象力根本从来没有真正承认他们是他的父母。实际上杰伊·盖茨比来自他对自己的柏拉图式的理念。他是上帝的儿子……他始终不渝地忠于这个理想形象"。盖茨比甚至经历了一次水的洗礼，这也是救世主式人物的特点。"那天下午，在海滩上游荡的是杰姆斯·盖兹"，但当他朝抛锚在苏必利尔湖上的科迪的游艇划过去的时候，"正是……杰伊·盖茨比"从水里出现，当上科迪的听差。正如弗莱告诉我们的、"被描绘成在我们的世界表面上划船航行"的太阳神一样，盖茨比和科迪同舟共济五年，确实，就像去寻求的英雄总是"第三个儿子，或者是第三位承担'追寻'这一任务的人，或者通过第三次尝试才获成功"，盖茨比的旅行"环绕美洲大陆三次"，最后在现代世界着陆。

---

① 弗·斯·菲茨杰拉德著；一鸣译. 了不起的盖茨比[M]. 陕西师范大学出版总社，2019.

　　盖茨比传奇式的寻求叙事被置于一种完全不同的叙事中：尼克在纽约的夏天的叙事之中。我们之所以了解盖茨比，是因为尼克与他的关系构成了叙述者本身经历的主要内容。然而，尼克的叙述是同传奇完全对立的体裁所构成的，那就是反讽。弗莱说，反讽"与完全的现实主义内容相符"。弗莱认为反讽产生于冬天的神话。弗莱注意到，与传奇理想化了的世界不同，冬天的神话"试图勾画非理想化的存在之漂浮不定的含混及复杂的形态"。这种"非理想化的存在"不是英雄的世界而是普通的、有缺点的人的世界。在这个世界，人类的痛苦不是命运或者某种宇宙干预力量所造成的，而是社会或心理原因的结果。换句话说，这就是毫无掩饰的现实世界。

　　在尼克和其他非英雄的人物所在的这个现实世界中，发财或者找到真正的爱情都不容易。正像尼克认为的那样，有时连找到满意的事业都不容易；正如威尔逊认为的那样，衣食无忧也难。在这个世界上，人们并不都穿着"华丽的粉红色衣服"，或者总像盖茨比那样大宴宾客，期望失去的爱人能重新出现。相反地，就像盖茨比的宾客们一样，他们来到素未谋面的主人的宴会上大吃大喝，喝得醉醺醺的。他们的衣服像茉特尔的那样"紧紧地绷在肥阔的臀部上"，他们的头发是"浓密的短短的红头发"，像茉特尔的妹妹凯瑟琳那样。在真实的世界里，"灰蒙蒙的、骨瘦如柴的意大利小孩"住在像灰谷那样的地方，人们喜欢在事故的现场围观，观望他人的痛苦。

　　而且，现实世界的女人并不总是等待着衣甲锃亮的骑士，即使她知道他是谁。有时候她会嫁给汤姆·布坎农。即使她有第二次获得幸福的机会，因为骑士对她忠诚到底，但是，通向真爱的道路上的一道弯就能让她躲回家里，就像黛西躲回自私、粗野而又花心的丈夫那里一样。当她的骑士因为帮她免除肇事指控而死时，她也许在牧师来到葬礼之前就离开镇子了。

　　在真实世界里，即便是结了婚的男人也并不总是对女人忠诚的。他有时会闹一些婚外恋，在公开场合也大肆宣扬，如汤姆和茉特尔之间的苟且之事，有时他还打破情妇的鼻子。汤姆·布坎农和沃尔夫山姆这样的"坏人"在这里操纵。威尔逊这样头脑简单的老实人，被老婆欺骗，受她情夫的操纵去杀害无辜者。而像乔丹·贝克那样的"伟大的女运动员"，盖茨比相信"绝不会做什么不正当的事"的人，也在高尔夫球上做手脚，弄坏借来的车子却撒谎，"耍各种花招……为了对世人保持那个傲慢的冷笑，而同时又能满足她那结实的、矫健的肉体的要求"。

　　也许最重要的是，在现实的世界里，传奇式英雄之死并不是拯救人性的殉难。它是人类不可救药、毫无希望的迹象。一旦这个迹象出现，尼克就知道除了回家之外无事可做：忘记对未来的计划，放弃他的乐观，趁早撒手离开。这样一来，可以说，建立在反讽结构基础上的尼克的叙事取消了它所讲述的传奇故事，也就是说，取消了传奇结构。换句话说，与现代小说联系在一起的反讽结构压倒了传奇结构，这就像是宣告，传奇已不再可能存在。

这个过程象征性地表现盖茨比和汤姆在纽约旅馆发生冲突的那一幕中。按照传奇的套路，就是在这里，英雄赢得新娘，露出他的真实身份：要么出身王室，要么父母很有来头。在汤姆的胁迫下，盖茨比透露说，他的出身比黛西低得多，结果他被黛西背弃。因此，从弗莱的神话理论的视角来看，传奇套路"出轨了"，不起作用了，留下的空白则由叙事中唯一剩下的结构：反讽结构来填补。

但反讽结构也没能根除传奇结构。相反，反讽结构"摆脱不了"传奇结构。也许因为尼克知道传奇不可能存在，他的叙事带有一股浓重的怀旧情绪，怀念盖茨比身上所体现的那个失去的传奇世界。我们在他对纯洁、带有诗意的过去的抒情描述中可以看到这一点：黛西和乔丹在路易斯维尔的"美丽的、洁白的少女时代"，还有他年轻时在中西部过的圣诞节，"严寒的黑夜里的街灯和雪橇的铃声，圣诞冬青花环被窗内的灯火映在雪地里的影子"。

这种对失去的纯真、失去的天堂以及夏天的神话、传奇体裁的怀旧情绪，在尼克最后对永远失去的天堂的描述中达到高潮。在回威斯康星之前，尼克坐在傍晚的海滩上，他在想着当年为荷兰水手的眼睛放出异彩的这个古岛——新世界的一片清新碧绿的地方。它那些消失了的树木，那些为盖茨比的别墅让路而被砍伐的树木，曾经一度迎风飘拂，低声响应人类最后也是最伟大的梦想。在那昙花一现的瞬间，人们面对这个新大陆一定屏息惊异，不由自主地坠入他既不理解也不企求的一种美学的观赏中，在历史上最后一次面对着和他感到惊奇的能力相称的奇观。

这一段象征着小说中的结构过程：夏天的神话被冬天的神话所压倒，而后者却无法摆脱它所克服的那个结构的纠缠。

在《了不起的盖茨比》中，我们看到了一种复杂结构的作用。我们看见了由"寻找—找到—失去"以及它的子集"寻找一旦没找到"组成的一个叙述结构。笔者已经指出，这种结构所反映的世界观，与现代主义时期以及现代小说对传统寻求的休戚相关。同样地，这个文本是由两种极不相同的文学体裁夺取支配地位的斗争所构成的，这两种体裁分别是传奇——夏天的神话，盖茨比的叙事就属于这一种；反讽——冬天的神话，尼克的叙事属于这一种。笔者说过，在这部小说中，传奇的体裁被反讽的体裁压倒，尽管在整个文本之中，前者以叙述者的身份诗情画意地描述逝去的过去、浪漫而欢快的青春的形式"追随"着后者。

本节的分析试图阐明结构主义的两个方面，这两方面有时看似矛盾：结构主义依靠公式化的描述，这是因为它坚持与数学相关的那种客观性；作为一种人文科学，它又有着哲学基础，这就要求我们去思考我们描述出的结构公式与我们生活在其中的世界有什么关系。在结构主义批评实践中，第二部分常常被遗忘，在我们许多人看来，结构主义引人入胜之处正是它的这种二重性。

# 第三章　英美文学与读者反映批评

## 第一节　《约瑟夫·安德鲁斯》

"一个新的写作领域"，菲尔丁是这样来描述他的小说的。那么新在何处呢？要在文学中发现这类创新是很不容易的。只有将它们置于一个熟悉的背景中进行比较，我们才能对其新颖之处有所了解。一旦新老相异，就会产生某种张力，因为我们在失去了对熟悉事物安全感的同时，对其创新的确切本质并不十分了解。这是因为，新事物的产生依靠的是读者心理的变化——摈弃旧的臆断和成见。对于作者菲尔丁来说，要界定这些变化并非易事，因为他关注的是表现新事物，而不仅仅是改变旧事物。

因为创新本身就是小说的一个题材，作家需要与发现创新的人直接合作，这个人就是读者。这就是为什么在菲尔丁小说以及整个 18 世纪小说中，常常出现作者直接对读者说话的场面，而且这种情况并不令人感到惊讶。毫无疑问，这种现象具有某种修辞功能，尽管这绝非它们唯一的功能。约翰·普雷斯顿的《被创造的自我》是第一部系统研究这些顿呼语法的专著。他只是从修辞学角度来解释这些顿呼语法："我不打算提供一种'阅读修辞学'，尽管这无疑是值得尝试的。但我相信我们所谈论的修辞学原则将为这四部小说提供一种统一的观点，而又不显得过于武断或过于局限。我乐于看到，这种方法会引发一些更激进的探索，去研究小说中读者作用的本质。"

在进行某种更激进的探究时，这个建议可以作为我们这一讨论的起点。菲尔丁小说所赋予读者的作用并不限于让他乐于相信一切。在阅读过程中，我们将会经历某种变化，正如 W. 布斯在谈及小说时所说的："简言之，作家创造了自己的形象，也创造了读者的形象，就像他创造了他的另一个自我一样，他创造了他的读者。最成功的阅读就是这些被创造的自我——作家和读者——从中完全达成默契的阅读。"但是，只通过修辞，是不能把读者转变成作家创造的形象的，必须刺激读者从事某些活动，虽然这些活动可能受到修辞标志的引导，但其产生的过程并不仅仅是修辞意义上的。修辞学要想成功，就要有一个明确的目的，但是，菲尔丁试图向读者打开的那个"新的写作领域"，本质上是承诺性的，如果不诉诸文字，它只能激起读者对修辞功效的必要期待。必须让读者自己去感受小说的新含义。为此，读者必须积极地参与揭示这一活动的含义，这种参与是作家和读者进行交流的一个基本前提。因此，修辞学可能对读者产生指导性影响，帮助他建构小说文本的意义。然而，读者的参与远远超越了这种影响的范围。诺思罗普·弗莱曾谈到别人对雅各布·伯麦的抨击，这一抨击非常贴切地描述了读者产生意义所需要的条件，弗莱指出，"有人说，伯麦的书就像一顿野餐，作家带来词语，读者带来意义。这话本来是讥讽伯麦的，但用来描述一切文学作品却很准确"。[①]

18世纪小说家深刻地认识到作家与读者的这种互动。理查森曾经在信里写道，故事里必须留给读者一些事情去做。同样，劳伦斯·斯特恩在《项狄传》中明白无误地描述了这一重要过程，他还揭示了18世纪上半叶的小说采用的一些原则。他在《项狄传》第2卷第11章中写道："一个懂礼仪、有良好教养的作家不会相信自己预料了一切：要真正做到尊重读者的理解力，就是友好地将它一分为二，留给他，也留给你自己一些想象的空间。就我而言，我永远对他怀有这份敬意，并尽我所能使他像我一样沉溺于想象之中。"倘若把一切都展示给读者，就激发不起他们参与的热情。这意味着，系统阐述的文本必须通过典故和暗示，逐渐向未经系统阐述的文本转化，尽管这也是预定好的。只有这样，才能赋予读者必要的想象空间，书面文本提供的暗示有助于读者想象文本没有揭示的东西。

菲尔丁还经常提到，要让读者学会实现小说目的，就必须让其参与其中。他在《汤姆·琼斯》中清楚地提到了这一点：因此，这会儿就请您努把力吧。尽管遇到艰深难懂的地方，我们总给予必要的帮助，不像有些作家那样指望读者靠占卜之术来发现原作的意图，然而在仅仅需要读者留心一下即能领会的地方，我们决不去纵容您偷懒。倘若您以为我们在动手写这部巨著是打算让您的智慧完全闲歇下来，或者以为有时您不需要花费脑筋就能从这部作品中得到愉快和益处，那就大错特错了。

求助于读者的"洞察力"，这一典型做法的目的在于唤起他的敏锐性。这会被视为乐趣，因为只有这样，读者才能检验自身的能力。它还许诺，这样做有好处，因为对洞察力的需求激发读者去学习，在这个过程中，读者自身的判断力会受到严密审查。至此，我们清楚地概述了读者的作用，不断地刺激读者产生对作品的看法，再刺激他们对这些看法进行反思，读者的作用就是这样发挥出来的。当读者处在这个位置时，他的反应——由书面文本事先构成的反应——揭示了小说的意义；或许这么说会更准确，小说的意义只有在这些反应中才得以具体化，因为小说的意义本身并不存在。

以上是对读者作用的粗略概述，通过评论《约瑟夫·安德鲁斯》，我们可以更详细地阐述读者的作用，让我们更清楚地认识读者在生产小说意义时所进行的必要活动的本质。作者在《约瑟夫·安德鲁斯》开篇就谈到了这样一个事实，在阅读之前，"只要读者是英国人"，他就会有各种不同的观点和期待。由于他的阅读习惯受到史诗、悲剧和喜剧的限定，在阅读过程中，他会想起那些基本原则，这样一来，作家的作品就可能脱

---

① 陈许，毕凤珊.英语语言文学研究文集[M].重庆：重庆大学出版社，2006.

离了这些原则。毫无疑问，把这部小说与传统文学的神圣形式联系起来是菲尔丁的用心所在，目的是提高这个散文形式的故事的地位，他称这部作品为"散文形式的喜剧史诗"，由此可以看出他的用意。他列举这部小说偏离古典模式的地方，想让人们注意到他作品的独特之处。这样一来，"古典作品的读者"就会在"模仿作品或滑稽模仿作品"中找到乐趣，原因就在于，他们想起了他们试图改造的那个"体裁"。

这一过程可以与贡布里希所说的美学中的"图式和校正"联系起来。菲尔丁让读者想起了他们所熟悉的一整套文学"体裁"。因此，这些影射将唤起特定的期待，他的小说也开始与这些期待分道扬镳。由此而产生的差异就成为创新的第一步。在前言中，菲尔丁详述了他的小说与古典作品的差异，但是，随着读者沉浸于小说，这些信息暗示就渐渐消失。在这部小说的开篇，菲尔丁再次引用了一组熟悉的作品。然而，在这里，他先引用的是当代文学，而不是古代文学。菲尔丁固然提到了古典和中世纪的一些人物传记，但是他在此主要关注的是考里·西伯的《自传》和理查森的《帕美拉》。这两部作品完全符合菲尔丁的用意，因为它们讲述的都是人物生平。但这已不再是菲尔丁表现他的作品与他所提及的作品之间差异的问题。相反，在某种意义上，菲尔丁把这两部作品当作范例，假装用他的《约瑟夫·安德鲁斯》来与之媲美，而无视一部传记是虚构的，另一部传记是真实的这一事实。具有反讽意味的是，在真实的传记中含有许多虚构的成分，而在虚构传记中也有许多真实生活的典型例证。

如果说，前言一开始强调的是该小说与那些经典作品之间差异的话，那么现在则强调它们的相同点，从而让读者自己去发现差异，尽管这些差异因为反讽的无处不在而总是使读者一目了然。因此，不应认为《约瑟夫·安德鲁斯》是在颂扬主人公——这是西伯《自传》的模式——也不应把它当作宣扬世俗成功的道德手册，如理查森的小说那样。在此，图式被校正，尽管这种校正从未被加以系统阐述，这样做的结果便是，在人们所熟知的小说套路和读者评价之间出现了空白。

这些空白强化了我们的意识，它们的作用在于隐藏了某些极为重要的东西。正如我们所看到的，读者必须自己去寻找它与传统套路之间的差异。乍一看，这似乎很简单。反讽文体足以表明文本的意思与所说的恰好相反，但是，"理查森的《帕美拉》和考里·西伯的《自传》的反面将是什么样子呢？"，当我们提出这个的问题时，情况就变得相当复杂。这个问题的答案绝非一目了然，因此，再也不能认为反讽式的引用仅仅是颠倒了字面意思。

反讽通过否定熟悉事物来表明它现在要传达的东西，至于这些东西是什么，人们还没有确切的认识。我们注意到，根据个体现象来推断典型并非易事。因此，这种否定式反讽迫使我们在熟悉的模式之外去寻找确切的认识，在这种情况下，由熟悉的事物引起的那些期待没有实现，可这却促使我们将想象变成行动。

《约瑟夫·安德鲁斯》中人们熟知的文学套路并不局限于经典的文学模式，它还吸收了菲尔丁时代普遍接受的规范。将这些规范移植到小说中，必然会发生变形，因为，小说表现它们的角度不同于它们在"集体意识"中呈现的情况。社会规范的这种审美组合对读者产生了某些影响，最能说明这一点的是小说的真正主人公，亚伯拉罕·亚当斯。菲尔丁开列了一长串美德，囊括了构成一个完人所需要的一切品质。然而，正如菲尔丁实际指出的那样，正因为亚当斯有这些品质，他才全然无法应付这个世界。现在看来，这些美德根据的不是基督教或柏拉图的立场，而是世俗的立场，从这种完全不同的视角来看，那些美德似乎也失去了有效性。它们好像属于过去，因为目前它们再也无法启发明智的行为。现在的问题是，这是否意味着非道德行为最适合这个世界。或者说，它是否意味着，我们必须在规范和世俗之间找到某种妥协关系？倘若如此，毫无疑问，任何类似的折中就会是一种难以承受的重负，因为这两个因素——当代规范和世俗需求永远把我们拉向两个相反的方向。思考美德脱离不了世俗，看待世俗必须以美德为陪衬。我们能消除这一冲突吗？如果可能，那又怎样消除这一冲突呢？为什么要消除它呢？我们还没有得到这些问题的答案。这些都是文本中的空白，它们给读者提供了动力和机会，让他们自己去调和对立的两极。

至此，我们对读者积极参与的本质有了初步了解，读者的积极参与是由小说调动起来的。读者所熟悉的套路，不管它是文学传统，还是当代"世界观"，抑或是社会现实，构成了小说的背景。熟悉的事物在文本中得以复制，但在复制过程中，它看似有所不同，这是因为它的组成部分有了变化，参照体系也改变了，在某种程度上，它的有效性被否认了。但是倘若小说一开始就是一连串的否定，那么读者就得去寻找某些肯定的内容来制衡这些否定，交替完成我们下文所说的文本的实现。

菲尔丁对读者在这方面作用的关注，从前言中的评论一直到小说开始时的论述，都可以看得出来。在区分他的小说和传统作品之间的差异之后，他继续说："一方面把《约瑟夫·安德鲁斯》和传奇区分开，另一方面把它和滑稽模仿之作区分开，简要地说了说这种文体，我肯定，迄今为止还没有人用英语尝试过这种文体。我要让好脾气的读者用我的作品来检验我的见解。"这样一来，读者必须用作者的评论来理解小说，但是文本不会告诉他怎么去做。这个应用在很大程度上与文本的实现是相吻合的。菲尔丁在他的小说前言中概述了它的适用范围，因为他相信，读者能够揭示出那些荒唐可笑之举的渊源，他说，它们源于矫情和虚伪。因此，小说的意图不是表现矫情和虚伪，而是揭露它们的荒唐可笑，一旦识破那些掩盖一切社会邪恶的假面具，荒唐可笑之处便暴露无遗。

然而，发现这一本质并不是以揭露社会邪恶而告终的。菲尔丁只是说面纱将从可笑的人的脸上掉落，却没有说这种荒唐可能暗示某种规矩的行为。迄今为止，读者的反应只表明了一种优越感，问题是，我们的笑声所表现出的优越感的背后是什么？充其量，他意识到规矩的行为可能存在，尽管我们需考虑到，我们的优越感同样可能建立在误解的基础上。因此，读者不仅要识破原来的虚假表象，还需更深入地去发现模范行为的先决条件，保证这种优越感——它是揭露可笑的邪恶而获得的——不会成为一种虚假的表象。在这个过程中，可笑事物的作用不同于与它在以往的文学中的作用：它不再污辱底层阶级；相反，它激发了读者的思想，促使他弄清真相，揭示潜在的道德。为了使这样一个心理过程运行起来，小说的意图不可能是叙事的主题，因为，只有通过重新建构文本的隐含内容——这里指的是正确的行为方式，他才能将小说意图当作现实来感受。

这一现实的构建过程，体现在《约瑟夫·安德鲁斯》将近过半，即在菲尔丁谈文论道时。菲尔丁倾向于认为，小说是一面镜子，从这面镜子里，读者透过他带着明显的优越感去嘲笑的人物，在一定程度上能够看到自己。他的目的"不是把一位可怜不幸的人暴露给他相识者的卑劣小圈子，而是对着千万个待在洗手间的人举起这面镜子，这样，他们或许会反思自己的缺陷，并竭力去克服它，因此，通过私下里承受耻辱，他们可能避免公开的耻辱"。

倘若照镜子给了读者自我改正的机会，那么，我们就会弄清楚作者赋予读者的作用。在利用这个机会的时候，读者一定会遇到自身的另一面，这是他以前没有认识到的，或者说，更糟糕的是，他根本不想去了解它。只有这时，他才懂得，正确的行为方式首先与摆脱熟悉的事物有关。但显然，像这样的正确行为只是一种可能，它在不同情形下以不同的方式存在。菲尔丁让他的人物按照他们习惯走的那条笔直的、狭小的小道，几乎是机械地、一成不变地做出反应，菲尔丁以这种方式召唤读者用一个动机置换另一个动机，使人物的行为保持平衡。

然而，文本省略了这一校正动机，尽管它不难发现。这些空白需要读者用自己的想象力来填补。当文本要求读者去想象自己对待特定情形的正确反应时，读者一定会有意识地进行必要的调整，这个过程一定会使读者意识到他自己、意识到自己的行为以及制约自身行为的习俗和偏见。菲尔丁希望这种新意识会让读者突然看到他真实的自我，因而，读者在揭示文本中隐蔽的现实所起的作用，最终将使他揭示和校正他自身中隐蔽的现实。

要实现这个意图，变化过程不能完全由读者的主观谨慎来决定。相反，他必须受文本暗示的引导，尽管他没有让作者牵着他的鼻子走的感觉。假如他的反应合乎作家的期望，那么他将会扮演作家安排给他的那个角色，并且为了引出正确的反应，作家还可以采用某些策略。其中的一种策略我们已经见过，它与熟悉的套路有关，这个策略是否定，也就是让读者的期待遭受挫败的策略，作者通过影射读者了解或自以为了解的东西，唤起了他的期待。通过这一否定，我们知道，所影射的标准和模式将以某种方式被超越，尽管不再根据它们自身的条件。从现在看来，这些标准和模式在一定程度上都已成为过时的东西；新出现的将是什么，还说不清楚，但必须由读者来实现。因此，否定可被视为实现读者生产意义的诱因。它激发读者的想象力，而读者通过想象让虚拟变成现实，从现已过时的旧有模式过渡到最近形成的"结构"意义。这就是为什么我们在阅读时常常会有这样的印象，眼前的故事就好像我们曾经亲身经历过的事件。

为了获得这种体验，有时候必须消除故事与读者的距离，这样，处于有利位置上的观众才能成为演员。为了实现这个目的而使用的一个典型技巧，可见于小说的开篇约瑟夫不得不抵制布贝夫人及其婢女勾引他的那一幕场景。布贝夫人引诱男仆，让他坐在她的床上，竭尽勾引之事，直至天真无邪的约瑟夫最终退缩，大声呼唤着他的美德。在这危急关头，菲尔丁并没有描述他的波提乏的恐惧，而是继续写道：

　　读者，你已听说过诗人谈论那尊称为惊奇的雕像，你同样也听说过惊奇雕像怎样使克洛伊斯的一个聋哑儿子开口说话，要不，你就是孤陋寡闻。在门票十八便士的美术馆里，你见过这些面容。穿过那道活板门，伴随着轻音乐，有时没有音乐，看到布里奇沃特先生，威廉姆·米尔斯先生，或者另外一些鬼一般的人的画像高高挂在墙上，抹着粉的脸显得无比苍白，衬衫上还饰有血红的丝带，但是这些人或菲迪亚斯或普拉克西泰勒斯，倘若他们真的复活，不是在我的朋友贺加斯无与伦比的笔下复活，你也不会像布贝夫人从约瑟夫嘴里听到最后说出的那些话那样感到惊讶。"你的美德！"这位夫人在沉默了几分钟后使自己平静下来，说道，"我将无颜见人！"

　　因为叙事没有描述布贝夫人的反应，读者只好利用作者的提示，自己来描述这幅情景。因此，可以说，读者必须进入布贝夫人的卧室，独自想象她的惊讶。

　　这段文字所含的提示在几个方面令人深思。它们把注意力引向小说潜在读者之间的某些社会差别。正如在小说前言中，菲尔丁把"纯粹的英语读者"和"经典作品读者"区分开来。前者通过调整自己的想象力以适应当代著名演员所使用的那些令人毛骨悚然的震撼手段，而后者则通过联想古典作品使小说场面栩栩如生。但是这些段落也表明菲尔丁不仅关注如何迎合不同读者的需要，而且处心积虑地去超越个人的社会或教育局限性，因为他的小说意在揭示独立于一切社会阶层以外的人的性情。

　　对读者进行分类还引发了各种暗示，让读者去想象布贝夫人的惊讶。这些暗示包括一系列的"图式化了的观点"，这些"图式化了的观点"从各个立场出发来表现同一事件。这些图式化观点如此之多，以至于表现手段超出了被表现的内容——布贝夫人的惊讶。事实上，正是"图式化了的观点"与其对象之间的空白使得读者能够理解那个对象的不可描述性，从而表明，他必须自己去构想出特定的画面所无法传达的东西。

　　不去描述布贝夫人吃惊的场面，认为这样做不可思议，这在文本中创造了一个空白。叙事中断，读者乘虚而入。而那些"图式化了的观点"引导着他的想象力，为了不让人感觉到它们的约束，就要坦诚它们的不足。因此，读者可尽情地发挥其想象来描绘这一场景，但这并不是一幅具体的画面，读者的想象力创造出的很可能只是对活生生事件的印象，的确，这种生动性之所以产生，是因为它并不局限于某个具体的画面。这就是为什么人物突然让读者觉得栩栩如生、呼之欲出，因为读者在创造，而不只是在观察。因此，叙事中故意留下的空白有助于让读者把场景和人物变得生动。

　　然而，如果事先没经过仔细考虑，这一过程便不能发生。就此而论，有两点看法值得一提。倘若关于布贝夫人反应的所有"图式化观点"都没有击中要害，那么就会产生这样一个问题——这些极为准确的暗示实际上是否与调动读者的想象毫无关系。引用经典作品与引用当代作品交织在一起，前者给人一种伤感的印象，后者创造的效果如果不是滑稽戏剧式的，也是喜剧式的。伤感和喜剧的混合撕开了布贝夫人掩盖自己淫荡好色的面具。其结果是为读者提供了发现机会，而且，读者的想象越丰富，他的发现也就越多。

第二点看法与上述看法类似。在布贝夫人调情场面之前，菲尔丁还描绘了一个类似场面，约瑟夫遇到了激情奔放的斯力帕斯劳帕。正如布贝夫人卖弄风情那一幕一样，读者也从中得到一些勾画这些"侵扰"的提示。在两个场景之间，菲尔丁说道："因此，我们希望，明智的读者将竭力观察我们下这么大力气去描述的这种爱的激情在不同人物身上——温文尔雅的布贝夫人和粗俗、缺乏教养的斯力帕斯劳帕太太——的不同体现。"菲尔丁似乎暗示，表达爱的方式因社会地位不同而异，他让我们预想布贝夫人的场面，将显示贵族的激情与女仆的激情有什么不同。读者越直接参与消除这些差别，就越有效地粉碎了这些虚假的期待。因此，理想的做法是读者应该主导整个场面的生产，这样，生动化的过程将强化读者对所有暗示的认识。这一技巧激发了读者的想象，这不仅是为了使叙事本身栩栩如生，更主要的是，使读者的判断力变得更加敏锐。

在《约瑟夫·安德鲁斯》中，菲尔丁就读者作为生产者的作用做出了各种不同的评论。譬如，在第二篇论说中，他指出，读他的书好像是在旅行，在旅行中，作家偶尔的反思可以被看作歇息地，它给读者提供机会去回顾刚刚发生的一切。鉴于这些章节中断了叙事，菲尔丁顺理成章地称它们为"空白页"。这些"空白页"就是文本中的大片场面的空白，布贝夫人调情场面就是其中一例。正如读者在这些"空白页"中进行反思一样，他在文本中其他空缺或空白的地方也进行反思。实际上，这些空白就是读者进入文本，联系上下文和形成自己看法，从而产生阅读的结构意义的地方。因为这些"空白页"能促使读者反思，通过反思，创造动机，再通过动机，把文本当作现实来体验，形成了我们所说的文本的"格式塔"。值得注意的是，这也是菲尔丁在《约瑟夫·安德鲁斯》中所暗示的。

在故事即将结束之际，当亚当斯用双手把他原以为被水淹死的儿子抱在怀里时，莫大的喜悦使他无视周围的一切，忘却了自己一直崇尚的节制和自制等美德。然而，菲尔丁代表主人公出来干预："不，读者，他感受了这种感情的迸发，一个诚实敞开的胸怀对赋予真正义务的人的满腔激情，对此，假如你不能理解内在的思想，我就不会无为地全力帮助你了。"在向读者展示了这一事件及其表象之后，他应邀——几乎是被恳求——深入那个表象的背后，构建内在的思想，最终抛弃了外在的现实。这几乎是对读者在小说中作用的直接陈述。读者必须根据特定的材料构建他本人对现实的理解，从而理解文本的意义。

从牧师亚当斯身上以及他与外界的接触，或许能够清清楚楚地看到这个过程。他的性格活力主要源于他给读者带来的惊奇。甚至他的名字——亚伯拉罕·亚当斯——也暗示了他身上相互冲突的因素。圣经人物亚伯拉罕坚定的信仰适用于牧师的全部信念，但这些信仰不时地被他内心的亚当所挫败。这些对立图式彼此冲突，一种图式时而抑制另一种图式，结果，这个人物既不能被视作亚伯拉罕也不能被当作亚当，事实上，这个人物似乎在不断地脱离这些明显的特征。图式的相互冲突使得人物具有鲜明的个性，有时近似于漫画，总是给读者带来惊奇。漫画的效果取决于它的失真作用，而失真的效果又取决于我们对什么是正常的看法。否则的话，我们何以知道什么是失真？就亚当斯牧师来说，亚伯拉罕坚定的信仰与亚当的人性弱点——亚当的实际困难与亚伯拉罕抽象的决心交织一起。这些特征被突出，达到了漫画化的效果，然而"正常的画面"应该是什么样子是由我们决定的。同时，正是画面所呈现的独特性使我们感到诧异，而这意想不到的效果激发了读者的反应，从而使人物栩栩如生。

　　然而，这种使人物栩栩如生的做法并不是最终目的。它具有让读者参与活动的功能，即读者必须自己来发现意义。人物本身并没有意识到他内心的这种矛盾图式，这一无知的后果在整部小说中显而易见。牧师亚当斯不知道自己是干什么的，他经历了与社会的种种冲突，总是自发地做出反应，但他的反应总是不当。然而，读者却"知情"，他不仅意识到亚当斯的双重性，而且由于作家的反复提示，他还了解到，面对世俗社会，亚当斯的理想品质是多么无济于事。那么，读者是怎样运用这一认识的呢？小说中的事件常常检验读者自身的能力。他透过主人公的眼睛来看待这个世界，透过一个讲究实际的世界来看待主人公。结果造成了观点的冲突，而这些观点只因它们完全否定的本质才联系在一起。按照亚当斯的观点，人们的世俗行为似乎是可耻的、自私的和卑鄙的；在世俗的眼里，亚当斯是一个单纯、狭隘和幼稚的人。这两种视角完全处于主导地位，没有任何迹象表明人们该怎样行事。由于人物自己总是意识不到所谓世俗智慧是不顾廉耻的，就亚当斯而言，他一直没有认识到他的理想主义无法实现，这就进一步强化了这种全面的失衡状态。

　　因此，叙事本身显然具有否定特征，尽管我们还不至于说文本实际上在宣告世界的卑劣或美德的愚蠢。过多地表现这两种极端否定的态度，必然会勾勒出文本中并未陈述的肯定特征，在读者阅读的过程中，这一并未用书写形式出现在文本中的东西变得一目了然，因此读者便发现我们也许可称为未名实存的维度的那种东西。说它是未名实存，是因为文本没有对它进行过描述；说它是维度，是因为它保持平衡，即便它不能调和这对立和相互否定的两极。这种维度是我们在构建文本的"格式塔"过程中产生的。在这里，我们调和了这两种对立立场；这就是文本的结构意义，它把没有写出来的东西变得具体；最后，正是因为这一点，文本才成为读者去体验的东西。

　　乍一看，结构意义的发现似乎颇为简单，换言之，两极对立清晰地表明了亚当斯高尚行为的不足和世俗行为的卑鄙。亚当斯应该学会更好地去适应世俗社会，而世俗的人应该认识到他们不良行为的堕落。读者看到了双方的过错。然而，更仔细地分析一下，这种表面上的简单和对称被认为是误导，这一事实使这一维度表现为非常复杂的现实。亚当斯坚定不移的美德使他无法适应新环境，这一事实并不意味着只要不断地自我调整以适应社会环境，就可以找到未名实存的平衡。对于那些在新环境中如鱼得水的人来说，他们暴露了自身的世俗腐败。因此，尽管两极的平衡将在这一维度中产生，但不是在调和坚定与动摇、狡诈和美德意义上达到的平衡，而是在这两极之间或之上的某一点达到的趋同。这之所以有可能，是因为读者拥有对立两极所缺乏和需要的东西，即对自身的理解。获得这种洞见是菲尔丁为之追求的目标，而使人物和场景栩栩如生的过程便是达到这一目的的手段。

当阅读过程与文本未名实存维度的建立正好重合时，也许会产生这样的印象——读者建立两极的平衡将使他获得某种凌驾于故事人物之上的优越感。总地看来，读者是优越的，但是在另一种意义上，这种优越感必须表明是虚幻的，否则的话，小说就不可能成为反映读者自身弱点的一面镜子——而这正是菲尔丁的意图所在。此外，要获得正确的洞见或许是不可能的，因为这种洞见只能通过意识到自身的缺陷而不是肯定自身的优越性才能获得。因此，小说家必须采取策略，让读者在创造出无名有实的维度的同时，在实际上涉入他生产出的意义之中。只有这样，阅读过程才能充满活力和戏剧性，这至关重要，因为它的意义不是由人物来说明的，而是在读者的内心中产生的。

为了达到这个目的，作家必须采用各种策略，使读者尽可能在许多层面参与。首先，必须赋予读者这种优越感，因此，作家设法提供给读者小说人物无法得到的知识。因为，如果让读者扮演这方面角色，就有必要给他这一特权。然后，在阅读过程中，可以说，必须让他忘掉自我，最简单的方法就是让他清楚地看到所有的过程。用一种简单的策略就可以达到这一目的：把亚当斯置于他无法识破的各种情景中。譬如，甚至在小说结尾时，当他遇见布贝夫人的管家彼得·邦斯时，我们读到这样一段描写："彼得是个伪君子，一种亚当斯先生从未识破的人。"恰好就是这位最正直的人，缺乏菲尔丁在前言中所强调那种能力——识破虚伪，而这正是菲尔丁所说的小说的意图。

亚当斯身上的这种缺陷明白无误地贯穿了整部小说的各个片段，无怪乎读者瞧不起小说中的这位道德大使。虽然读者也受限于自己的坚定信念，但他认为自己比牧师本人更清楚亚当斯的处境，他的优越感油然而生。然而，他对亚当斯行为模式的认识有两个方面。首先，让读者处于世故者的位置，使他近似于亚当斯认为荒唐可笑的那些人物。在谴责亚当斯不务实的同时，读者突然发现自己站到了那些他应该识破其虚荣的人的一边，而这些人却体现不了读者判断亚当斯的视角。

因此，读者的洞察力变得特别暧昧。他不能认同世故者的观点，因为那样做就意味着他摒弃了在揭露世故者的伪善时所获得的洞察力。但是在面对各种情境时，他突然发现自己与他们观点相同，却不能容忍这些观点的诱导，因此，他便处于一种迟疑不决的状态，他的优越性变成了一种尴尬，由此而产生的问题势必使他卷入他正在生产的结构意义之中，只有在这时，小说才能真正开始影响读者。

假如亚当斯的行为常常使读者感到幼稚的话，这种印象自然是从否定的角度表现亚当斯的。因此，问题是读者能否消除这种消极印象。毕竟，我们认为，亚当斯不通时务是因为他道德立场坚定，而这正是读者在显示他不合时宜的所有情境中所遇到的。那么道德立场坚定是否应被看作是做错事的条件呢？或者，读者眼下是否发现，道德在他的洞察力的形成和应用中所起的作用是多么不重要，尽管他认为机会主义也同样不可能是标准。毫无疑问，每到这时，他缺乏像亚当斯一样的定位，他的优越感便开始减退，而小说的结构意义却由此而变得丰富，眼下的道德冲突发生在读者自己身上，多亏上天保佑，小说中的人物普遍没有受到道德冲突的干扰。

道德冲突只能通过实现真正的道德才能解决。这是文本策略预先构建的，其先决条件是，读者获得的洞察力把他与世故的社会隔离开来，并向他表明他自以为是的优越感源于他内心缺乏坚定不移的道德。这就是读者为他的优越感所困扰的原因。如果读者感到自己优于那些世故者是因为他能够看透他们的话，那么当他把注意力转向亚当斯的时候，他必须看透自己，因为在不同的情境里，他与亚当斯的反应并不相同。因此，如果他想要看透亚当斯，从而维持他的优越地位，那么他必须与那些他不断揭露的人持相同的观点。那些世故者缺乏道德，而道德家则缺乏自知之明，这否定的两极之间是一种理想境界，读者必须用它衡量自身。这种理想境界就是文本的结构意义，是读者自身洞察力的产物，它创造了读者必须遵循的标准。这一过程需要读者的积极参与，通过这个过程，读者创造了不见于书面的文本，这样一来，经过读者阐发的意义成为读者的直接产物和直接体验。

理查兹说过："书是用于思考的机器。"《约瑟夫·安德鲁斯》作为 18 世纪首批小说之一，似乎完全符合这一描述。正如我们所观察的，我们从读者的作用中清楚地看到，小说不再局限于表现典型模式，也就是 I.A. 理查兹所说的鼓励仿效。相反，文本把自己表现为一种手段，凭借这种手段，读者就能进行许多发现，使他产生一种可信赖的方向感。《约瑟夫·安德鲁斯》的主题是书本和世界之间的关系，这一主题支持这种小说观。

在很多情况下，亚当斯自以为能够解决那些争论，并参照书本——特别是荷马和埃斯库罗斯的作品——提供急需的阐释。在他看来，书本和世界是一回事，他仍然固守传统观点，即世界是一本书，因此世界的意义一定出现在书里。对于亚当斯来说，作为对自然的模仿，文学不言而喻是储藏得体行为举止的宝库，因此，人的实际行为只能用这种标准来衡量，很自然，人的行为总是被发现有缺陷。这样明确地肯定文学的价值，无疑会使自己沉溺于幻想和自欺欺人的罗网中，从另一方面来说，这阻碍了读者对经验情境做出正确的评估，因为一般来说，这些实际经验情境错综复杂，很难根据一种固定的模式来进行评估。极少有问题呆板的只需参照小说上的例子就能解决。因此，每当菲尔丁的主人公试图对某个实际问题进行文学归纳，并相信他找到了解决的方法时，他就变得相当可笑。

然而，亚当斯有时似乎自动地脱离他的模式，例如，他将他所钟爱的埃斯库罗斯的著作扔进火炉。在另一语境下，马克·斯比尔卡在谈到这一幕时说道："亚当斯这时候彻底摆脱了矫情造作，同时暴露了他善良的天性——这本书是一个象征，也就是说，它象征他的迂腐和对文学的过度依赖，把文学作为他人生的指南，这正是在紧要关头被抛弃的东西。后来，当他从火里把那本书掏出来时，它已经被烧得只剩下羊皮封面——菲尔丁以这种方式提醒我们注意，这本书内容肤浅，至少在严酷的经历面前，情况如此。"这一自发意识的动作表明了书本与世界的不和谐，而对于这种不和谐，亚当斯却一无所知，虽说他偶尔见机行事。然而，读者意识到，书本与世界旧有的等同关系被否定了，书本有了新的功能。小说不代表整个世界，而是阐明接触世界的主要方法，要达到这个目的，小说必须提供读者一个透镜，通过它，读者将学会清楚地识别世界，使自己适应这个世界。既然世界比书本广阔得多，那么书本再也无法提供万应药式的模式，但是，它必须开辟某种代表性的方法让读者去适应。这就是菲尔丁小说的说教基础，世界各种实际经验使它不可或缺。正确的行为模式可以通过小说中各种观点和发现的相互作用推断出来，它并没有被明确地展示。因此，小说的意义不再是一个独立的客观实在，而是某种必须由读者去建构的事物。过去，书本和世界被看作一回事，书本建构自身的典型意义，读者只需思考这种意义，但现在读者必须自己生产意义，小说需通过不同程度的否定来揭示其观点，挫败读者的期待，激发他去反思，从而产生一种抵消文本否定性的作用。小说的意义也在整个过程中产生。从历史的角度讲，理查森和菲尔丁之间最重要的差异之一或许就在于这样的事实：就《帕美拉》而言，意义已在书中清晰地阐明，而《约瑟夫·安德鲁斯》的意义却显然有待读者去阐释。

# 第二节 《黑暗深处》

从古希腊开始，文学批评家们最关心的问题就是模仿和教化，即文学如何模仿现实，教育读者。所以，有大量批评文献针对的都是两方面的问题：一是文学如何再现和判断这个世界，不管定义方式如何；二是文学是否应该以及怎样既教又娱。对于模仿和教化的专注以及对于由此产生出来的价值判断的关注，在一定程度上造成了批评界对文学读者的明显忽视。

读者受到忽视的另外一个原因在于现代文学——大约1800年以后的文学的定义和评价方式。按照这种观点，好的文学应该是无功利的：它应该没有世俗追求，不乏写作意图，但是那是为了读者，而在客观效果上，却似乎不是为读者而写的。这项无功利的批评方案——它的范围使它足以成为一条批评准则——最近遭到猛烈批判，尤其是来自马克思主义者和女性主义者的批判。但是历史事实是，在过去的两个世纪里，它在批评、美学和已经形成成规的文学想象中已经根深蒂固，所以关于读者和读者对文学反应的想法，还没来得及有计划地孕育就流产了。

为了明白最后这一点以及它对《黑暗深处》的影响，我们可以回顾一下无功利说的三篇发轫之作：康德的《判断力批判》、雪莱的《诗辩》、威姆塞特和比亚兹利发表于

1949 年的《情感谬误》。这篇文章规定，文学批评不应关心读者，从而有效地阻止了整整一代批评家研究阅读的体验。

康德认为："有一点是很明显的，即美和对美的判断在根本上具有一种形式上的目的性，即无目的性和目的性，它独立于善的观念，因为善的观念预设了一种客观的目的性，即它把客观事物指向某种确定的目的。"把道德和审美判断分开，正如他对文学所做的界定的重要性一样，对康德来说可能是很容易理解的，但是对于比康德早几百年的批评家以及近 20 年来的批评家来说，恐怕既不好理解也不令人愉快。对女性主义者和马克思主义者就更不只是不愉快了，简直令人反感。

敌视这个著名的论断不是没有道理，因为康德故意回避了一个重要问题：任何文本，甚至文学文本，难道能够完全和它来去的那个世界割裂开吗？难道所有的文本——文学文本和其他文本都不带有它世俗渊源的浸染吗？常识告诉我们该怎样回答这个问题，如果还要进行哲学分析只会毁坏我们直觉的正确性和必要性。脱离语境的做法——把任何东西与它的语境割裂开来——永远是可疑的，因为这样做永远是有目的的。既然康德本人是一个哲学家，那么他至少是聪明的，我们也应该假定他知道他在做什么。我们可以推断他的动机是这样的：把无功利性作为文学的最高标准不是因为文学确实无功利，而是因为其他话语都太明显地沉浸于世俗之中，又太明显地以影响世俗为己任，过去和现在都如此，这种做法是想突出文学的地位，使它超越其他话语。康德眼中的文学应该不同于其他话语，它更纯洁，因为在最佳状态下，它是完全以自我为中心的。但是，如此看来，无功利性不仅极为有效，也极有功利性，因为它要提高文学的世俗地位，证明文学高于其他所有世俗话语，因为文学要好得多，它穿着脱俗的外衣，具有诱人的、无可争辩的权威。

按照康德的理论，《黑暗深处》的叙述简直令人吃惊的率直，尤其是前几行文字，它们介绍了故事的叙述者、听众的情绪，像所有浪漫派和后浪漫派文学一样，还介绍了反映每个人心理的场景，这段文字非常重要：

马洛盘着腿坐在船尾的右边，身子倚在中桅上。他两颊下陷，脸色发黄，背挺得很直，显得很能吃苦耐劳的样子，由于他两臂下垂，手心朝外，看上去真像一尊神像……我们大家懒洋洋地交谈了几句。接着那艘帆艇便整个完全寂静下来。由于这种或那种原因，我们没有开始玩多米诺游戏。我们都仿佛心事重重，对什么都缺乏兴趣，宁愿安静地向远处呆望。那即将结束的一天，静谧而晴朗，显得一派安详。水面闪烁着宁静的微波——天空一碧万顷，寥廓而莹澈，显得那样温和。

换句话说，故事的叙述者显然是一个脱俗的人。叙述发生的场景好像也是脱俗的，这不仅反映了叙述者和听众绝对"无功利"的精神状态——"由于这种或那种原因，我们没有开始玩多米诺游戏"——也说明我们将要听到的这个故事是绝对"无功利"的，因此从美学的角度讲也是完美的。紧接着的一句话却发出警告只有向西覆盖在上游河道上的乌云，似乎因落日的来临而十分恼怒，每一分钟都变得更为阴森了。它警告我们不要被表象迷惑，即使这些表象是多么的诗意、迷人。这种警告以多种形式出现，有时是政治的，有时是哲学的，有时是审美的，有时是道德的。上边一段就警告我们这个故事将要实施或者像是要实施"无功利"的准则，虽然它真正实施的是对这个准则的毁灭性的批判。

雪莱的《诗辩》结尾处有句名句，诗人是"这个世界不被承认的立法者"。他还在《西风颂》同样著名的结尾处明确表示他深切关注文学的社会和政治力量。但是，即使如此，雪莱还是想使他的文学作品看起来没有修饰的华丽和功利性。为了解决这一矛盾，他把文学概括为：文学不是听来的，而是偷听来的。"诗人是夜莺。他坐在黑暗里歌唱，他用甜美的声音愉悦他的孤独。他的听众就像被一个看不见的乐师的旋律迷倒了一样，他们被感动、被软化，却不知道为什么，也不知道那声音来自何处。"诗人和听众之间的这种关系预示了马洛和他在赖利号上的直接听众的关系。这种联系如此密切，就像直接的影响。但是我们不必争论康德和雪莱对康拉德是否有直接影响，因为他们的影响无处不在，渗透了19世纪英国的文学和批评。这一事实也使康拉德在《黑暗深处》中对"无功利"准则的运用更加有趣、更有意义。

今天读者反映批评家们会觉得马洛比雪莱笔下理想化了的夜莺更能感知到听众的存在。但是，我们掌握了一种极具洞察力的方法论和某种历史的后见之明，必然会看到这本书里重复的意义，赖利号上厌世的叙述状态如此准确地复制了雪莱审美理论所依托的脱俗环境，这一事实说明夜莺的形象和更广泛意义上的无功利概念，具备强大的历史和理论力量。这个形象是我们对无功利概念最持久的表现形式，它不仅控制了我们对文学的评价以及读者和读者的反映是否能以某种方式在这种评价中起作用，而且影响到了那些希望成为伟大的文学作品的写作方式。

还是以《黑暗深处》为例吧。它显然想要为它的读者做点什么，想以某种方式改变读者。一方面，几乎每一个批评家都认为这部作品显然在批判19世纪晚期的帝国主义，即便这种批判是以复杂的方式进行的。但是《黑暗深处》在这样坦率批判的同时，也在坦率地实施着无功利的准则，这个悖论得以成立的主要办法是，把马洛的讲述附会于雪莱开创的形象，设计讲故事的马洛：故事更像沉思而不是讲述，听众不像在听，反而像是无意中听到的。马洛坐在那里，在逐渐加深的夜色中自言自语，或者看上去如此。听众的在场对于故事的讲述几乎是毫无必要的。

读者反映批评家会认为这么多的"好像"应该使我们警惕，应该使我们怀疑我们好像看到的东西。他还可能说故事中的某个"行为"不只是人物之间的常见冲突，还可能是我们这里讨论的审美和修辞方面的不太常见的冲突。换句话说，各种关于文学的定义在《黑暗深处》里交战。读者不仅要判断这种痛苦，还要判断马洛讲述的故事里的痛苦，最明显的例子当然是马洛和库尔茨的挣扎了，或者，如果你愿意，也可以说是马洛和他自己的挣扎。读者的判断在所有问题上都是不确定的。康拉德的艺术既然如此高超，不管是这部作品还是其他作品，那么我们能肯定的只能是：对读者判断提出的每一个要求目的都在于使他重新思考传统的思考和判断艺术的方式及其这样构造出的"人"。

最后，在我们这个世纪，威姆塞特和比亚兹利认为使读者感兴趣不仅与审美无关，还是错误的。"情感谬误是对诗及其结果的混淆。"读者反映批评家当然对培养这种混淆感兴趣，他们希望诗重新定义为一件事，而不是一个东西。这件事就发生在读者身上，读者可以对它进行解释，并使之文本化。威姆塞特和比亚兹利对我们这里的讨论尤为重要，因为他们不仅毫不含糊地表明了长期以来批评界对读者的忽视，同时也告知了这种忽视最深刻的原因：敌意。想要一个稳定的研究对象吗？那就千万别要读者。正是这种推理使我们转向柏拉图以及历史上反响最大的放逐诗人的理由，把康德和马洛这样的人逐出著名的理性之国——柏拉图的《理想国》。

当柏拉图把诗人逐出理想国时，他给了两个原因：最著名的一个原因，也是所有人能马上会想起的，那就是诗人撒谎。柏拉图的意思倒不是说诗人恶意伪装，而是说诗人艺术的本质迫使他和现实保持双重距离。柏拉图说有一个"理念王国"，那里有所有理念形态，而这些形态在世上只能以不完美的复制品形式出现。柏拉图举例说，世上每张床都是理念床的复制，而每一个对床的艺术表现都只能是对于一个已经不完美的东西的更不完美的复制。所以诗人犯了双重错误，或者，更精确地说，是艺术犯了双重错误。

每一次重复都不同。这在当代批评界，尤其是在解构主义者的理论和实践中，已经是寻常的观点。从定义上说没有完美的再现，因为每次重复总有增删和侧重点的不同。所有的复制都会在某种程度上背离原形。而且，笔者应该补充一句，是为了某种原因而背离。所以，如果继续柏拉图的例子，那么床在现实世界是三维的，但是在绘画里只能是两维。而且，现实世界的床是木头或铁做的，但是绝不是词句做的。所以，不管艺术家怎样忠实于被再现的原物，再现这一行为或媒介仍然会产生差异。可以毫不夸张地说，这差异和"错误"是不可弥补的，它们不仅存在于再现的本质，而且从事实上构成了再现的本质，如果没有了这些差异，那么呈现在我们面前的就不是床的绘画而是床本身，不是马洛的经历而是经历本身。

同样，柏拉图的现实床和理念床之间的差异也不可弥补的，除非某个推理者穷其一生，竭力思考，想回到最初的床的形象，这倒也是可能的。但是柏拉图认为这样做的可能性很小，因为人向往着非理性。但是既然这是唯一可玩的游戏，他也只有参与。于是他构筑了一个理想国，为的是帮助和鼓励国民进行理性思考，根除所有背离绝对理性的诱惑，并且提供一切可能的机会完善理性思考。诗人既然给已经不完美的世界又增加了不完美，那么还要他干什么？有一个妨害就足够了。

再说第二个诗人被驱逐的理由：诗人阻碍了人类理性的发展，他"非但不枯竭激情，还要对其培育浇灌"。这句话够有名的了，但是比起诗人撒谎的理由，这个理由只能屈居第二。很多为诗进行的辩护，都旨在反驳柏拉图的立场，它们把注意力集中在诗人再现失误的罪过上，而不是诗人对情感的煽动上。但是，如果细读《理想国》，就会发现这第二个理由其实是第一位的。之所以这么说是因为理想国的维护者们为了"公众利益"可以撒谎。这个例外制造出的哲学和世俗困难我们暂且不去管它，也先不去谈我们这个时代这个"共和国"的领袖们的所作所为。无论如何，对柏拉图而言，对于撒谎的恐惧，不管多么巨大，都不及对激情的恐惧。理性的前提是公民的所思所为都只能以理性为依据。《黑暗深处》广泛探索了这个前提，它在库尔茨、会计、经理和马洛身上用各种方法证明，当理性被推到逻辑底线的时候就会崩溃，会像那具有象征意义的河马肉一样，腐烂败坏。

还是让我们回到那过度培育和浇灌的激情上来吧。为什么柏拉图如此恐惧看戏会摧毁观众的理性呢？毕竟，体验讲述或表演一种体验和亲自体验是不一样的。或者再举柏拉图的一个例子，看见人在戏台上哭和自己哭是不一样的。这个差别不仅永远存在而且永远巨大。奇怪的是，柏拉图对诗人的第一个错误，即不完美的艺术再现，诗人撒谎的分析，正是建立在这个区别之上。但是柏拉图对诗人第二个错误的谴责则忽略了这个区别，反而认为狡猾的体验和世俗的体验是相同的：台下的观众能反映台上的演员。总地说，柏拉图在这点上的思维并不一致。但是如果我们提醒自己，他的思想是为某一个目的服务的，就像所有写下来供人阅读的思想一样，那么我们就会明白柏拉图的两个理由即使自相矛盾，也并不说明他是一个失败的哲学家，反而说明，即使最"无功利"的思想实际上也是长于修辞、讲求实用的，对于那些有效的理由总是情有独钟。我们读马洛的哲学沉思和他对雪莱的"无功利"的戏剧模仿时，一定要记住这一点："他坐得离我们很远，我们不见其人只闻其声已有好长时间了。"

换句话说，柏拉图对观众反映的恐惧，基于或依赖这样一个概念：观众是一群被动的不会思考的人，他们只会反映他们看见的东西。但是诗人被谴责，首先是因为他不完美的艺术再现，其次是因为他害怕观众会完美地再现他的再现。

批评史从这个著名的开端生发，延续至近期，仍然认为文学的读者不会思考，被动到愚笨的地步，对所读的作品既不会做出高明的道德判断，也不会进行灵巧的分析，文学上不成熟，甚至连从错误中学习的能力也没有。虽然实际上柏拉图以后所有的批评家和理论家都以某种方式承认文学对人的影响，认为读者是被动的这个观念却难以灭绝。这种被动还有一个结果：它使读者和阅读体验成为一个很乏味，甚至很虚妄的批评课题。因为如果读者头脑简单，思维被动，那么他的阅读体验也应该是这样。这也是为什么读者反映批评长期受冷落的另一个原因。

只有在读者反映批评出现以后，读者才被赋予有独立见解的头脑。他现在"变成了"塑造文本意义过程中活跃的、必要的和自觉的参与者。也就是说，读者反映批评家构想了这样一个读者：他在阅读过程中，努力想要以好的文学方式弄明白所读的东西，虽然什么叫好的文学方式可能有很多界定的办法，但是使得读者反映批评格外有吸引力的是它把阅读失败作为最有趣、最有教诲的尝试。于是阅读的过程不仅变成了连续思考的过程，也变成了连续重新思考的过程。而读者，凭借这个反复的过程，成长为比开始阅读时更好的思想者和读者。不该忽略这样一个反讽：在构想读者为积极的、有感情的人的同时，诗人也被构想；读者不再是思维创造的阻碍，也不再是柏拉图逻辑中有道德的人，相反，他成了这个创造最有力的施动者。雪莱是这样为诗的精神和道德力量辩护的："就像锻炼强健肢体一样，诗歌也可以强健人的道德本质，只从《黑暗深处》一文，我们就可以推想，康拉德也假定了并喜欢这样一个会思考的读者，这个读者有能力理解发人深思的艺术和艺术家，而这个艺术家的'谎言'正是我们最终要面对的。"

阅读《黑暗深处》会产生一种什么感觉呢？或者说，阅读的体验到底是一种什么体验？这个问题其实是读者反映批评的一个根本问题，不管提问方式是直接的还是间接的，读者反映批评家的任务就是回答这个问题，寻找或发明各种比喻，最终呈现给读者关于所读文本最令人信服、最能说明问题、最强有力的类比。读者反映批评把提问一回答或者解决问题作为它的典型结构，并因它多用明喻和暗喻作为基本的解释工具而以比喻作为基础。精确地说，也就是对问题或文本的理解。

传统的文学批评就像所有的非虚构类写作一样，最令人信服的时候，是当它好像找到答案或解决方法的时候，是当它毫无比喻性、直截了当的时候，结局似乎达到了完美或固定不变的时候。理想的批评式阅读不仅应该是完美的措辞和再现，还应该是一锤定音。没有任何更好的话可说。话题和文本到此结束，这是柏拉图传统的主要影响所在。

但是，可能是受了没有结论的或结构支离破碎的文学作品的影响，近期的批评常以这类作品为批评对象。这些批评家不仅认为根本不可能找到这样一个再也不用怀疑的答案，而且觉得这种一锤定音的答案不可取。结束和完美也预示着死亡，早在当代文学批评家之前，19 世纪和 20 世纪的诗人和小说家们已经认识到了这一点。

罗伯特·布朗宁就曾经反复阐释这个观点。他在《主教安排他的坟墓》《克利昂》这样的戏剧独白中写道："我，我这个感觉、思考和行动的人是那么爱生活的人，睡在我的古瓮里。""古瓮"不是一个简单的字，因为多恩和济慈之后，它对作为客体建构的诗歌就负担起了双重责任，这时的诗是被正式、完美地塑造出来的，是剥夺了读者的解释行为的。所以克里昂在这里期待的古瓮在文学史上就不只是一个真实的瓮，同时也是诗化了的，他害怕的不仅是结局，也是他说的诗。另一首诗《安德利亚·德尔·萨托》中的安德利亚，正如读者在题词中被警示的那样，虽然"被叫作'完美的画家其实是另一种形式的自我埋葬，是另一种形式的癫狂的完美"。这些戏剧独白是要让读者去解读的，就像马洛的故事也要读者解读一样，借读者提出问题，让读者把它理解为不确定的，即使问题显然尚未得到合适的解决。

19 世纪的艺术批评家约翰·罗斯金写信给布朗宁，抱怨布朗宁的诗对读者的要求太过分。信的内容值得一读，因为一个典型读者对《黑暗深处》也可能会产生类似的反应：

罗斯金：

你的省略有点儿太过分了。读不到 10 行，就有 20 个地方需要填补，还不知道是对是错，而且如果自己没有东西，还不见得能拼凑得出来！你比我跨过的最糟的阿尔卑斯山的冰河还要糟。那冰河耀眼，也足够深，但是裂缝太多，以至于一半的路程不得不借助梯子和斧子，没有我想象中的读者的许可，我是不会动笔写诗的，尽管你会反对。我知道我没有用我的语言把我的观念说明白。诗歌置无限于有限之中。你希望我把一切都清晰地勾画出来，但是我不能……

后来一个批评家认为罗斯金的抱怨其实正说中了布朗宁的艺术本质。布朗宁的"短诗不完整，不透明"，乔治·桑塔亚那这样写道。"它们像残缺的躯干一样，为的是激发读者去寻找失去的四肢。"

为的是激发读者去寻找失去的四肢。读《黑暗深处》时笔者想就像罗斯金读布朗宁的诗一样。也像桑塔亚那说的恢复残损的躯体一样。虽然在某种意义上，罗斯金和桑塔亚那关于布朗宁的诗说的是同一个意思，但是在另一个意义上不是。他们的态度其实大相径庭。罗斯金期待的理想读者是被动的柏拉图式的读者，而在比罗斯金晚几十年的桑塔亚那看来，主动的读者以及鼓动读者主动性的艺术不仅一下子成为可能，而且备受青睐。"支离破碎"或不确定的小说和主动的读者成了新的批评标准。罗斯金和桑塔亚那的两种批评并列起来，表明了批评史的转折点，这个转折点的标志就是康拉德的这部小说和阅读这小说的读者。

不能忘了读者的努力，这是至关重要的。他在竭力恢复失去的四肢，四肢的缺失是读者头脑中柏拉图观念的产物，这观念认为原来一定有一个完整的肢体，而不是现在残缺的躯干。但是对于康拉德和布朗宁，四肢永远是缺失的。在柏拉图的教诲下，虽然我们不愿意承认，但是躯干原来只是躯干，如此而已。《黑暗深处》表现的是一次真实的旅行：一个叫马洛的人去了刚果，经历了很多事情，回来用古舟子的方式讲述了他的故事。但是《黑暗深处》很难让读者对这样的解读满意。部分由于故事本身不清晰，深奥难懂，部分由于它对它以外的作品和神话的隐喻，《黑暗深处》要求它的读者不要满足于字面和表面意义。这是对读者提出的一个很高的要求：要求读者自己去读出作品的意义，去发现说明呈现在我们面前的作品的丰富和深度的比喻。但是，不管我们多么努力，我们对作品的理解仍无终结。我们永远不能修复那个残缺的躯干，永远不能把它完整复原。

当然我们早就被告知我们想要理解作品的努力会失败。其实哪一种解释不难呢？这早期的警告可能就是这部作品的艺术中最不为人了解、也最具有诱惑力的方面。故事的结构叙述者是我们在故事中最明显、最可靠的叙述者，他作为听者是我们作为读者的复制，他同时既是叙述者也是被叙述者。他告诉我们如何看待作品和我们的阅读体验："我们知道自己是命里注定，在退潮开始之前，一定得听马洛讲一段他的没有结果的经历。"这个警告非常重要，它不仅告诉我们，我们将要在作品中发现的不确定性是作者故意为之，并不是我们阅读中的错误，而且和我们的预期正好相反的是，好的阅读不仅找不到结论，而且明显缺乏结论，不管是审美方面的，比如解决情节矛盾，还是道德方面的，比如做出判断。总之，我们被告知要去寻找那不可能找到的东西。

为了避免我们可能怀疑作品的"读者"对我们发出错误的督告，这个警告中包含重要的信息，使我们能够相信他的判断和我们自己的表现。"我们知道自己是命中注定……一定得听马洛讲一段他的没有最后结果的经历。"①"一段"说明马洛的典型"文体"是"没有最后结果的经历"，而且他已经用这种方式讲述了很多经历。他熟练地设计了这样的经历，其中不仅有他自己的经历，还有读者的。"一段"还说明我们的读者代理人的评语——减默、不经常、但是永远那样引人注意是可以信任的。

我们应该把它们作为我们自己说的话那样对待。他是马洛故事老练的"读者"，也是更大范围内的海员故事的"读者"，这一点下面的引语可以证明。他听了很多这样的故事，包括马洛讲的不平常的故事和其他人讲的平常的故事。他做对比的功底坚实，他熟悉我们要读的故事的陌生性，即使这个陌生性对他并非不起作用。总之，他是我们在马洛的文字丛林中绝妙的向导。

实际上，他是这样绝妙的一个向导，他能为我们的行程制造比喻，把从未到过那陌生之地的读者领到事实面前。以下一段刚好是可以抓住马洛故事最专业的读者的想象，因为它给予我们一种如何理解这奇异体验的方法：

海员们的故事都是简单明了的，它的全部意义都包容在一个被砸开的干果壳中。但是马洛这个人是很不典型的，对他来说，一个故事的含义，不是像果核一样藏在故事之中，而是包裹在故事之外，让那故事像灼热的光放出雾气一样显示出它的含义来，那情况也很像雾蒙蒙的月晕，只是在月光光谱的照明下才偶尔让人一见。

这个意象意味深长，唯其如此，才非常模糊。也可能有人会说，这就是想象中的晦涩的意象。它说明《黑暗深处》的意义不容易掌握。即便能掌握，也会发现意义是多重的，是不能分成二元对立的两方。而我们作为文本的阅读者和世界的解释者，却要经常把二元对立作为理解、释义的工具。内核／云状环绕物、表象／事实、外貌／实质、内在／外在、浅薄／深沉、字面的／比喻的、清楚／模糊、说实话／撒谎、光明／黑暗、好／坏，所有这些二元对立都在这个故事中遭到了反对，并且不断被证明用二元对立的方法去解读是远远不够的。

例如，颜色。黑白两色在西方引起的联想，与光明和黑暗、善和恶引起的联想是一样的。光明与黑暗主要是一种智识对立，或者说，是柏拉图式的对立，而善与恶则是最基本的道德对立。当马洛描绘他离开的城市是"粉饰过的坟墓"时，白色马上就变得可疑了。它获得的不只是坟墓的含义，还有道德上的可疑，因为马洛的用词使人想起圣经对伪君子的描述——内心黑暗，被外表和循规蹈矩的行为所粉饰。再往下读，沿河而上，白色变得越发可疑，越发使人迷惑："太阳升起后，你只见到处都是一片暖和的发黏的白雾，比黑夜更为彻底地让你什么也看不见。"一般人以白色为知识，黑色为无知，而这里的颜色运用则颠覆了传统，再没有什么比这更令人吃惊、更具有感官性、更彻底的了。

---

① 爱德华·W.萨义德.世界.文本.批评家[M].北京：生活·读书·新知三联书店，2009.

但是，黑色并没有因为这种逆转而变成白色的对立面，或者变成一种能够依赖的变态的白。虽然这个故事里的黑人比白人更有道德，更文明——几乎每一个评论家都注意到，船上快要饿死的食人生番也没有把他们饥饿的目光射向他们的主人——但是黑色仍是马洛和库尔茨最终挣扎的地点和方式。黑色仍是马洛针对他自己和库尔茨提问时所用的词语，这个问题最尖锐，当然也永远无法回答："重要的是我们得知道，他自己属于谁，有多少种黑暗的势力在争夺对他的所有权。""他本身就是一种无法穿透的黑暗。我看着他的时候，简直像是从悬崖上观看一个躺在那永远不见阳光的悬崖之下的人影""我知道人也可以有办法让阳光撒谎"。身处陌生环境，我们不得不与黑色周旋。

对传统颜色和道德法规的颠覆，虽然只是困扰《黑暗深处》读者的众多混乱中的一种，却也是最显著的一种。它的解决方法，如果能算是解决方法的话，值得我们注意。这就是我们叫作"模糊颜色"的，我们不能肯定或无法措辞的颜色。比如说"象牙"。作为一件物品，象牙是刺激整个非洲贸易腐败的货币，也是黑暗深处依赖的经济基础。读者被反复告知象牙的价值是"无以言表的"，象牙的价值是用灵魂和生命衡量的。若是把象牙作为一个比喻来读，读者知道这黑暗的经济学和伦理学是无法解释的，两者都是颜色模糊的，必须相互依靠才说得清自己到底是什么颜色。库尔茨的脸是象牙色的，这个事实更说明颜色代表污染，是道德领域和视觉领域、真正的自我和外在自我之间的相互转换。"象牙"等于说面具和面具后面那张脸是一个人。它还说明了故事的内在道德：作为白人，结识了自己的对立面——黑人以后，就只能在永恒的阴影下徘徊，在道德可疑的领域内挣扎。象牙还会变成黄色，尤其是那些死了的或成为化石的象牙。而黄色是马洛去到的那个地方在地图上的颜色，是马洛的旅行"阅读"的自然与人的心灵的文本。黄色还是马洛的脸的颜色，这脸融合了他的自我和他痛苦地"阅读"着的文字。正是对作品的对立结构及其崩溃的探索使得读者从作品表面的无意义中获得了某些意义，从而回答——哪怕只是部分地回答——作品对人在明显对立的世界中过的那种"正常"生活的尖锐质问。

马洛的脸的颜色值得我们注意的还不止这些，他毕竟是我们前往未知领域的代理旅行者，是"黑暗深处"的向导。"黑暗深处"既是书名，又给读者留下了界定的空间。正如他自己强调的那样，马洛在最后的时刻从库尔茨的命运中抽身出来："一点不错，他曾经跨出了他的最后一步，在我还能收回我的犹豫不决的脚步的时候，他已经跨出了那悬崖的边缘。也许整个差别就在这里……"① 也许马洛觉得这个区别救了他，但是别忘了柏拉图对诗人和世界的抱怨正是基于这个区别和不能精确地重复。但是，马洛觉得他有可能变成库尔茨，他的故事也可能把我们变成马洛。事实上，就是马洛似乎也已经被他的旅行深刻地改变了，正如古舟子、但丁、维吉尔或其他人类想象或发现的各种各

---

① 林静.英美文学名家的死亡哲学[M].昆明：云南人民出版社，2014.

样的在黑暗中旅行的文学或神话旅行者一样。没有人回来的时候还保持原样。这个故事中的黄色就是在一步之遥之处遭受道德污染的首要标志。

同样，灰色或暮色——另一种模糊的颜色——也是在仅一步之遥处经历了与死亡挣扎的首要标志，"一步之遥"的意思是与死亡近距离搏斗并生存下来：

我曾经和死亡进行过搏斗。这是你所能想象到的一种最无趣味的斗争。那是在一片无法感知的灰色的空间里进行的，脚下空无一物，四周一片空虚，没有观众，没有欢呼声，没有任何光荣……如果这就是最高智慧的表现形式，那么生命必定是一个比我们某些人所设想的神秘得多的不解之谜。我当时等于已经得到了说出我的一切想法的最后机会，可是我十分羞愧地发现，我恐怕根本没有什么话可说。

马洛在这个高潮时刻竟无话可说，这件事再怎样强调也不过分。就像古舟子和他的创造者柯勒律治一样，无话可说是灵魂的最低限度。《黑暗深处》对这个浪漫传统做了它自己的调整，因为这里的最低限度是一个矛盾：当脚下空无一物的时候，不仅无话可说，而且无人可听可看，从任何一个意义上说，都只有足够的光使人看清周围什么也没有。

那么读者到底应该怎样看待这个"模糊"的世界呢？还有这个"模糊"的故事？很显然，读者应该知道他带到故事里来的各种假设都不能信任，他阅读这个世界和作品的传统方式在最好的时候也不够用，总是会出错，在最坏的时候甚至还很可恶。颜色是这个故事最明显的消解的阅读方式，但是读者还是会在各种各样的地方犯错。有时候，读者会被直接告知该想什么，或更确切地说，该怎么不想和怎么重想。正如内核的比喻，或者像："这种生活的宁静与平静并无相似之处。"

但是更经常的情况是，读者没人管，任其失足，常常是一举步就失足，有时是在跨出第一步后很久才失足。想想马洛如何讲述他对库尔茨的脸的反应："哦，我并未受到感动。我完全着魔了。"再想想他如何把下列评语最初的乏味扭转过来："'他们都非常崇拜他，'他说。他讲这话时声调十分特别，我不禁用锐利的眼光看着他。"第一次，马洛纠正了他的反应，强调他被迷住了。读者也追随他的纠正和强调语气。为了读得更好，我们被要求误读。第二次，马洛告诉我们人物说的话和说话的语气。顺序在读者反映批评中永远都是至关重要的。"他们都非常崇拜他"，这句话读者第一次读到的时候，只觉得平常，没什么需要注意。但是马洛下面对于这句话语气的说明引起了我们的注意，使我们要尽量想象出那种使这些平常话不平常的语气。但是我们的想象，不管在这儿还是在全书的任何一个地方，都不会得到进一步的帮助。因为再不会有其他线索了。我们无法判断我们阅读行为的价值。不管我们有没有成功地想象与再想象，也只好留待我们自己决定。我们既已知道裂缝在哪儿，就只有自己设法去填补。但是我们的"办法"会随着我们对故事的阅读而完善。

马洛和读者犯的最大错误在于错"读"了篱笆桩上的人头。我们对这些萎缩的人头的第一印象是通过马洛的望远镜的匆匆一瞥："四周没有任何围墙和篱笆，可是看来过去显然有过，因为在房子附近还有十来根细木桩并排立着，木桩很粗糙，每根桩子顶上还装饰着一个雕刻的圆球。桩子之间的栏杆，或者是别的什么做围墙的东西，现在已经不见了。"这里马洛还有读者，会向后推理，把看起来像是残破的躯干的东西还原成全身，代替栏杆，想象出篱笆的样子。再读几页，我们就会知道马洛让我们读得太快了，因为我们就像他一样被外表迷惑了。我们已经熟练地犯了他讲故事的艺术想让我们犯的那个错：

接着我猛地一转望远镜，不料那已不能称其为围墙的一根木桩却跳进了我望远镜的视野。你们记得我刚才对你们讲，我老远看到一些似乎是用来做装饰的东西，对照着那地方的荒凉景象使我感到有些奇怪。现在我忽然清楚地看到它了，而我第一眼看到它的反应是，仿佛要躲开一个人的拳头似的把头向后一甩。接着我又用望远镜从一个木桩看到另一个木桩，我现在明白原来我完全弄错了。那些圆球状的东西并不是什么装饰品，而是象征性的标记；它们的含义十分明白却又令人不解，让人吃惊又更使人不安——是引人思索的素材，同时也是一只凌空俯视的老鹰的食物；不过最后必然做了那些肯耐心地往木桩顶上爬去的蚂蚁的食粮。这些悬在木桩顶上的人头，要不是它们的脸全都向着房子那边，一定还会具有更丰富的表情。其中只有一个，我最初看到的那个，脸朝着我这边。

看看这里的悬念有多长。直到倒数第二句我们越来越加深的怀疑才得到了证实：那些装饰物其实是头，人头，在库尔茨病态的想象力的"车床"上锻压成装饰品的人头。马洛在戏弄读者，让他尽可能长时间地猜测，他在这一段里制造出的悬念就像我们在整部作品中对他与库尔茨的相遇的期待一样。为了夸大延迟，使延迟复杂化，我们被误导，被告知一个局部的谎言，而这个小谎又象征了一个大谎，这个大谎就是故事本身："那些圆球状的东西并不是什么装饰品，而是象征性的标记。"的确，虽然它们可能是象征性的，但是它们首先是头。这些头象征着什么，我们没有被告知——就像故事里一贯做的那样。如果完全撇开"谎言"不谈，那么这些头的确是装饰品，虽然很怪异。确切地说，它们是被用来做装饰品的，正是这个用途使得它们怪异。

直到故事的结尾，读者才最终被教会——或者说应该被教会——发现自己悬而不决，必须不断重读，才会发现他在期待永远不会到来的东西，这东西即使真的来了，也不是以期待中的方式到来。《黑暗深处》的读者就是这样学会期待意料之外的东西，而不用猜测那意料之外的东西到底是什么。我们等待了那么长时间与库尔茨的遭遇结果是如此使人失望，结束语在全篇放纵的语言中显得过分平淡："我刚才已经告诉你们，我们说了些什么——重述了我们所讲过的一些话——可那有什么用呢？那不过都是些老生常谈，是大家在日常生活中互相交换的一些熟悉而又模糊的声音。那又怎样呢？在我看来，在这些话的背后，隐藏着我们在梦中听到的一些话语，在噩梦中说出的一些言语的妙极了的暗示。"

再没有什么比听到我们以前从来没有听说过的"妙极了的暗示"更令人气恼、乏味了。总而言之，高潮其实就是马洛的亲身经历和他讲的故事证实了他对库尔茨死亡的轻视。

读者没能看到库尔茨的死，在"库尔茨先生——他死了"这破碎的一句话之后——此话因艾略特而著名，艾略特把它作为《空心人》的题词——马洛告诉我们他继续吃他的晚饭，虽然他"当然知道，第二天，那些外来移民在一个满是泥浆的地洞里，埋进了个什么东西"。马洛在他纪念库尔茨的碑文和他对与库尔茨交往的叙述表现出的满不在乎简直令人震惊。这里的转变太快，把库尔茨从一个等待良久的神变成一个很快被处理掉的"东西"，读者不禁会觉得难以接受。

等到读者和马洛必须应付他与库尔茨的未婚妻的相遇时，我们已经成为很好、很谨慎的读者了。即使是这样，我们和马洛一样，也还没有经历最后这一次真正的高潮：失去读者和道德平衡：

"您也非常崇拜他吧，"她说，"了解他而不崇拜他，是根本不可能的，是不是这样？"

"他是一个非同一般的人物，"我并非很坚定地说。随后，由于看到她祈求的眼神呆望着我，似乎正等待着更多的言辞从我嘴里流出，我只得又接着说，"了解他的人谁也不可能不——"

"爱他，"她急切地替我把话说完，使我不禁惊愕得哑口无言。"太对了！太对了！可是您想一想，谁也不能像我一样了解他！我已经完全得到了他高尚的信赖。我比谁都更了解他。"

"您比谁都更了解他。"我重复着她的话。也许她真是那样。可是随着我们的话一句一句讲下去，房间里越来越暗了，只有她光滑、白皙的额头仍然被永远不会熄灭的信念和爱的光辉所照亮。

好了，如果有读者能毫无磕绊和迟疑地读完这一段话，那么他也能这样读完整个故事。但是《黑暗深处》的艺术以及在这个艺术中，诗人马洛的艺术，也就是他制造谎言的能力——都顽强地阻碍着这样顺利的阅读。我们的磕绊、迟疑、各种各样的结结巴巴都是我们阅读体验的核心。他说谎的时候房间变黑了——如果他的确在说谎，而且不管他说了什么，他都更出色地重复了作为"你的名字"的可怕——但是，在整个过程中，"她光滑、白皙的额头仍然被永远不会熄灭的信念和爱的光辉所照亮"。

那么最后在哪儿停住呢？这个问题不仅在结尾处困扰着读者，也时时出现在《黑暗深处》的全书。这个问题不光在结尾处，在全书的任何一个地方都难以回答。故事教给我们保持的那种平衡其实是永远失去平衡，它的启迪永远是微光，它的颜色，不管怎样解释，都永远模糊。用阅读的语言说，故事教给我们的是永不停歇的重读的必要性和价值。用道德语言说，故事教给我们的是，无论用何种方式，都不能够永久地回答——甚至尽力去回答——类似马洛的种种"谎言"所构成的问题。这个故事讲授的是可称之为生活在"也许"之地的道德智慧："'您比谁都更了解他，'我重复着她的话。也许她真是那样。"或者，用桑塔亚那的话来说，我们学会了同时欣赏"残破的躯干"在审美和道德方面的艺术。回忆并反对柏拉图的话使我们学会了为什么要有"缺失的四肢"的原因以及对此进行推断的危险。

读者反映批评：作为理论文本的《黑暗深处》

如果方法论是阅读文学作品的工具，那么文学作品也是阅读方法论的工具。这就是为什么济慈的《希腊古瓮颂》是新批评派最喜欢分析的一首诗，因为它使他们能用充满才气的辞藻说明他们对于寻求诗歌意义和价值的基本假设，即使他们同时就在用这些假设读诗。同样，《呼啸山庄》中那一大群孤儿、不可靠的叙述者、表面密集的图案，以及频频转向缺失等使它成为解构主义方法论的理想猎场。《黑暗深处》具有很多上述特征，使之成为这一方法论的"可贵之物"。

但是，就像笔者开始说的那样，在文学作品和批评方法论之间没有能适应的"可贵之物"，只有更有用或者不那么有用的适应。也就是说，适应不适应的问题应该被看成是实用的问题，而不是哲学问题，这个问题最适合用文学文本解释，因为文学文本最能揭示一种方法论特有的动力。虽然《黑暗深处》可以用不同的方法论解释，但是正如此文所认为的那样，用动力论、假设说和读者反映论来解读这部小说最好。这个作品可以用不止一种方法论解释，这本身就说明文学作品和方法论之间不存在自然或哲学的适应，因为我们最终可以对任何文本提出任何问题。答案可能不会是同样有趣或同样有用——如果答案都一样的话，那反倒怪了，但是不管答案是不是一样，这都是一个实用的问题。

既然《黑暗深处》的表现形式是一个诗人式的人物对一群听众讲故事，那么它就不只可以用读者反映批评进行很好的阐释，同时也比其他任何文本都更适合作为工具去了解读者反映批评理论。《黑暗深处》可以作为很好的理论文本，尤其是读者反映理论文本，也就是说，把读者的反映本身看成是文本，并且针对它提出问题，展示它的内在动力。它可以作为很好的读者反映理论文本，还因为它关心的主要问题是如何寻求意义，不管这意义是世俗的还是读者的。它还强调了一个事实，即意义不仅是充满疑问的，同时也应该是一件事而不是一个东西。

那么，在读者反映批评方面，阅读《黑暗深处》会给我们带来什么启示或确切地说，已经带来了什么启示。它告诉我们，读者反映批评家对阅读过程很感兴趣，同时也对读者最终产生的意义感兴趣。正如我们所看到的，文本不会在大的方面给出结论，但是，它在句子层面也是富于变化的，通常情况下，它不会让读者那么舒舒服服地一下子就看出其中的意思。它使我们对自己的错误和误判感兴趣，也使我们对自己的"理解"和判断感兴趣。文本告诉读者和批评家，最有趣和最有价值的是阅读的努力和阅读的过程，而不是令特定读者感到满意的特定的和表面上的最终意义。

与大多数文本相比，《黑暗深处》最能体现多重解读和多种读者这个问题。这并不意味着同一个读者回到文本去重复他最初的解读。每一次解读都有所不同，这个文本不是让我们把这种差异理解成错误，就像柏拉图那样，而是把它理解为具有独到价值的一笔财富。还有，"多种读者"不仅仅指文本有许多读者，也不是说由于他们阅读同样的文本所以他们的阅读体验是相同的，而是说，阅读这一文本的读者是不同的人，在不同的时间和地点阅读，注定有着不同的体验。这个特定的文本欢迎这个差异问题，把它当作文本内部所体现出的许多问题的延伸。

此外，不需要或许也不应该把读者概念化为某一个人。笔者一再提到，读者的体验就像读者反映批评家面前的文本，那是他主要的解释性隐喻。在本节中，笔者把《黑暗深处》当作一个辅助性文本来使用，用它来理解其他的事物和文本。读者的体验也可以这样来用。而且，如果按照这种观念，就可以看出，读者最适合被理解成一种批评工具，批评家形成特定意义的方式。这一切并不意味着在特定时间和地点由特定的人所形成的建构物，本身不是历史的，或往深处说，不是真实的。谎言问题，马洛对故事的精心设计以及他在故事中对预期的读者所讲述的内容，可以被重新表述为一个自我的问题，读者的自我以及讲故事的人的自我的问题。《黑暗深处》表面上提出了一个问题，通过暗示提出另一个问题。对于第二个问题，它暗示的答案与第一个问题同样多。而且，它让它们永远充满了暗示，永远可以修订，永远在为新的解读、新的读者以及新的阅读和读者理论做准备。

# 第四章　英美文学与精神分析批评、

# 西方马克思主义

## 第一节　《罗摩拉》

《罗摩拉》的写作是艾略特创作生涯中的一次独特经历。同时，它又反映了艾略特创作生涯经历过的一段困难时期，这段时期始于她突发灵感创作佛罗伦萨小说之际，结束于诗歌《西班牙吉卜赛人》完成之时。就在为创作这部佛罗伦萨小说进行调研时，艾略特突然产生了一种难以抑制的冲动——写另外一个故事。艾略特称，这种中断是一种强烈的需要：写这个故事的强烈愿望"变成一种突如其来的灵感，打断了我的其他计划，在我和正在思考的作品之间插了一杠子"。这个故事就是《织工赛拉斯·马南》，这表明筹划和思索《罗摩拉》所需要的叙事材料太费心力，很难继续下去。它的写作需要推迟，《织工赛拉斯·马南》的灵感恰逢其时，足以令艾略特推迟下笔写这本历史小说。当然，这种中断、推延，在她创作生涯中不止一次出现。创作诗歌《掀起的面纱》打断了《弗洛斯河上的磨坊》缓慢而痛苦的开篇，写作《西班牙吉卜赛人》时女作家病魔缠身，以至于 1865 年 2 月路易斯取走了该诗的手稿，她紧接着就写了《菲立克斯·霍尔特》。而她丈夫克罗斯指出，艾略特本人完全清楚《罗摩拉》在其创作生涯中的独特作用："她明白，这部作品是她一生的明显转折。用她自己的话来说，就是'我开始动笔的时候，还是一个年轻女子；写完时，却已是一个老妇人了'。"《罗摩拉》是其创作生涯乃至一生的一个显著转折，其先兆可见于中断写作《弗洛斯河上的磨坊》《西班牙吉卜赛人》。同费利西嫌·波拿巴一样，笔者相信《罗摩拉》"在艾略特小说演变中占据了关键位置"，艾略特本人也将这本小说视为转折点。

艾略特的书信、日记证实了动手写作《罗摩拉》的艰难。在佛罗伦萨调研期间，作者似乎陶醉于探访小说中将会出现的历史场景和研读年深日久的佛罗伦萨手稿。然而，一回到伦敦，她却发现自己无法停止研究开始写作。路易斯将这种状态比作死亡。她被"埋在古老的四开本和羔皮纸捆扎的文献中"。艾略特承认，在此期间，自己因为"绝望和失去自信"而痛苦不堪。她在日记中写道："我在试图集中精力构思故事的时候，陷入了非常痛苦的状态，我都绝望了，我说，我再也不会去想写作这件事了，于是全身突然轻松起来。"她下笔然后又停笔。她在日记中说，"同乔在公园散步时，我灰心透顶，差不多决心放弃那部意大利题材的小说了"。路易斯写道，"艾略特老是认为自己的知识不够，写不下去，别人怎么劝都不行。事实上，我知道她对那段时期的了解超过任何一位触及此类题材的作家，但她就是不相信自己，这使她非常气馁"。艾略特中断写作以便继续研究。她要了解15世纪佛罗伦萨的方方面面，而这超过了写这本小说的正常需要。由于写《罗摩拉》时收集资料十分艰苦，又接着要写《西班牙吉卜赛人》，艾略特推迟写作似乎是一种情有可原的自我保护策略。然而，路易斯指出，"她异常的不自信，在这次事件中尤为突出"。写历史小说的绝望最终使她病倒了，艾略特的好几篇日记都提到她整个星期都在生病，"一想到漫长的写作任务，压抑感油然而生。""能完成吗？——值得写吗？"她质疑道。痛苦、折磨甚至疾病似乎成为艾略特创作过程的特征。这个趋势在她开始写作《菲立克斯·霍尔特》后有所减弱。路易斯再也没有从她那里取走手稿，尽管他觉得他应该呵护、培养这位天才。中断和推延对于《米德尔马契》几个情节的写作是很有益的。《罗摩拉》是"她生活中的一个显著转折"，是不自信和气馁的"突出"例子，这些对作者产生了深远的影响。

尽管经历了痛苦、中断和推延，艾略特还是写成了《罗摩拉》。她向好友萨拉·韩耐尔解释，为什么她明明知道历史小说不受欢迎自己却仍渴望写下去，她承认，那部历史小说与个人心境有关，"如果一个人能够自由地写出他不断变化、不断暴露自我，而不像一部机器那样，总是加工同样的东西或织同一种网，那么他就不能总是为同样一群读者写作"。撇开作者的非人称代词，如同该小说的历史背景和材料收集，有助于艾略特掩盖写作的真相：小说实际上展示了她的真实自我。刚才我们引用了克罗斯的话，他说这部小说催老了他闻名的妻子艾略特，同时他又指出这本小说的写作，"深深涉入了她本人"——既为她提供了新的发展机会，又增强了她的自尊。尽管评论家们通常认为《弗洛斯河上的磨坊》最具自传性质，可是，相比之下，《罗摩拉》显然自白的意味更加浓厚。这部历史小说拉开了时空距离，让艾略特能够隐晦地蕴含她个人的痛苦记忆和沉思。她很高兴能中断《罗摩拉》的开篇，写另一部《织工赛拉斯·马南》，这表明正视这些噬人的记忆是一件难事，也表明写作《罗摩拉》对作者而言是一件伤心的事。艾略特本人在无意识之中把这个写作过程看作是伤心的；在这个过程中，突如其来的灵感与筹划和沉思的痛苦交织在一起。正如让·拉普兰奇和J.B.庞塔利指出的那样，心理分析术语"创伤"来自希腊语，表示"受伤"，"受伤"又来自另一希腊词"刺穿"。这个中断和延迟的"突出例子"，这个蕴含着痛苦和敏锐的想象力的"突出例子"，只有把它理解成回忆和自我防卫的创伤过程时，才能为人所理解。

笔者在使用"创伤的"这个术语的时候，表示的是一种特定的心理分析意义。按照弗洛伊德的定义，"创伤"是激发心理兴奋的一个事件，这种兴奋过于强烈以至于无法用正常方式来处理或排除。心理机制试图通过"守恒"原则减弱或控制这类兴奋，从而达到平衡或减轻紧张。在弗氏早期理论中，他论述了创伤的性本质，他的"诱奸"理论，将创伤与临时性和压抑联系起来，这一点笔者已在本章第一部分提及。弗氏还设定创伤是一个双重事件，有双重场景。真正成熟的性发育开始的时候，主体还是一个前青春期的儿童，所以她没有经历性兴奋。青春期之后，通常本质上与"性"无关的第二场景，在主体那里唤起了第一个场景。这时候，与第一场景相关的性兴奋，超出了主体的防卫能力。这个理论的主要动因是临时性的：人类性发育的非连续性本质，再加上反省的作用，使得记忆本身而非成熟的性发育充满创伤。由于延迟，即倒摄的缘故，进入青春期的儿童必须根据过去的事件重新构建当下的事件。为此，她必须与性兴奋做斗争，约束被延迟的记忆所引发的刺激，即压抑对第一场景的回忆。正是由于弗氏后来否认与诱奸有关的第一场景的存在，他拓展了他的"创伤"概念，使它包括形形色色的内在的、外在的兴奋以及儿童发育过程中的较大事件。从建立在两个引诱场景基础之上的简单的压抑模式，他转向一种复杂的压抑模式，它是由主要压抑、压抑本身及被压抑内容的回归所构成的。然而，弗氏从未完全放弃他早期的诱奸理论所采用的"临时性""压抑""性欲"等术语。笔者将对这些术语进行概括，同时使用它们来探讨"诱奸"这个问题，尽管并不总是根据弗氏早期理论的图式。笔者在使用"压抑"这个术语时，指的是一种机制，借助它，大脑把那些引起痛苦刺激的形象和观念放逐到无意识的记忆中。然而，"压抑"只是弗氏的防卫机制之一。笔者在使用"防卫""约束"等术语的时候，总称为大脑控制记忆的延迟或倒摄所引起的兴奋的方式。

笔者认定艾略特在写作《罗摩拉》时带有心理创伤，指的是它能够在作者有意识的心灵中唤起记忆，这种记忆通过延迟行动或倒摄的机制，与诱奸场景联系在一起。然而，笔者并非暗指艾略特童年确实发生过诱奸行为的第一场景。这类传记推测纯属虚构。弗洛伊德最初提出的"第一场景"概念，在他后期对"诱奸"的思考中，不再具有那么明显的图式化特征，这主要是因为，当他的分析回溯到病人的儿童时期时，导致诱奸的场景消失了。笔者在这里想将弗氏的"创伤"和"临时推延"理论与他后期的俄狄浦斯情结的结构理论联系在一起，二者结合构成完整的儿童期历史。写作《罗摩拉》时，艾略特开发了她本人儿童时代的心理素材，她一直无法将这些素材融会成一个真实的自我概念，因为这些素材与诱奸场景、与欲望及禁忌等联系在一起。童年时代第一场景的创伤记忆，迫使艾略特重新阐释经过的事件，压抑这些记忆，即控制、约束这些记忆，为的是继续自己的生活和事业。心理分析的模式可以使我们这样来解释艾略特与《罗摩拉》的斗争：这是她与未同化的经历带有心理创伤的一次接触，她必须回过头来在第二场景中重新阐释这些经历，在第二场景中，语言象征对第一场景的记忆。

在《罗摩拉》中，艾略特具体面对的是她与父兄斗争的复杂记忆。小说中每一个男性主要人物都代表父亲或兄长，罗摩拉就是早年的玛丽·安·伊万斯。宗教改革家萨伏纳罗拉给佛罗伦萨人带来的三重消息，比喻这部小说对于作家的作用。由于疫情及道德沦丧，上帝将用复仇的怒火严惩该城，涤清其罪孽、净化人民，这种情况在我们这个时代也会发生。在整部小说中，艾略特严厉惩罚了罗摩拉，因为她胆敢有自己的欲望，罗摩拉是她本人的化身。艾略特将父亲、兄长等逐出小说，只剩下一个净化的纯女性社会。如此安排乃是因为，随着回记变成创伤，艾略特回过头来重构自己过去的经历。《罗摩拉》表明，对艾略特来说，回忆诱奸场景必须以一种自我保护的方式来进行，如历史小说产生的距离感和它的艺术办法、欲望从主体罗摩拉身上移置出去、在主体的内外所激发的极端禁忌、约束主体遵守她自己的律令或主体进行自我约束。《罗摩拉》在虚构的角斗场上重新上演了一场"圣战"。它为作者完成了"回忆的工作"，因此艾略特后来将其称为生活中的一个"显著转折"。

在这部转折性小说中，罗摩拉约束自己遵守父亲的法则，当她发现父亲的权威性并不可靠时，进而遵从自己的法则。此类情形，在艾略特小说中，前有《弗洛斯河上的磨坊》中麦琪与父亲塔利弗先生之间关系的先例，后有《米德尔马契》中多萝西娅与卡苏朋之间的关系相继，罗摩拉与年迈的学者父亲的关系则居中。巴尔多很像在小说一开始就瘫痪的塔利弗先生，当他的女儿也将他当丈夫看待，盲目地将自己的生命奉献给他时，巴尔多又预示卡苏朋的下场。在叙述者看来，罗摩拉过着一种"自我压抑"的生活，她的全部热情和情感都耗在同情父亲"年迈的悲哀、年迈的野心、年迈的骄傲和愤慨"上面，而她父亲的失明很有象征意义，他看不到女儿的情感和怜悯，看不到她的多情与温柔，这一点很像多萝西娅的自我保护型的父亲兼丈夫。与多萝西娅的叔父和她弥尔顿式的丈夫一样，罗摩拉的父亲因为她是女性而看不起她，看不起女性的想象力，惋惜她不是儿子。然而，女儿仅仅因为他是父亲，就对父亲十分忠诚。她甚至允诺嫁给一位学者，让丈夫代替抛弃父业的哥哥，参与父亲研究文物的工作：家族关系的确发挥了约束作用。罗摩拉从未质疑自己对父亲的忠诚，但叙述者阐释了这种父女关系，表达了艾略特对父权制的态度。艾略特对这对父女的刻画，反映出她对自己主动替父亲管家那段早年经历的怨恨。这种愤怒只能在事后通过一个明显不同于乔治·艾略特，也不同于玛丽·安·伊万斯的叙述者才能表达出来。《罗摩拉》逆向阐释了玛丽·安·伊万斯同父权法则的斗争，在一向认为是替父亲管家的臣民式女儿身上注入一种父女生活的新阐释。

尽管《罗摩拉》明显体现了父亲的法则，小说同时也象征着欲望，而且，行文伊始，女儿身上的欲望明显被置换掉了。罗摩拉嫁给了学者蒂托，为父亲找到了一位助手，以取代她哥哥的位置，蒂托首先唤起了罗摩拉的欲望。然而小说里的许多象征却预示着，她的婚礼同葬礼，是一种尼姑式的对欲望的摒弃。蒂托是她象征意义上的兄长，代表了她本人的欲望。蒂托行事完全根据自己的冲动，除了自己"不可遏制的欲望"外，他不遵循任何法则，在极具反讽意义的圣女诞生节的狂欢上，他在"无法无天之际"，娶了苔沙。这场婚礼，由魔法师主持，模仿了罗摩拉合法的婚姻仪式。罗摩拉先是自囿于婚姻，后来又力图摆脱这场婚姻。罗摩拉从内心渴望离开丈夫蒂托。萨伏纳罗拉告诉她，这种渴望体现了她顺从"自己的盲目选择"和"自我意志"的强烈愿望。玛丽·安·伊万斯在"圣战"期间曾给父亲写过一封很有名的信，将欲望与选择、分离联系起来，除了"自动离开"父亲之外她什么都不怕。她写道，如果父亲不准她回福勒谢尔，她将不得不离开他。

然而《罗摩拉》却不让女主人公自动离开她的丈夫。她在一种"既渴望又消极"的状态下回到没有爱情的婚姻。于是，欲望以借喻的方式转移到真正或象征性的兄长们身上。迪诺和蒂托的举动表现出罗摩拉放弃最亲近的血缘和亲缘关系的愿望，正如艾略特将父子关系置换成非亲子关系，直系置换成亲族关系，这种愿望象征着小说叙事渴望自动地离开父亲的罗摩拉的哥哥迪诺，离开父亲去追求更高的爱，并建议罗摩拉效法他。卢卡修士指责父亲身上充斥"世俗的野心和肉欲"，他告诉罗摩拉，他崭新的宗教生活充满"完满的爱和灵魂的纯洁"，他"没有令人不安的对享乐追逐，没有折磨人的问题，没有苦难的恐怖"。然而，卢卡的话显示出这种净化了的爱实际上是传统宗教对"欲望"的比喻：他理解圣徒的"狂喜"，真理甚至渗入异教徒的哲学；他理解与上帝同在的"至福"；他感到"没有其他慈爱、没有其他希望"将他与"逝去的"连在一起。在追寻净化或压抑的生活中，上帝召唤迪诺离开父亲，儿子服从了；只有天父命令他放弃尘世之父，儿子才能舍弃孝道，并视此为更高形式的孝行。艾略特论证这种舍弃行为是正当的，并把它表现为对宗教的恪守，从而为自己青年时代的愿望开脱。

如果说卢卡修士抛弃生父而从天父是正确的话，对于蒂托·梅莱马则不然。蒂托的养父巴尔达萨雷之所以成为他的父亲，是出于爱心而不是因为生育了他。因此，小说夸大了蒂托的罪行，免除了卢卡修士的罪责。到佛罗伦萨后，蒂托并不急于寻找养父，而是相信他死了。这抉择表明他"希望""父亲的死是真的"。面对依然活着的父亲时，蒂托拒绝认他：在佛罗伦萨的广场上，他称养父是"疯子"；他如同犹太抛弃基督那样抛弃养父，他没有注意到"手按在肩上"这个反复出现的象征动作，这个动作令他从卢卡处得到父亲的消息，最终又导致养父杀他。正如费利西娅·波拿巴指出，蒂托·梅莱马背叛了小说中所有的父亲：他拒绝救养父，他不给罗摩拉机会去建造巴尔多的图书室，他谋害萨伏纳罗拉，后来又谋害贝纳尔多·德尔·内罗。这个无法无天、野心勃勃的儿子表现出小说中所有自动离弃父亲的错误愿望。两个弃父的儿子——蒂托和卢卡，充分体现了艾略特小说中关于离弃父亲的矛盾心理。

如此离弃父亲必然十分危险。卢卡修士拼命去净化世俗父亲的世俗欲望后，适时死去。但另一位父亲拒绝忍受儿子的离弃。正如卡罗尔·鲁滨孙所说，作者在巴尔达萨雷身上，刻意表现的不是儿子改换门庭的反叛，而是父亲对儿子遗弃行为的惩罚。同他的养子一样，巴尔达萨雷脾气暴躁，目无法纪。蒂托买了匕首，穿上了甲胄，因为他明白父亲将报复抛弃他的儿子，杀掉他这个在隐喻意义上妄想弑父的儿子。当蒂托想悔改时，巴尔达萨雷却想杀死他："我救你——我养育了你——我爱你"，他叫道："你背弃了我——你掠夺了我——你否定了我。"父亲的复仇，被塑造成基督式的受难，显得合情合理，甚至是公正的。

如果儿子表现出小说否弃亲缘关系的渴望，那么罗摩拉必须学会以另一种方式行动。她与叙述者一样，逐渐认识到"所有人类的美德和尊贵必须自发倾向于某种结果，这种结果外部律令的表达乃是附在近亲身上，尤其是至亲身上的神圣。如果轻易放弃联结，因为他们已不再让人愉悦，无论这出自遗传还是自己的意愿，都是社会和个人道德的灭绝"。罗摩拉从她象征意义上的父亲萨伏纳罗拉那里得到这种伦理教谕。父亲巴尔多去世后，罗摩拉变得"无法无天"，崇尚起"美与乐"，当她一时冲动渴望离弃至亲时，她感觉到了"那种将自己与不再爱的男人分开的本能"。萨伏纳罗拉在城门外拦住了她，取代她已故父亲的位置，成为在她生活中发号施令的人。他要求她绝对服从世俗婚姻的法则：罗摩拉必须尽妻子的义务，那是她在社会中的位置。婚姻结成的涟漪是对社会的比喻，萨伏纳罗拉教导她遵守他的法则——他所代表的"神圣法则"。这位"父亲"告诉"女儿"，婚姻不"仅仅是为了满足自私愉悦的肉欲"，而是体现了"与一种更高的爱的约定"。她必须"在不断生长的爱的激情中"熄灭"自我受难感"。接受神圣法则、将自己与更高级的爱联系在一起，在这位父亲看来，意味着压抑自私的欲望，献身于志同道合的情感而非个人的幸福。罗摩拉决定不离弃这种最紧密的亲缘关系，她遵从父亲的戒律，将父亲的法则当作终极之言，以此来约束自己的欲望。

在心理分析术语中，"约束"指的是一种心理运行过程，它限制兴奋感的自由流动，它将各种观念联结在一起，它组成并保持能量形式的相对稳定。弗洛伊德常常将"约束"与创伤或不愉快的记忆这个观念相提并论：与创伤有关的记忆必须与先前确立的心理结构联系起来，"创伤"是与与日俱增的诱奸场景联系在一起的兴奋状态，此时，诱奸场景还没有与主体的自我观念整合为一体。与创伤有关的心理能量必须与受到特殊限制的形式相关联或整合为一体，因而必须被固定或控制。《罗摩拉》对女主人公就采取了这样的做法，小说将她约束在社会结构中，而社会结构补偿或控制与诱奸场景中的欲望有关的能量：婚姻契约，社会利益。必须控制欲望，因为它不稳定。年轻的玛丽·安·伊万斯就发现自己的情感是"令人不安的力量"，她渴望得到更多的爱而不是她认为"她应该要的""清醒的理智和真正的谦卑"。直到这种渴望最终变成了祸害。这位福音派女孩并不理解欲望的出现是他人剥夺的结果，相反她坚信它是"自我中心的"，是只顾自我、不顾他人的标志。对艾略特成年时期欲望创伤的分析确定和扩展了这一界定。《罗摩拉》的叙述者教导说："在某一时刻人不再利己，而是心中有一团火在燃烧，我们心中的其他一切都被它烧着了，这是人类情感的本性。"小说中的人物因为欲望而导致自我毁灭：巴尔达萨雷向蒂托复仇，心中有"一种割脉止渴的饥渴"，一种"极度情感，不知恐惧，不问动机，它自身就是燃烧不息的动机，吞噬其他欲望"。蒂托"把自己献祭给欲望，仿佛欲望是神祇，需用自我毁灭来供奉"。这类欲望、复仇、自我毁灭显然威胁到了其他社会成员，因此必须压抑它们。

然而，艾略特对这种压抑持矛盾态度，从小说所使用的抽象的道德词语可以看出来。卡洛尔·鲁滨孙指出，罗摩拉对社会义务似乎并不感到十分愉快：

她对于照料病人、施舍穷人衣物没有与生俱来的兴趣……她早年的训练使她游离于这些女性的工作之外。如果她对这些工作没有倾注发自内心的情感，这些工作对她而言是令人厌倦的。

她天性中的所有热情，不能再以女性的温柔倾注在丈夫、父亲身上，于是转换成对一般生活强烈的同情。

尽管她的同情"过于狭隘"，罗摩拉因为在家中无法施展这种同情，只好施之于外。"强烈的同情"，似乎是艾略特对父亲和丈夫的爱遭受压抑的委婉说法。

罗摩拉必须摆脱让她望而生畏的父亲和兄长式的丈夫，因为他们未能回报她的爱慕，但她拒绝"自动离开"他们。当小说叙事为了这位消极被动的女主人公，把父亲们撇在一边时，小说的进展可以说是举步维艰。她的精神父亲萨伏纳罗拉拒绝搭救她的教父，轻而易举地背叛了她，这引发了她的悖逆。这位父亲与他称之为"女儿"的女性之间的斗争集中在权威和正确意义上。在"恳求"一章中，罗摩拉请求萨伏纳罗拉政治干预，使她的教父内尔纳多·德尔·内罗有权上诉，以推翻因叛国罪而被判处的死刑。萨伏纳罗拉亲自拟定了上诉程序，然而又是他本人拒绝给贝纳尔多·德尔·内罗及其他梅迪奇派的人上诉权。罗摩拉与萨伏纳罗拉关于"法律与正义"展开了争论：萨氏宣称，对此案的处理，为了城市的公益，应当"严厉"而不是"仁慈"。正如这一幕所表明的那样，父亲的法则是他发话、他允诺宽恕。罗摩拉请求萨氏宽恕："您知道您的话是有分量的。"她相信一旦这位父亲发话，任何一位政治犯不管他犯了何罪，都会获得上诉权。的确，当萨氏力劝她不要逃离婚姻，不要逃离佛罗伦萨时，他把他的话当作法律的基础："当你破坏了将人们联系在一起的信任的基础，也就是最基本的法则时，你怎么能指责并要求他人信守口头承诺呢？"萨氏用他的法则来约束罗摩拉，要求她不要自食其言——婚姻的誓言，不要像蒂托那样，因未能建立她父亲的图书室而自食其言。然而，在罗摩拉的教父一事上，萨氏本人也自食其言，也破坏了将人与人联系在一起的法则。在这一章中，罗摩拉出言反抗这位父亲，把反对他的法则当成一种言语行为。她意识到，她的话与两人之间过去的关系，"极不和谐，令人痛苦。"她说："原谅我，父亲，说出这些话对我来说是痛苦的——但我不能不说。"当父亲口是心非，不再值得信赖时，女儿便感觉到不得不出言反对他。尽管罗摩拉在萨伏纳罗拉临刑时，期待着他说出"最后一句话"为自己辩护，这位父亲的沉默暗示且证实他的确有罪。

罗摩拉成功地反抗了一位父亲，只是因为，她这样做可以把自己奉献给另一位父亲。她决定走向绞刑架，认同教父的所谓"耻辱"。在小说的前几部分，这位教父象征性地取代、改变了她那毫无爱心的生父。"第二位父亲"在她受苦申诉的时候给了她一个"父亲般的家""父亲般地倾听她的苦难"。他告诉她，巴尔多死后，"我就是你的父亲"。罗摩拉全身心地追随这位教父，重新找回对已逝的父亲的爱。她的"感情和敬意固执地依附在教父身上，通过他依附着父亲的记忆"。她发誓要记住她的教父，"那个世界上唯一与她分享对生父的怜悯之爱的男性"。她在公开场合对其教父的爱表明她拒绝舍弃父亲们，尽管她以言语反抗，并最终舍弃了其精神之父萨伏纳罗拉。这一叙述技巧一方面论证了自动离开父亲的正当性，另一方面又认为同他们虚与周旋也是对的。小说叙事的这种论证方式，同小说的大部分内容一样，显得非常矛盾。罗摩拉通过"同情个人的命运"，使自己与教父认同，但教父犯了反抗政府的叛国罪，她对这位父亲的同情显示出她未能认同社会，而对社会的认同正是小说的理想所在。这个矛盾表明，艾略特未能解决父亲权威与女儿欲望之间的情感纠葛。

一旦罗摩拉全身心追思她的父亲，其他人的父亲就得从小说中被清除出去。到了小说结束时，洛伦佐·德·梅迪奇、巴尔多、巴尔达萨雷、萨伏纳罗拉和贝纳尔多·德尔·内罗都死了。洛伦佐死于小说开头，贝纳尔多死于小说结尾，体现了父亲们在公众心目中已经死亡，体现了15世纪佛罗伦萨父权统治的衰落，接踵而至的是腐败、瘟疫、鼠疫的流行。巴尔达萨雷在刺杀蒂托时死了。萨伏纳罗拉被处决，他不敢从火中穿过去以此来证明他的清白——火象征着欲望与惩罚。表面纯真的女儿参与了将父亲们变成替罪羊的过程。罗摩拉对父亲的死怀有一种似乎是没有来由的负罪感，她渴望将父亲的图书室变成公众服务的图书馆，这些都源于她埋藏在心底的愿望：她只想同蒂托一人幸福地生活，因而她显然需要摆脱父亲。同蒂托一样，她在隐喻意义上期望父亲死去。她在佛罗伦萨街头救起了挨饿的公公，从而导致丈夫蒂托和公公两个人的死。巴尔达萨雷向她公开自己的身份，并说："你本应成为我的女儿，"但是，他坦陈道，"我们要报仇。"当他杀了蒂托，并和他一同死去时，他既报了自己的仇又替罗摩拉报了仇。最终，小说还暗示罗摩拉对她教父之死有罪。由于担心因为自己为教父求情，从而加深萨伏纳罗拉对教父的憎恨，罗摩拉对她的教父喊道："如果您发生了什么不幸，那就如同是我一手造成的一样。"小说暗中将这些人的死亡都归咎于本来十分孝顺的女主人公，顺理成章地将弑父的欲望归结到她身上。

在小说结尾，罗摩拉决心只遵循自己的法则，"按自己的理由行事"。她主动决定离开丈夫，不仅仅因为他另有所娶，而是因为他背弃了他的父亲。"内心道德的要求"压倒了"外部法则"的要求。尽管婚姻法是神圣的，"反抗可能也是神圣的"。她离开丈夫及父亲们的正当意愿表现为一种隐喻的形式，即她虽生犹死一般地漂泊到了西班牙，然后梦幻般地从瘟疫中拯救了西班牙人。失去了父亲，失去了男性亲属，她成了没有欲望的"看得见的圣母"。在萨伏纳罗拉去世11周年祭日的前夜，罗摩拉给她的小"家庭"讲述了生父及精神父亲之死的感伤故事，讲丈夫目无法纪的欲望和必死无疑的伦理故事。作为年轻作家的理想人物，罗摩拉遵从自己的法则促使作家遵从自己的法则，遵从自己的权威叙述语言，遵从自己作为讲故事人的事业。当欲望与禁止的记忆成为创伤时，乔治·艾略特用第二场景的象征逆向去阐释第一场景的故事。《罗摩拉》是作者生活中的一个"显著转折"。

正如笔者在这篇文章中想说的那样，尽管艾略特掌握的素材迫使她无法回避对父兄的创伤记忆，逆向的重新建构以及"回忆工作"等概念并不意味着这位回忆往事的女人就一定能解决记忆造成的创伤。将记忆付诸文字符号，约束和压抑她心中的欲望，称这种欲望为"同情"或"同感"，艾略特运用这些手段去控制她的记忆以及记忆所带来的创伤。可是，她还是让这类遭受压抑的内容重新出现在后来的小说中。艾略特的最后两部小说《米德尔马契》《丹尼尔·德隆达》带有《罗摩拉》中的约束和压抑痕迹。在这两部小说中，叔父取代了替罪羊式的父亲的位置，成为失意和明显不合法的权威的化身，尽管比喻意义上的"父亲的影子"在这两部小说中时有出没。《罗摩拉》的写作让作者"饱尝辛酸""备受摧残"，使她从反讽的角度审视多萝西碰和格温多琳，强调自己不同于这两位主人公。其中一位受到理想主义的蒙蔽，另一位受到利己主义野心的蒙蔽。然而，两部小说都将女儿当作遭受压抑的诱奸场景中的欲望主体，都指责女儿的欲望。在《罗摩拉》中，艾略特安排女儿最终遵从了她自己的法则，可是，在后来的作品中，她却让女主人公们竭力用社会法则来约束自己。艾略特批评多萝西娅和格温多琳通过受难学会同情，这本是她在早期小说中为"严厉的"父亲们预设的命运。

# 第二节　《无名的裘德》

哈代的最后一部小说《无名的裘德》，最初以连载的形式发表于《哈泼斯新月刊》，单行本在 1895 年 11 月面世。哈泼斯出版社警告他说，这本小说理应"在各个方面都是最适合的家庭杂志"，哈代却很固执地答复说："这个故事不会冒犯哪怕是最挑剔的淑女。"哈泼斯出版社预想的理想淑女比哈代预想的要苛刻得多，因为这部连载小说，同以前发表的《德伯家的苔丝》一样，必须经过大量删节。当小说最终未经删节出版时，它所招致的评论卑鄙低劣、充满偏见、可厌可憎。《纽约世界》的尖刻批评使得哈代要求哈泼斯出版社撤回发行；奥利芬特女士一马当先，在《黑林》杂志上发表了题为"反婚姻联盟"的评论，引发了对哈代的抨击；威克菲尔德主教因痛心于小说的"无礼和猥亵"而把它付之一炬。《纽约学人》评论说："迄今为止，在我们所读过的，任何语言写的书中，这是最令人讨厌的一本。"《世界》的一位书评作家说："只有非凡才能的作家才能写出这样一本可憎和阴沉的书。"这种评论本身就显露出典型的维多利亚时期中产阶级的观点：阴沉对于社会具有颠覆性。

这一切对哈代的影响，用他自己的话来说，就是完全打消了他继续写小说的兴趣。一位重要的小说家是否仅仅因为公众的评论就真正辍笔了呢？这值得怀疑。小说引发的恐惧、庸俗和虚伪举动的确影响了哈代，因为他看到的这些反应正好验证了他在这部小说中所抨击的社会弊端，但是，哈代停止小说创作还有其他原因。哈代对他所处社会的人的生存状况进行了长期的探索，在《德伯家的苔丝》《无名的裘德》中，他的探索已经相当丰富、成熟，不可能再有新的进展。这样说虽然有些武断，但是这两本书中都含有一种颇富想象力的解决意识，所以说它们成为其小说的封笔之作是有内在逻辑的，绝非偶然——绝非仅仅屈从于恶意批评。如果把解决理解成为小说中的冲突提供现成答案的话，那么，这种"解决"就不可能存在，这正是哈代现实主义的特点：体现艺术的局限性，而不是绝望的征兆。

直到最近，传统的批评仍认为，裘德的故事是一个农村孩子的悲剧，他在求知的过程中断绝了与稳固而永恒的农村社会的联系，并且由于纵欲而无法实现这一美好理想。他的失败揭示了人类的无情命运：在这个满是挫折和痛苦的世界上，人类注定永远都无法实现自己的理想。事实上，上述说法无一正确。为什么不首先提供一个正确的起点，以便更加准确地阅读这本小说呢？裘德既非农民也不是性生活过度，他童年的故乡玛丽格林毫无稳定和永恒可言，吸引他的基督教堂市文化并非精华而只是糟粕，他在表现基督教堂市文化上的失败并无任何"普遍"主义。小说打破常规，特意强调这些事实，只要不带意识形态偏见去读这本小说，就会承认这些事实。

裘德并非农民，因为英国乡村社会结构的变迁早已摧毁了农民阶级。裘德的监护人是个店主，他苦苦挣扎，但还是从其优越的社会地位上掉了下来，而裘德也由面包房的小伙计变成了后来的石匠。换而言之，他在玛丽格林社会中的位置，属于半独立的"商人"阶级。哈代曾在1883年7月的《朗曼杂志》上撰文《多塞特郡的劳动者》，指出由于经济萧条，社会流动性增强和工业化的不断发展，这个阶级正在消亡。作为一个阶级，他们成为观察农村分裂出来的社会力量需要密切关注的焦点，因而几乎总处于哈代小说的中心场景；而哈代本人，石匠的儿子，就出生于这样的一个阶级。作为这个阶级的一员，裘德根本就没有与玛丽格林切断关系，因为原本就没有什么根可言。裘德原本就不属于玛丽格林，不过是在某一夜晚被扔到了这里罢了，正如他的儿子后来被丢弃在奥尔布里坎一样。这一事实很有意义：裘德的无根象征玛丽格林与世隔绝的状态。玛丽格林并非亘古永恒而是死气沉沉，并非稳定而是了无生气；它是一块被历史遗忘了的飞地，沮丧而丑陋，为了生计纷纷离开此地的商人和手工业者使这个地方看起来更像座缺了天窗和屋顶的住宅。如同德鲁士·弗雷商店生锈的橱窗后的五瓶糖果和三个面包一样，玛丽格林只是变了味的剩菜，一幅丧失历史传统的劫后景象，而剥夺其传统的正是功利。

那块地里新近耙过而留下的耙沟，像新灯芯绒上伸展的条纹一样，使这片大地显示出一种鄙俗地追求功利的神气，使它的远近明暗完全消失，把它的历史，除了最近那几个月外，一概湮没。其实在那片土地上，每一块土块，每一块石头，都和旧日有许多联系：古代收获时期唱的歌儿，过去人们讲过的话、做的不屈不挠的事迹，在那儿流连不去。利润和功利的抽象需求毁坏了玛丽格林的所有本质特性和所有具体联想，向这个地方严厉地发号施令，就像耙在农田留下一道道耙沟。

童年的裘德就是那些功利需要驱使下的工具。正如耙沟支配着耕田，他为一天挣六便士不得不在田间驱吓鸟儿。怀着对鸟儿内疚的心情，他不满于自己卑屈盲从的角色，对资源进行了重新分配："可怜的小东西。"裘德高声说，"我请你们吃一顿饱饭吧，请你们吃一顿饱饭吧。够你们和我吃的。晃坦农夫请你们吃一顿。"但是晃坦农夫，裘德的雇主，并不赞成，并且用裘德的哗啦板儿，打了他一顿。玛丽格林社会这种以利益为基础并带有惩罚性的关系显然与有教养的文化敏感性相冲突。当地文化的代表，费劳孙告诉裘德要善待动物。正如我们常在小说中遇到的那样，理想和严峻的现实之间总是一种辩证的关系：理想批判现实，反之，现实又揭露了理想的局限或不切实际。裘德充满爱心的态度预示了他后来对人际团结关系的勇敢确认。当然，这也是他令人发笑的多愁善感之举。在食物面前，人比鸟儿要更有优先权。后来，在小说讲到阿拉贝拉猎野猪时，裘德对此感到十分恶心，而她却十分生气地评论说："穷人总得活下去。"她的话有一定道理，裘德必须认识到这一点。

小说中的理想和现实的辩证关系还有另一层重要的意思。现实生活中越食不果腹、越贫瘠，它所激发的理想就越发变为空中楼阁："他的梦想十分宏伟，他所在的环境却很狭小。"最明显的例子就是基督教堂市，裘德正好从梯子顶上领略了它那幽灵般的吸引力。到了城市后，裘德感到其邪恶的幽灵使自己身心分离，在梯子上工作时总是感觉到过路者凝视的眼光。如果说玛丽格林被剥夺了历史，基督教堂市则被历史所埋葬，它是支离破碎的砖石建筑和僵死的信条支撑的一个令人压抑的瓦砾堆。在小说的一开始，这两个地点就很不吉利地联系在一起：帮裘德指向基督教堂市的人同样指向了裘德被特劳特汉毒打的田地。玛丽格林身上充满了欺骗和迷信：维勃特的江湖医术，阿拉贝拉的假发和人造酒窝，诈称怀孕和性诡计，侵占传统教堂的伪哥特式大厦；基督教堂市也同样如此，是一个错觉和虚伪仪式的迷宫，连同阿拉贝拉的阴谋把裘德牢牢地禁锢在里面了。裘德的未来恰恰变成了他的过去，他希望前进，而实际上却急速地后退。

裘德所陷入的历史性讽刺表现在：只有努力汲取文化才能实现个人的抱负，而这种文化却否定他，拒绝把他当人来看。这就是裘德与基督教堂市的矛盾关系，这种关系主要集中体现在工作问题上——这是哈代在这本小说和其他小说中最感兴趣的问题。裘德是在乡下学的石匠手艺，较少受到城里劳动分工的影响，他的工作表现出丰富的创造性，与大学的枯燥乏味形成了鲜明对比。他的工作与现实世界发生直接的反应。他的职业就是一种形象，代表了一种尝试，即制服"感觉迟钝和神经麻木"的事物，使之服从于人类有意义的目的，这一点在小说中十分重要。手艺，如同真正的性关系，是理想和现实的媒介。正是在基督教堂市的劳动阶级的工作中，哈代发现了取代学究们腐朽世界的事业："裘德心里突然一亮，认识到这个小小的石场，就有值得尽心尽力去做的工作，就是把它和最高贵的学院里所做的深奥研究相比，都毫不逊色……他开始认识到，城市生活是一部有关人类的书，同大学的生活相比，它更有活力、更丰富多彩、更简略。在他以前奋斗挣扎在这个城市的人，虽然也不大懂得什么是基督，什么是教堂，却代表真正的基督教堂城市。"在检验大学的高墙模制中，裘德发现真正的历史延续，这不是与大学精英文化发生的历史延续，而是与那些已故去的"手艺人"发生的历史延续，"实际上是他们动手建造了这些形状的建筑，"裘德感到自己与他们志同道合。在这种历史延续感的基础上，裘德找到了他苦苦寻觅的身份。

仍具讽刺意味的是，裘德的劳动力被不折不扣地用来维护一座把他排除在外的建筑。他的工作是复原旧世界，不是创造新世界，而是被贬低为"复制、修补和模仿"。基督教堂市幻影般的过去从活人的劳动中吸取营养，并且把他们降为无用的外壳、尸体和幽灵。劳动和文化之间的真正关系，在玛丽格林时，困惑不解的裘德将其理解为简单的对立关系，在基督教堂市这个分裂的世界里，赤裸裸地暴露出来：文化的理想寄生于它所不予理睬和横加压制的劳动活力上，寄生在体力劳动者身上，没有他们，"勤勉的读书人就无法读书，高深的思想家就无法生存"。

苏·布莱海德看透了这种文化观，把自己从基督教堂市呆滞不前的中世纪精神中解放出来，但是这种解放仅仅是局部的，在一定程度上是虚假的。她认为大学里"充满了物神崇拜者和鬼神预言家"，但是在故事的结尾，她却身兼二者。如果说现实中的痛苦经历使裘德最终能够从错觉中解脱出来，在严峻的现实中这些幻想是最不可缺少的，苏对正统教义的反抗则是理想主义的，只不过用一种宗教意识形态来代替另一种。她仍处于偶像的影响之下：在她的壁炉台上，只不过是希腊的神像代替了基督圣徒而已。如果说裘德努力前进时实际却在倒退，苏也是如此：她比"中世纪精神还古老"。裘德与基督教堂市有一种矛盾关系，他在加固了把他排除在外的院墙，最终也放弃了神职的艺术工作。苏也经历了类似的冲突，她虔诚地投身于世俗生活，最终才得到自由，成为一名老师。但是，这一行为并未解决她所体现的更深层次的矛盾。苏这个人物体现了哈代对维多利亚社会自由解放界限最为巧妙的探索，远远超过他早期试笔的类似人物——安琪尔·克莱尔。苏既是世俗礼教长期的囚徒又是激烈的反叛者，她生动地表现了人们的思想在新旧交替时的冲突和逃避。这种思想状态产生的心理模式就是受虐狂和自我折磨——凭一时冲动行事，然后又惩罚性地压制自己。

这一点在她对性的恐惧中体现得最为明显。《无名的裘德》是一本关于激情的小说，它描述的是实现人的愿望和性欲的激情，同时它也体现了这种激情在现实社会中处处碰壁后的沮丧和挣扎。正如在裘德身上充分展现的那样，激情在小说中是一种潜在的解放力量。带着"头脑简单的满腔激情"，裘德竭力想获得别人的认可，在自己身份问题上不改初衷，最后遭受背叛和失败。但裘德是一名真正的悲剧英雄，因为失败中所显现出的价值以及他对自己完整人性认可的不懈追求，都有意或无意地向强调抽象脑力两极分化的社会提出了挑战。问题是如何避免压抑性的世俗礼教对激情的驯服和束缚，这也是苏拒绝婚姻的动机所在。她拒绝婚姻和肉欲出于同样的原因，在摒弃了社会上那种虚伪的爱情表达后，她也拒绝了肉体。结果，她的自由就有了负面和破坏的成分。这是一种具有强烈自我占有欲的个人主义，它认为所有的永久许诺都是牢笼，由于惧怕付出而惧怕被占有。她蔑视那些"只认可建立在动物性欲望基础之上的关系的人"，就其坚持发展人际真正关系而言，她的蔑视是进步的；就其贬低肉体而言，她的蔑视又符合维多利亚时代的社会传统。裴德和阿拉贝拉的婚姻建立在"短暂的感情"的基础上,这种感情"与唯一能使二人终生相伴的亲和力没有任何相关联系",所以饱受婚姻不幸的裴德赞同苏的观点。但是正如"终生相伴"所示,他比苏更会倾向于永久和确定的许诺,不会把性看作仅仅是附带的。

裴德和苏的不同还表现在其他方面。例如,苏的个人主义部分源于她读了 J.S. 穆勒的著作,这一点就很重要,因为穆勒主张自主地发展自我的资产阶级观念与裴德的社会和集体的伦理相左。裴德是"工匠进修互助社"的成员,这一身份说明了他关心的是他所属的整个阶级的进步。正是出于对人际团结的关切,他才决定收养"时光老人"仔细想想,孩子是否与你有血肉之缘,又有什么关系呢?我们这个时代所有的小孩都是我们大人的孩子,理应得到我们的关爱。父母如果过分地关注自己的亲生子,而不喜欢他人的子女,那就像阶级感情、爱国主义、自我拯救以及其他品德一样,说到底都是一种吝啬的排他主义。

苏表示同意说,"如果'时光老人'不是你的,那会更好",她很不情愿让裴德的孩子与他们生活在一起,但这并非出于利他主义的原因。在故事结尾,他们之间的分歧再次出现:裴德对阿拉贝拉的行为"十分体面",因为他不是"专想为了自己的好处牺牲弱小的人",而苏却是这样的女人,这表现在她深感内疚而回到费劳孙的身边。即使裴德也看到了这一点,看到了苏蜕化成为一个要拯救自己的灵魂的人,"我对她忠心到底,她应该对我忠心到底才对啊。我为了她把灵魂都出卖了,但是她绝不会为我那样做。"

这样讲,对苏有些太苛刻了,对裴德却不为过。总之,苏曾经委身于他,度过了一段短暂的幸福时光。驱使她重返回费劳孙的事件是那么可怕,这使得她的背叛,即使不能被原谅,也能够为人所理解。如果说苏难以被占有的话,那么裴德就太容易被占用了,他毫不挑剔地、心甘情愿地成为基督教堂市僵死传统的继承人。如果说苏直到后来才沉溺于鬼神和幻想,裴德却始终如此。裴德面临两种选择:一是努力从虚幻中解脱,即便届时他已经精疲力竭;二是迅速摆脱苏。因为他与苏的关系从一开始就不切实际,又何况那只不过是一番思想转变,只是他经不起现实的打击。

哈代不同凡响之处在于,尽管苏有各种不足,但她仍赢得了我们的同情。坦诚地说,没有多少理由可以为她辩护。她加速了初恋情人的死亡,迷住了裴德,经历了爱情的兴奋,随后又不知出于什么动机,在缺乏感情的情况下同他结婚,在此期间,对裴德显示出了难以置信的冷漠无情。她又拒绝与费劳孙同床共枕,投入裴德的怀抱,使校长的事业一度受挫,然后又拒绝与裴德同床。出于对阿拉贝拉的妒忌,她同意与裴德结婚,随后出尔反尔,最终重返费劳孙,留下裴德一人孤独死去。当然,对苏行为的这种行为描述不足以构成对她总体评价的基础,但同样也不应忽视这些负罪的事实。问题在于,是什么原因使我们觉得苏不完全是一个性情暴躁多变的变态贱妇,充满了卑鄙伎俩。从一个层面看,对她的这种准确描述似乎无可否认。为什么我们会感到她不完全是这样一个形象,其中一个原因当然就是,裴德深深地爱着她;而他对她的爱,正如他对基督教堂市的爱一样，是透过有瑕疵的媒介而折射出来的一种真正欲望。有时候，他几乎能够看到她不讨人喜欢的一面。对于解开苏身上的这个谜，答案似乎不在于用她身上毋庸置疑的"美好"品质去抵消她令人不快的种种特质，而在于考虑最终评价苏的"层面"的问题。裴德抱怨说苏不愿为他而冒玷污灵魂的风险，他又补充说这不是她的过错。在此，裴德既是错的，但从另一种意义上讲，他又是对的，看到这一点很重要。这不是苏的过错，并不是说苏在道德上是清白的，而是哈代想通过表现苏这个人物，让读者感受到那些不能仅从个人层面加以透彻描述或评价的行动和力量。苏和裴德一样，是哈代所继承的19世纪现实主义伟大传统中的"代表"人物。她难以琢磨的复杂性部分来源于以下事实，她不仅表现她个人，而是体现了那个时代普遍存在的一种困惑迷惘、前后矛盾的情感结构。因此，在这个人物身上所体现出的难以理喻和前后矛盾，既不是她个人的品行特点，也不是哈代人物塑造方面的缺陷。而正是在她的难以理喻和前后矛盾之中，她的人物形象才得以最充分的实现，成为最典型的代表。如果她真是一个"充分发展"的"圆型人物"，像众所周知的《返乡》中的尤斯塔西亚·维，她就很容易被当作一个独立的道德代言人，个人的品性会直接受到赞扬或非议，这样一来，她的人物形象就会变得简化、狭窄，不那么富有代表性了。

　　哈代在序言中写到，这部小说生动地表现了"肉体和灵魂之间的殊死战争"，看来很有必要揭示这个短语的某些含义。首先人们很容易想到阿拉贝拉和苏之间的冲突——或者说两个女人所代表的裴德思想中的两个方面。但是，把整本小说归纳为性欲和理想之间的内在冲突，未免过于简单化。仅把苏定性为一个合格的理想者，有失公正，同样也很难看出阿拉贝拉可以充当"性欲"角色。阿拉贝拉把猪的阴茎扔向裴德，显而易见，意味着一个物质主义者对他崇高伟大的自负之梦的破坏。但她绝不是阻碍裴德努力追求精神发展的世俗肉体诱惑的象征。从故事情节上来看，也是如此，并不是阿拉贝拉阻碍他进入大学，对这个人物的刻画中也没有表现这一点。阿拉贝拉留在我们记忆中的并不是她的肉欲，而是她富有心计的贪婪，她头脑敏锐、言行狡诈的机会主义做派。她两次利用色情挑逗来迷住裴德，但是她迷住他最终是为了经济保障。阿拉贝拉身处一个经济毫无保障的阶层，她必须在弱肉强食的社会中处处留神，"穷人总得活下去"自始至终都是她的格言。她要占有裴德与其说出于"肉体"或者"性欲"，不如说在穷困生活条件下她对物质供应品的需要。因为她要利用他的劳动给自己买衣服和帽子，正如基督教堂市利用他的劳动来维持自己精美的门面。

　　裴德和苏勇敢地同愚蠢的习俗做斗争，而阿拉贝拉看出了这些习俗的伎俩，却十分实际地操纵这些伎俩，为己谋利。"办了事，男人的生活会踏实些，"她告诉苏，"也就更肯好好地挣钱了。"尽管与苏相比，她精明和实际，可是，在她从根本上蔑视的习俗上面，她的投入却与苏的立场并行不悖，实际上，这两个女人之间的相似之处还不仅如此。两人都是利己主义者，都在剥削裴德：阿拉贝拉在物质上不加掩饰地剥削，苏则是在精神上（有趣的是，裴德与阿拉贝拉发生性关系，并没有被写成是他受到"肉欲"

上的刺激，而是写他受到一种梦幻和飘忽的感受的刺激，这种感觉类似他最初见到苏时产生的感受）。的确，阿拉贝拉承认她和苏之间的共同点，苏对此却势利地加以否认。相形之下，阿拉贝拉在某些方面比苏表现得更好一些：她毫不掩饰自己对裘德的真实欲望。这与那种躲躲闪闪的女人形成鲜明的对照，对于后者，裘德抱怨说，她永远也不会直接诉说她是否爱他。阿拉贝拉能够抛掉虚假的宗教信仰，听天由命，公开承认她对裘德的真实感情。苏却恰恰相反，为了固守宗教的正统教义，否认自己对裘德有真实情感。

苏抛弃裘德重就费劳孙，从萨特哲学角度来看，正是一种不良信念。在一个虚伪的社会中想要真正地生活，这样一种努力变成了负罪的自我惩罚，逃离自由，投入毫无个人感情的权威系统的怀抱，以求安慰，减轻个人自私的心理负担，解除责任的重担。苏崇尚异教的欢乐，孩子死后她却很高兴，因为她急切地要惩罚自己的肉体，就把自己的身体，像对待尸体一样，送给一个自己讨厌的男人去支配。这个社会没有必要压垮那些冲破牢笼奔向自由的人，因为它致命的意识形态早已深入人心，成为他们行为的审查官，焦急地期待着自己的毁灭。

裘德努力打消苏的死亡幻觉。当苏要求他顺从"天罚"时，裘德争辩说："咱们并不是反抗上帝，咱们只是反抗人，反抗无理的环境。"他的论点不过是重复了苏自己早期的观点，即悲剧的根源在社会——"文明硬把我们按在一种社会的模子里，这种模子跟我们实际的模样没有关系；就好像，星座在肉眼里看到的形状，跟星星实际的形状并没有关系。"肉体和精神之间的殊死战争，基本上是人的精神同对顽固社会起阻挠作用的肉体之间的斗争。苏认为，这一悲剧绝对是天意的想法是一种最危险的错误意识，因为这样做开脱了杀死孩子的真凶——那个把全家人从房子里赶出来的社会。裘德拒绝犯相同的错误，这也是他的理性和顺应能力的体现。尽管对裘德来说，这完全是一个悲剧，但他看到了其历史相对性。他想，"我这是把需要两代或者三代人能做到的事想要在一代人内完成"。他对已在进行中的计划十分感兴趣。

小说里有两个因素似乎在为苏的宿命论张目。一个是对弗雷家族遗传灾难的突出强调，另一个则是裘德儿子——"时光老人"所扮演的角色。遗传因素在故事中不时浮现，在故事结尾却没有起多大作用，与最终的悲剧也毫无牵连。遗传，并没有很好地成为故事的有机构成部分，而仅仅起到烘托气氛的作用。即使认真思考一下，它也没有多大作用，仅体现在艾德琳太太的判断上。她认为，家庭内喜怒无常的脾气不利于她们解决问题。在很多评论家看来，"时光老人"身上体现了作者真正的意识；郁郁不乐、悲观却又无所不知。尽管"时光老人"有很强的象征寓意，但仍是一个不懂事的小孩，因为他杀死自己和其他孩子完全是出于一个错误：缺少与大人之间的真正沟通。不仅如此，"时光老人"的悲观源于一个身处历史之外的人的厌倦和被动情绪，他无法积极正面地干预它，注定要以一种迂回的、疏远的悲观态度来看待事物。事实上，这远非哈代的观点："时光老人"就像哈代诗中的上帝，正是由于他超验、非历史的地位，所以必然是虚弱无力，幻想破灭，但"时光老人"的生存意志已经完全被摧毁了。之所以采取一种全知的、观察者的姿态，在这一点上他与他的父亲不同，裘德决不轻易言败，几乎一直挣扎到最后。《无名的裘德》，如同哈代的其他小说，并没有宣扬不可避免的决定论。今天牛津学生中只有一小部分出身于工人阶级，尽管任何看到这一点的人都会有不同的想法，这是可以原谅的。

## 一、关于托马斯·哈代的后记

"哈代"这个名字，像任何其他文学生产者的名字一样，表明了一种特定的意识形态和传记形态；但它同样表明一个过程，在这个过程中，人们把某些书籍进行归类，构建、赋予"可读的"的作品一种"连贯性"。"哈代"这个名字还表示一种意识，根据这种意识，人们可以把某些文本插入主流文化和教学机制中去，就插入过程中的变化、矛盾，再对它们进行加工、纠正和重构，使它们在文学的"传统"中占有一席之地，而这种文学"传统"就是我们今天想象出来的"统一"。这一传统表现在哈代的创作上就是斗争、义愤和激怒的过程。作为重要的现实主义小说家，哈代创造了很多"令人难忘"的场景和人物，他对正统的"纯洁性"的逼真描写却有令人反感的冷淡态度，在小说中大胆使用"巧合"和"不太可能"。抛弃了形式的统一，哈代小说中各种文学形式重叠，如融会现实主义叙事、古典悲剧、民间寓言、情节剧、"哲学"话语、社会评论等，从而背离文学创作中竭力追求形式统一的做法。对于维多利亚时期的人来说，他完全可以是一个"贤者"。然而，他在小说中的沉思却呈现出讨厌的形式，这些没有被小说技巧"归化"的思想让人难以接受。令人满意的是，他似乎是一个描写"人的生存状况"的小说家，但是他写作艺术中的忧郁、宿命论倾向和悲剧性都对他的主导批判思想产生了令人不安的影响，只能把它解释成他的忧郁性格和根深蒂固的世纪末悲观情调。他那"笨拙"的乡下气和田园牧歌式的异趣都是一个"农民"小说家可以接受的特色。但是，正是这些特点同他那颇为老练的艺术技巧以及乡村亲切感的不足巧妙地糅合在一起，使人们难以信心十足地把他定位为一个文学"乡巴佬"。

因此，主导批评的策略是干脆不评论他。亨利·詹姆士优雅地以恩赐者的态度称他为"善良的小哈代"。他的评论在 F.R. 利维斯和《细绎》中得到了回应。利维斯把哈代排除在 19 世纪现实主义的"伟大传统"之外。总体来说，对哈代的批评共经历了四个明显的阶段，这在每一个评论家的作品中都可以找得到。哈代一生中占主导性的形象是作为维塞克斯的人类学家，他为我们提供了许多迷人的田园牧歌，有时候他在文学创作中自不量力。《列王》出版后，对哈代批评进入一个新的阶段。G.K. 彻斯顿那句臭名远扬的评语称哈代是一个"成天想着、骂着乡村的白痴的乡村无神论者"，一个 19 世纪晚期虚无主义的忧郁供应者。这种与其他看法保持适宜距离的观点，在 21 世纪初占据了统治地位，不过在整个 40 年代和 50 年代，哈代的声誉多少有些下降。由形式主义、有机整体论和反理论思潮占主导的盎格鲁撒克逊批评没有给哈代留下批评空间；R.P. 布莱克默尔在 1940 年坚持认为，哈代的敏感性不可挽回地受到思想的侵害。从 40 年代末起，有了明显的改变：开始对哈代进行"社会学"解读。1954 年，道格拉斯·布朗动情地从乡村"热情"与都市侵害之间的冲突入手进行了富有影响的研究。44 年以后约翰·霍洛韦则开始思考哈代作品中"英格兰乡村那逝去的富有韵律的古老秩序"。这种神话般的评论使哈代的作品免受抨击，第一次得到了批评家的青睐，因为这些批评家更多考虑的是色彩形象，而不是《谷物法》或者"内在意志"。在 60 年代和 70 年代间又悄悄复兴了对哈代文本的形式主义批评，在哈代的逝世周年纪念之际，批评的文潮汹涌而至：成象学批评、弗洛伊德式批评、传记批评。哈代被誉为"英语"自由民主品质的真正卫士，用来对付流亡的现代主义者的原始主义极端行径。

## 二、关于哈代语言的诽谤

自一开始，真正针对哈代的诋毁是他的语言。如果说有一点所有的资产阶级评论都几乎赞同的话，那就是哈代令人遗憾地缺乏写作能力。对于一个小说家来说，这是一个致命的不足，难怪他们从此找碴儿。一遇到他的"乡下人"所说的"摸不着边际"的话语以及他那令人生气的"古怪风格"，评论家就无计可施，只好在哈代文本的空白处标明"本应更好"。1874 年的《雅典娜神庙》上的文章评论《远离尘嚣》，抱怨哈代笔下的体力劳动者说出的话："不识字的乡巴佬能说出这样的话，真是难以置信。"《返乡》的一位评论家顺便对"人物低微的社会地位"提出异议，他发现哈代的小说中人物讲着一种别人从未说过的话："他的农民人物的语言可能是伊丽莎白时期的，而不可能是维多利亚时期的。"如果说"农民"人物的语言古怪，那么他们的作者的语言更奇异。哈代还被多次斥责为拙劣而自命不凡地运用拉丁词、新造词、"呆拙和粗俗的比喻"、专业的行话以及哲学术语等。一方面，评论界对哈代显然不能正确写作而大为恼火；另一方面，又对这位出身寒微的文学暴发户的这些狂妄之举嗤之以鼻。1934 年的《细绎》哀叹说，他"非常拙劣地想给人以深刻印象，即使另一个勇敢的辩护者——道格拉斯·布朗也发现他的作品没有可读性，甚至没有价值"。大卫·洛奇告诉我们："哈代的作品让读者感到其中定有伟大之处，结果却让人失望。"

导致这些恼怒的思想奥秘是显而易见的。早期批评界热切希望把哈代归类为记录乡巴佬生活的编年史家，一旦这种"乡村现实主义"未能如愿，他们就表示不满。后期评论界则把哈代当作一个主要小说家认真加以研究，却又不得不承认，作为一个"自学成才"的作家，他难以达到这一标准。在上述两种情况中受压制的是这样一个事实：哈代作品的意义就恰好在于他对语言运用的矛盾性结构。他的小说产生的意识形态效果，既不在于他的"乡村写作"，也不在于"有教养的写作"，而是存在于两者之间永不停息的嬉戏和张力之中。从这个意义上来讲，他的小说饶有趣味地说明了里内·拔利巴所分析的文学意识形态过程。拔利巴认为，文学是这一过程的重要构成部分，就是靠它，在文化和教学机器的内部，在同一语言中相互矛盾的意识形态得以构成和复制。"文学"就是语言实践的集合，它们被纳入某些制度之中，然后产生相应的"虚假"的和意识形态的效果，从而有助于维护语言的划分。尽管这种分析因"唯社会论"残存成分而具有局限性，并且，由于是从资产阶级法国教学环境舶来的，未免有些脆弱，却十分适用于哈代。问题并不是讨论哈代写的"好还是坏"，而是他的小说，在当时的批评框架中，不管有意还是无意，注定要产生一种意识形态的混乱。这并不意味着哈代作品中的美学效果问题就可以归结为意识形态的影响。一部作品可能会使主导意识形态陷入困窘，但这绝不是评价其美学效果的标准，尽管它是其中的一个组成部分。但是在哈代的作品中，这两个因素却结合得尤其紧密。

　　唯一理解这一事实的评论家是雷蒙·威廉斯。他在哈代的文本中找到了作者要商讨的社会和思想意识形态危机。的确，威廉斯是哈代评论家中最非神秘化的批评家，他除掉了哈代的神话色彩，十分出色地摧毁了"永恒不变的小农阶级"陈腐神话，认为"外在的"社会变迁使小农阶级解体。显然，威廉斯的著作并没有产生很大影响。雷·莫理抓住并且击败了几十年来一直认为哈代是"宿命者"的论断，可是其出色的研究也同样未受重视。尽管有这些研究成果，评论还是为哈代的"现实主义"准确定位而困扰。这其中的原因不难看出。哈代文本实践中相互矛盾的性质，把小说本应隐藏起来的各种不同的思想意识构成因素，置于一个突出的尴尬困境之中；也正是通过"不知道怎么写作"他才展露了这一手法。

　　然而，颇具典型代表的约翰·贝雷却对哈代的"不统一"满不在乎，而且恰恰是这一点吸引了他研究哈代。在新维克塞斯版的《远离尘嚣》导言中，贝雷颇有见解地提到这种独特的"哈代式的多样性"，"其中各个构成部分似乎并没有意识到彼此的存在"；确认这类小说必然的独树一帜以对抗诸如利维斯或特里林这类人物所说的"组织"作品的才智。然而，皮埃尔·马谢雷指出，人们所熟悉的"标准"批评的同伙是经验主义：一种方法是用作品"应当怎样"这个幽灵般的模子来"纠正"文本；另一种方法则是很宽容地沉浸于文本"自身"之中。无论哪一种方法都未能把作品置换为现实中的决定因素，它们未能完成这一高难的辩证技巧："拒绝"文本描述的现象存在，同时又承认这样存在是必要的和起决定作用的。

# 第五章　英美文学与女性主义

## 第一节　再现奥菲利娅

　　"为了吸引听众，我曾宣布我今天要谈谈那个名叫奥菲利娅的人物，我将信守诺言。"这些是雅克·拉康 1959 年在巴黎召开的《哈姆雷特》精神分析研讨会上的开场白。尽管这句话让人满怀期待，但是拉康并不守信。对于哈姆雷特，他长篇大论，足足有 41 页之多。他的确也提到了奥菲利娅，但她只不过是拉康所说的"客体奥菲利娅"，也就是说，是哈姆雷特男性欲望的对象。拉康断言，Ophelia 这个词的词源是"菲勒斯"，她在剧中只能发挥外在的比喻作用，指的是拉康根据本人早年对女性精神病患者的研究，颇有预见性地提出的悲观见解：作为超验能指的菲勒斯。拉康承认，扮演这样的一个角色显然使奥菲利娅变得"重要"，但用他的话说，这只是因为"几百年来，她一直与哈姆雷特这个人物联系在一起"。

　　拉康与奥菲利娅所玩的这场调包游戏是他在精神病及批评文本中运用的一个悲观的和常见的案例。在大多数莎士比亚评论家看来，奥菲利娅只是剧中一个不起眼的小人物，她的懦弱和精神失常虽令人感动，但主要令人感兴趣的还是她向我们讲述的有关哈姆雷特的情况。尽管莎士比亚的女性读者常常试图捍卫奥菲利娅，但甚至连女性主义批评家也为此感到尴尬。正如安妮特·科洛德尼懊悔地承认："让观众关注戏中奥菲利娅的痛苦的那场戏，毕竟是强加给他的一项艰巨的任务，因为在此之前，他的注意力总是自如地集中在哈姆雷特身上。"[1]

　　然而，当女性主义批评允许奥菲利娅与哈姆雷特抢镜头时，同时也凸显出正在进行的理论争论中的问题，争论涉及女性气质、女性性欲、精神错乱和再现之间的文化纽带。尽管奥菲利娅在批评中不受重视，但是，在莎士比亚众多女主人公中，她可能是引证和用于插图最多的人物，她作为一个主题频频出现在文学、通俗文化和绘画中。雷东画她的溺死，鲍勃·迪伦将她放在荒凉街，加农·米尔斯用她来命名被单的花卉图案，这与她在莎士比亚批评文本中的默默无闻形成了鲜明的对比。在我们的文化神话中，她为什么一直是这样一个举足轻重、令人着迷的人物呢？哈姆雷特把奥菲利娅叫作"女人"和"脆弱"，用某种女性意识形态的观点替代个人的观点，奥菲利娅难道真是女人的代表？

---

[1]　刘海平，王守仁. 新编美国文学史：第4卷 1945-2000[M]. 上海：上海外语教育出版社，2019.

她的疯狂代表了女性不仅在社会，而且在悲剧中遭受的压迫？更进一步地讲，既然雷欧提斯称奥菲利娅为"疯狂的凭证"，那么她是否体现了女性就是疯狂或者疯狂就是女性的文本原型？最后，女性主义批评应怎样用自己的话语来再现奥菲利娅呢？对于作为作品人物和女人的奥菲利娅，我们承担什么样的批评责任呢？

对于这些问题，女性主义批评家已经做出了种种回答。一些观点坚持认为，我们应像律师代表他的当事人那样来再现奥菲利娅，我们应把她看成是霍雷希亚，在这个无情的世界里，向那些未得到满足的读者正确地报道她和她的事业。譬如，凯罗·尼勒把对奥菲利娅的支持，即为她辩护，说成是我们分内之事。她写道："作为一名女性主义批评家，我必须'讲述'奥菲利娅的故事。"但是，奥菲利娅的故事又指的是什么呢？是有关她的人生故事，关于她如何在父亲、兄弟、爱人、宫廷和社会手中遭受背叛的故事？还是那些莎士比亚戏剧的男性批评家排斥她，把她边缘化的故事呢？莎士比亚没有提供给我们足够的信息，让我们想象出奥菲利娅的过去。在 20 场戏中，奥菲利娅只在五场中出现。在戏开始前，她与哈姆雷特的爱情故事，我们只是在一些含混的倒叙中才有所了解。在这部戏中，她的悲剧并不占据重要地位。与哈姆雷特不同，她没有道德选择的冲突。因此，另一位女性主义批评家李·爱德华兹断言，通过文本来重建奥菲利娅的生平是不可能的。"如果没有奥菲利娅，我们能够想象出哈姆雷特的故事，但如果没有哈姆雷特，奥菲利娅的故事实际上就不存在。"

倘若我们从美国女性主义的理论转到法国女性主义理论的话，奥菲利娅或许证实了父权制话语对女性的再现只可能是：疯狂、无条理、流动性或沉默。在法国理论的父权制语言和象征体系中，女性总是处于消极、缺席和无所作为的这一面。与哈姆雷特相比，奥菲利娅无疑是一个无所作为的人。"我没有想到，殿下。"

在伊丽莎白时代的俚语中，nothing 可表示女性生殖器，这可见于莎士比亚的另一个剧本《无事生非》。因此，对于哈姆雷特来说，"没有什么"就是指少女大腿间的东西，因为在男性视觉体系及欲望中，女性性器官，用法国精神分析学家路丝·伊利格雷的话说，"代表了对什么都看不见的恐惧"。当奥菲利娅发疯时，乔特鲁德说道，"她的话没有什么"，只是"混乱的用语"。因此，奥菲利娅的话体现了宫廷界定的公众语言对没有什么可说的恐惧。奥菲利娅被剥夺了思想、性征、语言，她的故事也成为女性的故事，是女性差异的空洞循环或神秘，是女性主义将要解读的女性性欲的密码。

奥菲利娅故事的第三种解读把它当作这场悲剧——哈姆雷特受压抑的故事的女性次文本。这种解读认为，在伊丽莎白时代的人们以及弗洛伊德主义者看来，奥菲利娅身上体现的强烈情感是很有女人味，没有男子汉气魄的。当雷欧提斯为死去的妹妹哭泣时，他说道，"当我们的眼泪干了以后，我们的妇人之仁也会随之消灭"，也就是说，他天性中阴柔的、难以启齿的成分将得到净化。根据大卫·勒瓦兰兹的一篇重要论文《〈哈姆雷特〉中的女人》，哈姆雷特由厌恶自身的女性消极因素而极度厌恶女人，并粗暴地对待奥菲利娅。勒瓦兰兹认为，奥菲利娅了的自杀也就成为"男性世界驱逐女性的一个缩影，因为'女人'代表了有理智的男性否认的一切"。

或许因为哈姆雷特感情脆弱，容易被看作是女性，所以哈姆雷特通常由女性来扮演，他是莎士比亚戏剧中唯一由女性扮演的男主角，从女演员莎拉·伯哈特到最近的约瑟夫·派佩执导的《哈姆雷特》中的戴安·薇诺拉，都可以看出这个传统。《尤利西斯》中的利奥波德·布鲁姆对这一传统进行揣测，他认真思考女演员班德曼·帕默尔所扮演的哈姆雷特，说："哈姆雷特的扮演者是男性，他没准儿是一个女人吧？要不然，奥菲利娅为什么会自杀呢？"

尽管这些研究方法都有可圈可点之处，但每一种方法都有突出的问题。把奥菲利娅从文本中解放出来或者使她成悲剧的中心，就是让她重新为我们所用；把她融入某种女性缺场的象征体系等于认可了我们女性的边缘性；使她成为哈姆雷特的灵魂就是把她变成了某种男性经验的暗喻。与这些研究相反，笔者想说的是，正如女性主义批评所见，奥菲利娅的确有她自己的故事，但这既不是她的人生故事，也不是她的爱情故事，更不是拉康的故事，而是她再现的历史。本文试图将某些法国女性主义思想关于"女人"的范畴和美国人的历史及批评研究的经验联系起来，即结合法国理论和美国研究方法，对人物奥菲利娅进行探讨。

通过追溯奥菲利娅在英国和法国的绘画、摄影、精神病学、文学以及戏剧演出中的形象，笔者首先阐明女性精神失常与女性性欲之间的再现联系；其次，笔者将论证精神病理论和文化再现之间的双向交流。正如某位医学史家所说，按照时间的先后顺序，将有关奥菲利娅的种种插图编排在一起，就是一本讲述女性精神失常的手册，因为关于奥菲利娅的插图在女性精神失常的理论构建中起了重要作用。最后，笔者想指出的，对奥菲利娅的女性主义修改源于女演员的表演自由，也源于批评家的阐释。当莎士比亚的女主角开始由女演员扮演，替代了以往的男演员时，女性形体和声音的存在，且不说阐释的细节，为这些角色创造了新的含义和颠覆张力，尤其对奥菲利娅这一角色。纵观奥菲利娅台上台下的历史，笔者要指出，在再现奥菲利娅这个人物时所出现的男女演员之争，批评压抑和女性主义反压制周而复始，当代女性主义批评只不过是最新的阶段。从文化史的这些资料而不是从文学理论体系入手，笔者希望得出的结论具有更多的女性主义批评责任感，同时也给奥菲利娅研究带来了新的视角。

布里奇特·李昂斯指出，"在《哈姆雷特》所有人物中，就象征含义的表现来说，奥菲利娅的表现最为经久不衰"。她的行为、外貌、动作、服饰以及道具，都充满了象征意义，而且对于一代又一代莎士比亚评论家来说，奥菲利娅剧中角色似乎主要是偶像式的。再者，奥菲利娅的象征意义主要是女性意义上的。就哈姆雷特而言，精神失常是形而上的，它与文化相关；而对于奥菲利娅，精神失常是女性身体和天性的产物，或许还是天性最纯粹的形式。伊丽莎白时代的戏剧，对表现女性精神失常有明确的规定。奥菲利娅身穿白色，并用野花编织成的"奇异的花冠"来装扮自己。根据那"拙劣"的四开本上的舞台说明，她一边"精神恍惚"地吹着笛子，一边"披头散发"地唱着歌上场。她的话充满大量的暗喻，诗一般的自由联想及"狂烈的性意象"。她唱着忧伤的情歌，投水结束了自己的生命。

所有的这些舞台惯例都传达了关于女性和性欲的具体信息。奥菲利娅穿着象征处女的白衣裙，它与哈姆雷特的学者装束"凝重的黑衫"，形成了对比。她头上的花暗示了不和谐的双重意象：少女含苞待放的纯洁无邪和淫荡的玷污。她既是田园诗中的"绿色女孩"，新"五月玫瑰"，也是性感的疯女人，她将野花和野草分送给别人，象征着失去了贞洁。她直到死都戴着"由野草野花编织而成的饰物"和象征男性生殖器的"长紫罗兰花"，暗示了某种不体面和不和谐的性生活，这是格特鲁德那美好挽歌所不能完全遮盖的。在伊丽莎白时代和詹姆斯一世时期的戏剧中，根据舞台说明，一个披头散发的女人上场，暗示她要么神经错乱，要么被人奸污。头发凌乱不堪，有失端庄，这都是性暗示。发疯的奥菲利娅嘴里轻浮的小调和放肆的言语，似乎是她作为女人而自我认可的一种形式，因为这给她"一种完全不同于做孝顺女儿的新体验"，但是，好像是对她的报应，死亡随之而来。

溺死也与女性扯到一起，女性的流动性对立于男性的枯燥乏味。现象学家卡斯顿·巴克拉德在论述"奥菲利娅情结"时，追溯女人、水和死亡之间的象征联系。他指出，在文学和人生的戏剧中，溺死成为专属于女性的死亡方式，它与女性完美地结合在一起。水是液态的女性深沉而有机的象征，她双眸易被泪水淹没，正如她的身体是血液、羊水和乳汁的宝库。了解了自身的女性特征，男人就能理解这一女性的自杀，就像雷欧提斯，暂时屈服于他自身的流动性，即他的眼泪，而一旦他的眼泪枯竭，他又变成了一个男人。

从临床医学来说，奥菲利娅的行为和外表符合伊丽莎白时代对女性爱情忧郁症或者说色情狂症状的描述。自大约 1580 年以来，忧郁症已成为年轻人的一种时髦病，尤其是在伦敦，哈姆雷特本人就是忧郁型男主角的原型。然而，与智力和想象才华相关的忧郁流行病却"奇怪地与女人无缘"。相反，女人的忧郁往往被认为源于生理和情感。

在舞台上，奥菲利娅精神错乱被认为是色情狂症状在作祟，这个结果是可以预见的。从 1660 年，女人开始出现在公共舞台上，直至 18 世纪初，扮演奥菲利娅最著名的女演员，据谣传，都是些失恋的女人。最成功的扮演者是苏珊·蒙特福特，她曾是林肯客栈剧场的演员，在遭受恋人背叛后，就变疯了。1720 年的一个夜晚，她从看管人那里逃出来，跑到剧院，正好赶上扮演奥菲利娅的演员要上场表演那场精神错乱戏，这时，她"两眼发狂，浑身颤抖……冲上前去，替代了那位演员"，正如当时一个人所报道，"她就是真正的奥菲利娅本人。令演员和观众惊讶的是，经过这最后的一搏，她的生命力消耗殆尽，她终于无力再支撑，很快身亡。"这些富有戏剧色彩的故事加深了那个时代的看法，女人的精神错乱是女人的天性，与其说它是女演员刻意做出来的，倒不如说，它是精神错乱的女人在表露情感的时候显示出来的。

然而，18世纪的戏剧舞台，几乎完全清除了这一发疯场景可能产生的颠覆和暴力。奥古斯都时代晚期女性爱情的刻板模式充满了伤感的情调，从而弱化了女性性欲的力度，女性精神错乱因而成为刺激男性感受力的尤物。女演员就是以这种端庄得体的风格来表演奥菲利娅的。莱辛汉姆夫人在1772年的演出，玛丽·波尔顿在1811年的演出都是如此，她们借助白色衣裙、蓬乱的头发和野花这些熟悉的意象，表达了一种合乎礼仪的女性精神错乱，很适宜绘画，也与塞缪尔·约翰逊描述的年轻美貌、善良虔诚的奥菲利娅相吻合。甚至1785年西登斯夫人在表演奥菲利娅发疯的那场戏时，也显得庄重，具有古典主义的端庄。事实上，在很长一段时期，因为奥古斯都时代反对奥菲利娅在语言和行为上的轻佻和粗鄙，导致对这个角色进行审查。奥菲利娅的台词常被删掉，她的角色也往往由歌唱演员而不是女演员来担任，这使得再现模式变成音乐性的，而不是视觉的或语言的。

然而，尽管奥古斯都时代对精神错乱持否认态度，浪漫主义却对它欣然接纳。疯女人形象充斥浪漫主义文学，从哥特小说家到华兹华斯的《荆棘》和司各特的《中洛辛郡的心脏》，奥菲利娅代表性牺牲、丧亲和极端的激情。浪漫主义艺术家，如托马斯·巴克和乔治·谢泼德，描绘了遭人遗弃的那些可怜的疯女凯特和疯女安，而亨利·富塞里的"疯女凯特"几乎是魔鬼附体的形象，一个浪漫主义暴风雨中的孤儿。

在莎士比亚的戏剧里，奥菲利娅的浪漫主义复兴始于法国，而不是英国。在1827年查尔斯·肯布尔和一个英国剧团首次在法国演出时，他扮演哈姆雷特，一位名叫哈丽特·斯密森的天真无邪的爱尔兰少女扮演奥菲利娅。斯密森以"她全面的模拟才能，准确的姿态，把奥菲利娅神志恍惚的状态演得淋漓尽致"。在那场发疯的戏中，她戴着长长的黑面纱出场。在哥特派小说中，黑色面纱，加上头发上乱蓬蓬的如一缕缕干草，代表了女性性神秘的标准意象。她一边唱着歌，一边把面纱铺在地上，用鲜花在上面拼成一个十字架图案，就好像在建造她父亲的坟墓，以表演来表现葬礼，这样的戏剧演出在19世纪十分流行。

法国观众被震惊了。大仲马回忆说："那是我有生以来第一次在戏院观看到的真正激情，它使有血肉之躯的男男女女栩栩如生，首场演出时，23岁的赫克托·柏辽兹也在观众席里，他疯狂地爱上了哈丽特·斯密森，不顾家庭极力反对，最后同她结婚。她所扮演的发疯的奥菲利娅的形象出现在通俗的印刷品中，还挂在了书店和印刷厂的玻璃窗上展示。"她的服饰为时髦女郎所仿效，她的发型，一块"黑色面纱"优雅地编在头发里的"一束束干草"，也总是为巴黎时髦社会广泛模仿，并不断地寻机翻新。

德拉克洛瓦在1830—1850年间创作的一系列绘画中，斯密森的表演得到了最出色的再现，显示出浪漫主义对女性性欲和精神错乱之间的关系浓郁的兴趣。在德拉克洛瓦的绘画中，最富创意和最有影响的是他1843年创作的《奥菲利娅之死》，这是三幅作品中的第一幅。这幅画中表现的倦怠的肉感——奥菲利娅半浮在河中，衣裙从身上滑落——预示了人们对歇斯底里者迷恋色欲的浓厚兴趣，正如让—马丁·查科特和他的学生将要研究的那样，这些学生包括雅内和弗洛伊德。19世纪后期的绘画还尽情地再现了德拉克洛瓦对溺水而死的奥菲利娅的兴趣。英国拉斐尔前派画家反复地画她，选择了只在剧中描绘过的溺死的情景，在他们之前还没有过这样的女演员的形象干扰他们的想象优势。

1852 年在英国皇家艺术院的展出中，亚瑟·休斯为奥菲利娅塑造了一个娇小的流浪者形象，她身着白色薄纱长袍，栖息在河边的一棵树干上。尽管她头发上的干草与荆棘编织的花冠相似，但总体效果被弱化了，无性且朦胧。休斯将孩童般的女人气与基督殉难并置。但是，在同一次画展上，约翰·埃弗雷特·米莱笔下的奥菲利娅更胜一筹。尽管米莱的奥菲利娅既是荡妇又是受害者，但是，支配整个画面的是艺术家而非主题。米莱所刻意追求的奥菲利娅与自然细节之间的空间分割，使她变成一个更具视觉感的对象，而且，画面的表面坚硬，加上奇怪的平面透视和明亮的光线，使它看起来对这位女人的死显得冷酷漠然。

在 19 世纪后期的文学、精神分析学、戏剧和艺术中，这些拉斐尔前派绘画中的奥菲利娅形象，是把女人形象和精神错乱联系起来的一种错综复杂的新型纽带的组成部分。首先，维多利亚时代疯人院的管理人员也是莎士比亚的崇拜者，他们试图在他的戏剧中找到用于临床实践的精神病范例。奥菲利娅的案例研究似乎特别有利于描述青少年时期的歇斯底里或精神崩溃，在维多利亚时代，人们认为，青春期是一个性骚动时期，它对女性心理健康构成威胁。正如医学心理学协会主席约翰·查尔斯·伯克尼尔博士在 1895 年所说的：“奥菲利娅正是极为常见病例中的典型。凡是有一些临床经验的精神病医生都见过许多奥菲利娅式的病人。它是自然的仿制品，追逐拉斐尔前派画家的风尚。”

在维多利亚时代的舞台上，艾伦·特里，这位在生活中大胆无畏和标新立异的女性，首次从女权主义角度把奥菲利娅扮演成一个惧怕父亲、恋人和生活的姑娘，一个遭受性威胁的心理研究对象。她在 1878 年亨利·欧文执导的戏中首次扮演奥菲利娅，使这次演出成为一个里程碑。根据一位批评家的说法，她扮演的奥菲利娅展现了“一个正常的女孩怎样因内心的极度痛苦而变成了不可救药的痴呆儿的可怕景象。奥菲利娅的精神错乱既没有愤怒或狂怒，也没有极度兴奋或狂喜”。她“充满诗意和智慧的表演”也激励其他女演员去反抗那些不重视和否定这个角色的戏剧传统。

特里是第一个对奥菲利娅象征性白色服装传统进行挑战的人。在兰波、雨果、马拉美和拉福格等法国诗人看来，白色是奥菲利娅重要的女性象征的一部分，因此他们把她称作“白色的奥菲利娅”，将她比作一朵百合花，一片白云或雪。但是，白色也使她成为一种透明体、一种缺席，具有哈姆雷特的情绪色彩，对于马拉美这样的象征主义诗人来说，她就是一页白纸，等待着男性想象力在上面书写。尽管欧文能够阻止特里在演那场发疯戏时穿黑色，他大声地说道，“我的上帝，夫人，这出戏中只能有一个穿黑色的，那就是哈姆雷特！”然而格特鲁德·艾略特、海伦·莫德、诺拉·德·希尔瓦以及俄罗斯的薇拉·科米萨耶·斯卡娅等女演员，让奥菲利娅穿上哈姆雷特式的黑色服装，逐渐地获得强化她在场的权利。

20 世纪初，有关奥菲利娅的男性话语和女性话语同时并存。A.C. 布拉德雷在《莎士比亚悲剧》中指出，"许多读者私下对奥菲利娅感到愤怒，他们因她不是女主角而无法宽恕她"。实际上，布拉德雷是在为维多利亚男性传统辩护。与之对立的女性主义观点是体现在下列女演员的著作中，这些专著包括海伦娜·富塞特对莎士比亚女性人物的研究，以及 1914 年由某个匿名女演员撰写的《真正的奥菲利娅》。后者抗议文学评论把奥菲利娅塑造成"缺乏生气的可怜虫"，她主张把奥菲利娅塑造成一个坚强而有才智、被无情无义的男人毁掉的女性。还有，在 20 世纪末的女性绘画中，奥菲利娅被描绘成一个激励人心甚至是神圣的正义性的象征。

尽管玛丽·考顿·克拉克的那些被广为阅读，并且影响深远的重要论文现在被当成幼稚批评的典型而加以嘲笑，但是维多利亚时代就莎士比亚女主角的童年进行的这些研究同某些精神分析批评一样，当然是有生命力的，而且很出色，这些精神分析批评想象了它自身俄狄浦斯冲突和神经质依恋的前历史。笔者这样说并不是来嘲弄精神分析批评，而是想说明，克拉克对奥菲利娅的思考是对女性身份创伤根源的一种前弗洛伊德式推测。弗洛伊德主义对《哈姆雷特》的阐释注重男主角，但也涉及奥菲利娅被重新赋予性征。早在 1900 年，弗洛伊德在追溯哈姆雷特的犹豫不决的渊源时，认为这是俄狄浦斯情结在作怪。他首屈一指的英国弟子厄内斯特·琼斯拓展了这一观点，在 30 年代对约翰·和艾立克·吉尼斯的表演产生了影响。琼斯的集大成之作《哈姆雷特与俄狄浦斯》于 1949 年出版，在这部著作中，他认为"奥菲利娅显然应该是性感的，因为她很少出现在台上。她或许'天真无邪'，温顺听话，但是她对自己的身体有强烈的意识"。

在戏剧和批评中，这一弗洛伊德式的法令导致一些观点极端的解读。譬如，莎士比亚想让我们把奥菲利娅看作一个放荡的女人，她一直与哈姆雷特同床共枕。

最极端的弗洛伊德式解读是把《哈姆雷特》当作两个平行的、男性和女性的心理剧，也就是哈姆雷特和奥菲利娅的乱伦情感的故事。西奥多·里兹提出了一种观点：哈姆雷特神经质地爱慕其母，而奥菲利娅则是对父亲也怀着模糊的俄狄浦斯式依恋。她幻想有个爱人要把她从父亲身边拐骗走，甚至要杀死她的父亲，当她的幻觉成真时，犯罪感和脑海里萦绕的乱伦情感摧毁了她的理智。根据里兹的观点，奥菲利娅精神崩溃是因为她没能把她对父亲的情感转移到"另一个能使她成为真正女人的男人身上"，从而完成女性成长的过程。从 20 世纪 50 年代以来的戏剧演出中，可以看到这种弗洛伊德式的奥菲利娅的影响，导演还暗示奥菲利娅和雷欧提斯之间有乱伦关系。例如，1970 年，在特雷弗·奴恩和海伦·米兰的演出中，奥菲利娅和雷欧提斯相互调情，装扮酷似，都身着镶着毛边的紧身上衣，仿佛孪生兄妹，他们用笛子吹二重奏，波洛尼厄斯同彼得、保罗和玛丽一起在旁观看。在同期别的演出中，玛丽安·菲斯弗扮演了一个憔悴的奥菲利娅，对哈姆雷特和雷欧提斯怀有同样的爱慕之情，在少数几个女性执导的演出中，有这样一场，在雷欧提斯劝诫奥菲利娅的那一幕，伊薇厄恩·尼克尔森坐在雷欧提斯的膝上，以"粗俗大胆的色情"方式扮演奥菲利娅。

　　20 世纪 60 年代以来，除了用弗洛伊德理论再现奥菲利娅外，还有人用反对精神病学的理论，从更具当代色彩的角度来再现奥菲利娅的精神错乱。精神分析学对奥菲利娅的性潜意识地再现，将她本质的女性特征与弗洛伊德对女性性欲和歇斯底里的论述结合起来；相反，反精神病学从医学和生物化学的角度看待奥菲利娅的精神错乱，认为这是精神分裂症。之所以会出现这种情况，部分原因是，在 20 世纪中期，患精神分裂症的女性已经成为双重女性的文化象征，如同 17 世纪的色情狂和 19 世纪的歇斯底里。或许这可以追溯到 R.D. 莱恩在 20 世纪 60 年代对女性精神分裂症的论述。莱恩认为，精神分裂症是对在家庭内经受挫折所做出的可以理解的反应，尤其是女儿们对情感冲突和令人困惑不解的双重约束做出的反应。他在《分裂的自我》中指出，奥菲利娅是一个空荡荡的空间。"在她疯狂的思想里，什么人都没有……没有任何完整的自我通过她的行动或言语表现出来。晦涩难懂的叙述是由一个不复存在的东西表达出来的。她已经死了，留下的只是一片空白，如今的空白曾经是一个人。"

　　虽然莱恩同情奥菲利娅，但他的解读却让她沉默，把她等同于"一个不复存在的东西"，比自奥古斯都时代以来任何人都彻底，这些解读还进入舞台表演，这只能使奥菲利娅成为一个生动的精神病研究对象。在当代舞台上，最能表现奥菲利娅病入膏肓的要数病理学家兼导演约翰逊·米勒的作品。1974 年，在格林尼治大剧院，他的奥菲利娅吮吸着大拇指；到 1981 年，在伦敦的威尔豪斯剧院，扮演奥菲利娅的女演员，比起那个哈姆雷特，个子高得多，体态胖得多（也许是因为扮演哈姆雷特的年轻男演员的姓名是 AntonLesser，此名一语双关，既是"安东·莱塞"，也是"安东·更小"）。她一上场就开始神经质式地抽搐，拉扯头发，到了发疯的那场戏，这些行为已经发展到精神分裂症者的例行动作——撞击头部、四肢抽搐、畏缩、扮怪相、淌口水。

　　但是，20 世纪 70 年代以来，女性主义话语把奥菲利娅的精神错乱视作反抗和叛逆，给我们提供了一个新视角。在许多女性主义理论家看来，疯女人是女英雄，是反抗家庭和社会秩序的强人；而拒绝使用父权制秩序下的语言的歇斯底里者则是疯女人的姐妹。就女性话语对戏剧的影响而言，这些思想在梅里萨·墨里的宣传鼓动剧《奥菲利娅》中可能得到最大胆的应用，这个剧本写于 1979 年，是为英国女性剧团"荷尔蒙失调"而作。在这首讲述哈姆雷特故事的无韵诗中，奥菲利娅成了同性恋者，与女佣一起逃走，加入了一个游击队公社。

　　虽然我一直为自己错过了这个演出感到遗憾，但是笔者认为，这种挑战性的意识形态姿态，无论在政治还是在戏剧上，绝不是女性主义批评希望得到的全部内容，也不是女性主义批评应当争取的全部内容。当女性主义选择讨论再现女性而不是女性写作时，它的目的是建立一种最大限度跨学科的语境论，在这个语境论中，对女性的各种复杂态度可以在最完整的文化和历史框架中得以分析。舞台上强大的奥菲利娅和弱小的奥菲利娅，艺术中天真无邪的奥菲利娅和诱人堕落的奥菲利娅，评论中不够完整或受压制的奥菲利娅，都告诉我们，正如主导观点和女性主义观点在性别危机和重新界定性别时期突然爆发争论一样，对奥菲利娅的再现不仅淹没了文本，而且反映了时代的意识形态特征。奥菲利娅再现的演变独立于探讨这部戏的意义或哈姆雷特的各种理论，因为它是由对待女性和精神错乱的态度决定的。奥古斯都时代的那位端庄稳重、虔诚神圣的奥菲利娅和后现代的、从莱恩书本里走出来的精神分裂的女英雄源于同一个人物，她们是女性性欲既矛盾又相辅相成的形象。疯狂似乎是女性性欲的"交换点，这一概念允许再现的两个侧面同时存在"。不存在女性主义批评必须明确为其辩护的"真正"的奥菲利娅，也许只有一个多重视角之下立体的奥菲利娅，远远超出她各部分的总和。

然而，在揭示再现的意识形态的同时，女性主义批评家也有责任去承认并考察我们自身的意识形态立场的种种局限，它们毕竟是我们的性别和时代的产物。在批评傲慢的时代，一定程度的谦逊可能是我们最大的长处，正是因为我们在女性主义和文学批评中占据着这种历史的自我意识立场，我们才能在再现奥菲利娅的时候保持可信度。而且，与拉康不同，当我们承诺讲述她的时候，我们是信守诺言的。

# 第二节　文学女儿的命名

我们所有的人，包括男人和女人，能够回顾近二百年来享有盛誉的女性文学前辈，还是第一次。抛开这一现象所隐含的特殊文学——历史意味外——关于这个问题，我与苏珊·格巴另有探讨，这一史无前例的情形会产生什么效果？具体而言，这些极具影响力的女性先驱传承给其他女作家是什么样的女性"性欲范式"？这就是笔者在此想探讨的问题，笔者想从发掘女性的性心理发展过程入手。当我们将弗洛伊德、列维-斯特劳斯等理论家对女性成熟和义务的论述，同经常为人所研究的乔治·艾略特《织工赛拉斯马南》可能对某些女性的意义相提并论时，一个隐晦的、不确定的模式出现了，在某种意义上，那些女性是这位享有盛誉的文学母亲身后的具有审美眼光的女儿。

笔者之所以选择艾略特作为女性先驱的典范，是因为正如弗吉尼亚·伍尔芙所言，她是"这个时代首屈一指的女性"，一位思考者，用某位历史学家的话来说，是一位"思想家"。她的正式地位，被伍尔芙的父亲所写的传记认可，这本传记是为英国文人丛书写的。另一原因是她的影响力，也就是她之所以成为先驱的业绩，令同时代以及后来的许多女性颇为不安。如伊莱恩·肖瓦尔特所提示的那样，"大多数19世纪女性小说家似乎觉得是个惹麻烦的、伤风败俗的竞争对手，她树立了她们永远无法匹敌的女艺术家形象"。"乔治·艾略特太丑了。她的画像把我吓坏了。"作家伊利莎·鲁滨孙的小说《乔治·曼德威尔的丈夫》中的一个人物这样惊叹道。甚至艾略特最狂热的女性崇拜者，在试图与她保持一致的时候，也是闪烁其词。艾略特的两位知名女继承人是艾米莉·迪金森和伊迪斯·沃顿。两人对艾略特的评价都十分含混，不免令人感到奇怪。尽管这些评价显然都是关于作家生平的，它们所提供的一套生动隐喻，有助于我们阐释这些文学女儿从《织工赛拉斯·马南》这一明显带有"传奇"色彩的故事中抽绎出的思想主旨。

1883 年，经过一番焦虑等待，迪金森终于收到了《艾略特传》，作者是艾略特的丈夫约翰·沃尔特·克罗斯，这本书是在她去世的那年写的，迪金森给波士顿的出版商托马斯·奈尔斯写了一张致谢便条。在这张便条里，她简明扼要地把这位英国先驱的事业给神秘化了。她写道："我对玛丽·安·伊万斯的生活了解不多""一个不开花的果实，如同尼日尔无花果"。这段奇言之后，是一首诗：

她失去的使我们所获得的蒙羞，她背负着生活的空袋子勇敢得仿佛整个东方在她背上摆动。

生活的空袋子最重，每个承负者都知道——想吞食蜜让蜜吃苦头是徒劳的——它只会变得更甜。

"一个不开花的果实""生活的空袋子""想吞食蜜让蜜吃苦头是徒劳的"，这些神秘惊人的诗句，它们有何出处？意指什么？

沃顿的评论，尽管几乎同样充满矛盾，但是仍澄清了一些问题。在评论莱斯利·斯蒂芬为英国文人丛书所写的《艾略特传》的时候，沃顿写道："也许是出于无意识，开始将她的作品当作恢复名誉的工具，而不是为自己辩护的手段，而是越来越迫切地宣告，她忠诚于已经被她破坏的法则。"在这篇文章的前部，沃顿就什么是她所谓"法则"做了一番隐喻式的、几乎是迪金森式的陈述。"上帝之音的严厉女儿，曾站在罗摩拉和多萝西娥、利德盖特和麦琪一边，甚至让费尔布拉泽和可怜的格温多琳一度成为英雄。"

将这些话与伍尔芙所说的艾略特的成功和中心地位放在一起，我们可以看出为什么这位《织工赛拉斯·马南》的作者既是一位典范又是一位让人拿不准的女性先驱。打个比方说，这些反应放到一起表明，艾略特体现了一直纠缠着每位女性作家的生活空袋子的不解之谜。尤其是，这个不解之谜涉及女儿身份之谜。它是一个象征性的空袋子，对大多数女性艺术家而言，不仅是享有盛名的文学母亲所呈现给女儿的，而且是现实生活中每一个母亲所呈现给女儿的。对于这些艺术家而言，对女性先驱的恐惧并非来自她是力量的象征，而是当她达到巅峰时，她的力量自我颠覆了：在创造的时刻，即心理转换的时刻，文学母亲，而不是现实生活中的母亲，成为"上帝之音的严厉女儿"，她充满矛盾地宣称"忠诚"于她在现实生活中显然违反的法则。

作为这样的导师，文学母亲必然谈到父亲，并且为父亲说话，提醒她的女性后代，不是也不能做他的继承人：如同她的母亲，如同艾略特笔下的多萝西娅，女儿必须毫不动摇地成为"虚无的女性创造者"。因为人类文化必须遵从某些规则，这些规则准许女性说话，但她只能讲自己的无能，因为这些规则构成了雅克·拉康所说的"父亲的法则"。这条法则表明，根据它的定义，文化既是父权制性质的，又是菲勒斯中心主义的，因而，文化必须将失去继承权的空袋子传承给每一位女儿。因此，不足为奇，即便是文学女儿，如同寻常的女儿一样，她也渴望在她的先驱 / 母亲身上找到她所体现的母系合法性，她同时又惧怕自己的文学母亲：母亲越是能够充分代表文化，她就越是毫不留情地告诉女儿，她不可能有母亲，因为按照约定，她要服从"父亲的法则"。同渴望成为"真正受教化的女性"的艾略特一样，这位"文化母亲"根据她的知识，"对自己做出正确评价"，也就是说，她把自己放在"正确"的位置上。在充满嘲弄口气的评论文章《女性小说家的愚蠢小说》中，艾略特就是这样建议的。

这种推断的依据，当然是拉康、朱丽叶·米切尔等心理分析思想家近年来对弗洛伊德和列维 - 斯特劳斯思想的综合。他们集中关注俄狄浦斯情结，进而认为，儿童逐渐认识到，自己不可能永远停留在母亲的怀抱所象征的自然状态之中，而必须处在由父亲的名义所指定的社会位置上，这样一来，儿童就进入语言所规定的亲属交往系统，也就是我们所说的文化之中；父亲的名义成了人类秩序的有力象征，他打破了母子一体的幸福。对于男孩来说，这意味着欲望暂时受挫，只有这样，他才有望最终得势。对于这一点，弗洛伊德、拉康已经详细研讨过。对于女孩这意味着什么，还不清楚。因此，在思索女儿身份的空袋子的同时，笔者必然随时补充文学及心理分析理论。笔者希望，借助艾略特女性先驱的范式地位，也就是象征性的文化——母亲地位，同时平行比较艾略特《织工赛拉斯·马南》和所谓修正性的女儿文本——沃顿的《夏天》——我能够完成我的任务。

在讨论《织工赛拉斯·马南》的时候，把艾略特当作自我克制的文化——母亲，这个开场白有些匪夷所思。在她所有的小说中，这篇构思宏富的作品是女儿身份的空袋子显得最为充盈的一部，"女性气质"之蜜未被耗尽。笔者想说明的是，这个"传奇故事"在教学中的经典地位几乎使它成为一本教科书式的小说，它审视着女性命运与社会结构之间的关系，以阐明女儿身份的空袋子的意义。更具体地说，这个由养父、孤女、亡母组成的故事，涵盖所有实际发生在社会边缘的事情。在那里，文化必须与自然进行双向斗争，以显示年轻女性是如何被改造为他人的女儿、妻子和母亲的。最后，这一虚构的"女儿命名"成为女性的起源神话。这个神话由一位严厉的文学母亲讲述，她以半寓言式的家庭小说为载体敦促女儿默认父亲的法则。

《织工赛拉斯·马南》是一部关于女儿身份的空袋子的小说，如果说这一点尚不明显的话，那么，十分清楚的是他是一位背负沉重的空袋子的流浪汉的传奇故事。事实上，正是通过背袋子人的形象，用艾略特自己的话说，这个故事"以突如其来的灵感，打乱了我的其他计划"。显然，她笔下的这位负重的异乡人，重现了浪漫派文学中的流浪汉形象，他在社会边缘游荡，寻找着居所和名分。然而，笔者想进一步论证，艾略特对赛拉斯·马南异化的描写足以解释鲁比·里丁格的认识：这个"流畅而充满隐喻"的故事的真正作者既是爱倍这个赎罪的女儿，又是赛拉斯这位被救赎的父亲。在审视这位被社会遗弃的织工的边缘地位的同时，这位有"隐情"的小说家也在审视自己的女性继承权被剥夺和自身的边缘地位。

我们对赛拉斯以及他所代表的背袋子的流浪汉部落的了解,往往强化了我们的理解:他来自人类学家所说的"阈限区"。他面色苍白、身材矮小、形容异样,是普通乡下人在时空尽头——"衬着初冬斜阳而显得黑黝黝的山岗""在穷乡僻巷、深山奥谷里"——所见到的那种人。而且,作为一名织工,他同文化边界上的种种变形——带有"巫术性质"的那些活动——联系在一起。同样,他是边缘性的,因为眼睛近视和患有倔强症,他不能参与有意义的社交活动。他住在拉维罗村的边上,靠近废弃的石坑,从不溜达到"村里一个称为彩虹的当地酒馆喝一品脱酒",他根本没偷东西,而灯笼广场上的抽签却"判定"他犯了偷窃罪,使他蒙受约伯式的惩罚。这进一步强调了他的异化。最后,他拼命地攒钱,使金子本身失去经济意义,货币的社会流通沦为荒诞之举,也进一步强调了他的异化。

考虑到对于社会意义的剥夺和否认,这个流浪汉的袋子空无一物却又十分沉重,就不足为奇了。从心理学角度来说,艾略特在某种意义上就是我们最初在石坑附近遇到的赛拉斯,只有通过他,艾略特才能审视玛丽·安·伊万斯在现实生活中、麦琪·塔利佛在小说中的边缘性。进一步说,她使用的隐喻经常提醒我们,正当他在织布的时候,她在编织文本——就在他的故事"织入"她的艺术之梭时,她的文本如同他的布匹一样已变成金子。此外,赛拉斯没有任何地位可言,权利被剥夺,艾略特也有相同经历,这是女儿身份的空袋子的一部分。也许,这是因为赛拉斯在某种程度上同样具有雪莉·奥特纳所说的女性的边缘状态,他不仅常常与玛丽·安·伊万斯的女性特点相关,而且具有许多社会界定的女性特征,包括家务特长。用拉维罗村一个人的话说,家务特长使他"在一定程度上像女人一样手巧"。

正是因为赛拉斯像一位母亲那样驾轻就熟地抚养爱倍,他这个大男人才得到宽赦,这是一个悖论。他从一个被社会遗弃的人变为父亲,这个转变角色的过程,反映出玛丽·安·伊万斯本人在写作该小说时经历过一个类似的,但更为艰难的身份转变过程。意味深长的是,当该小说情节在她脑海中展开之际,正是她成为乔治·亨利·路易斯的子女的"母亲"之时。但是,作为"一个18岁大男孩还有其他两个几乎同样高的男孩"的"母亲",这个模糊不清的地位进一步使她游离于抛弃她的世界之外,而赛拉斯作为金发女孩的父亲地位,无疑使他融入曾视他为恶魔的社会。他的角色和地位的转换至少暗示出一位堕落的文学女性为自己构想的救赎方式:成为一名父亲。

赛拉斯获得赎罪式的父亲身份,发生在圣诞节,艾略特不断思索马南和他的金子之间的关系,为此做了铺垫。这也许是小说中最能激发心理分析的一段,也是最精彩地提出制约全书戏剧性行动的潜在隐喻的一段。正如笔者先前所指出的,在这个吝啬鬼那里,通常作为社会成员联系纽带的语言失去了重要意义,它不仅毫无意义而且是死路一条。停滞、静止,甚至倒退,货币不流通:既没有什么向外部世界输出,也没有什么回流。赛拉斯的历史是一个没有故事的历史,因为里面缺乏人物——既没有人,也没有所指物。然而它的可怕之处不仅在于意义的缺失而且在于有着空洞的在场:那些闪闪发光、无目的地堆放在那里的金币"多得连铁罐都盛不下"。如果这位被放逐的织工要得到重生和救赎的话，这堆无生命的东西就必须被赋予生命的意义。最终，赛拉斯从堕落之人到为人之父，是一个内容颠倒的迈达斯神话，他的毫无意义的金币变形为活生生的和有意义的孩子，赋予了他的转变以象征意义，这个孩子在圣诞节这天到来，象征着她的神圣性。然而，她作为圣女而非圣子的作用在于，它只是表明而不是取代因她的到来使他成为父亲的赛拉斯的权力。

爱倍才是他手中真正有意义的金子。为了使爱倍有发展前途，他首先必须同他那毫无意义的金币分手。丢失金币这一情节的重要性在于：它迫使这个吝啬鬼因失去必须直面金子所代表的那种空洞。此外，如果我们把这个空白、这个空袋子同艾略特为我们准备的圣诞节神话联系起来，我们就可以看到，赛拉斯心灵的黑暗之夜正好是冬至的漫漫长夜。这时候，如果文化要延续下去，就必须激起心如死灰之物的热情，让死尸成为圣子。发生在赛拉斯身上的事情证实了这一点。新年之夜，织工站在敞开的大门旁，"那看不见的魔棒似的癫痫症"一时让他在那里一动不动。他将在这至关重要的一夜获得重生。他的姿态像等待通告的绝望的圣女像尊雕像……不管要进来的是善是恶，他都无力抵挡。

然而，由于依靠角色的急剧转变，艾略特对圣诞节故事的刻意戏仿表明，她是在有意或无意地使用一种中心文化神话的基本构架，她这样做，不是为了思考传统上尊崇的圣母 - 圣子关系，而是去思考另一种同样重要的关系——圣父与圣女的关系。通过这种方式，她为自己和读者澄清了儿子身份和女儿身份的重要区别。当圣童是儿子时，如基督教故事所言，他是母亲活跃的精神代理人。根据弗洛伊德或拉康的观点，他是她的"菲勒斯"，是社会文化同时也是性能力的意象。然而当圣童是女儿时，就像赛拉斯·马南的故事所讲的，她就成了一笔财宝，是赐予父亲的一份礼物，以便让他转赠别人，借此可使自己融入社会的肌体。用列维 - 斯特劳斯式的观点来解释，她就是用来交易并因而构成社会的货币，艾略特以一个时隐时现的隐喻令人震惊地预示了这一点：女孩不仅和金子一样宝贵，而且比金子更有用。因为，在男性之间订立彩虹盟约时，她就是作为一笔用于交易的财富而存在的，而不是订立盟约的结果。

这里所引用的，自然是列维 - 斯特劳斯《亲属关系的基本结构》的核心观念。他在书中认为，将文化与自然区别开来的社会秩序以及普遍昭示出社会秩序的乱伦禁忌，都建立在交换妇女的基础上。根据这一人类学观点，女儿是一笔财富，她能从一位男性的手里转到另一位男性的手里，从而保证心理和社会的福利；如果说父系家族结构最终必然保证儿子取得父亲的地位和名分，它同时也承诺女儿永远成不了僭越者，因为她是文化的工具——而不是文化的推动者。事实上，因为她是父亲的财富、财宝，不管怎么样，她都是他的所有物。

赛拉斯将他在圣诞节拾到的孩子施洗礼命名为"海弗齐巴"生动地表现了这一点，同时，这个名字使他进入"圣经人物"的大众生活，并与自己的过去联系起来。"海弗齐巴"或者"爱倍"，是赛拉斯母亲和妹妹的名字：在得到一个新生的"海弗齐巴"的同时，他重新得到了他所有女性亲属的财富。更重要的是，这个名字来自《以赛亚书》，指的是以赛亚降临后，锡安的称呼。根据字面上的意思，"海弗齐巴"可译作"我的欢乐在她身上"，这个神奇的字眼既指上帝应许之地，又指得到救赎的土地。这片乐土四处弥散着女性气质，是男性公民所拥有，并用来交易财宝的化身，因此，它代表了上帝与男性、男性与男性之间订立契约所创造的文化。艾略特本人曾经考虑过的一个语文学问题，进一步丰富这种联想。按照《牛津英语词典》提供的词源，再根据格林法则来推演，盎格鲁-撒克逊语中的"女儿"一词可追溯到印欧语词根"dhugh"，意思是"挤奶"。因此，这个被命名为"海弗齐巴"的女儿并不仅仅是挤奶工，而是哺乳者，她受人养育又养育别人。因为，正如格林法则所解释以及圣父的词汇所强调的那样，女儿是流淌着牛奶与蜂蜜的应许之地，是上帝圣父给每一个人间父亲的财礼。

在小说对婚礼的关注中，可以看出这些要点的主要内容。这一关注最早出现在彩虹客栈的那场著名对话中，正好赛拉斯发现金子丢了。年长的教区书记麦赛先生正在讲拉梅特家的婚礼故事。在婚礼上，说来奇怪，牧师使回答换了一个方向。在故事里有这样一个问题："使得人家姻缘牢靠，是靠心意呢，还是靠言语？"回答是："那既不是什么心意，也不是什么言语——主要的是登记——那才是胶水。"当然，如我们在小说结尾所获悉的，婚姻观念本身，对女儿的占有和转让，才是胶水。爱倍同阿伦的婚礼结束后，赛拉斯、爱倍以及阿伦、多丽行走在拉维罗村的道路上，走回赛拉斯已经扩建的村舍。这幅全家和睦的婚礼景象同我们记忆中赛拉斯孤独的生活形成了鲜明的对比。在嫁给阿伦的同时，赛拉斯的女儿也与赛拉斯连成一体——把他同世俗、同自己紧紧地连在一起。他那条曾经是"枯萎的"爱的小溪流入更广阔、更亲切的水流，这是他舍出而又能回来的一笔财宝。它的确回来了。爱倍说，好像嫁给了他似的："哦，爸爸""我们的家多美丽！"不同于另一位浪漫主义流浪者，柯勒律治笔下的古舟子，赛拉斯·马南参加了女儿的婚礼。而且，那位古舟子从来没有从基督那里得到一位女儿做圣诞礼物。

这个礼物自身的感想又如何呢？这一切对赛拉斯意味着这样，对爱倍又意味着什么呢？可以肯定，艾略特长期关注女儿身份产生的重大社会意义和文化意义。《织工赛拉斯·马南》之前的《弗洛斯河上的磨坊》，之后的《罗摩拉》，都详细考察过女儿的身份在结构上的不合理。至于玛丽·安·伊万斯，她的实际生活一直都令她直接面对问题百出的女儿身份的本质以及它的必然状态：姊妹情谊。如传记作者所示，她对父亲的感情，不仅在父亲生前，就是在她一生中也是十分矛盾的。然而，他那极端利己主义的遗产弥散在她所形成的各种关系之中。她在二十几岁时，成了一位卡苏朋式的布兰伯特博士的忠实弟子，他一语双关地施洗礼命名她"德特拉"，因为她将是他的第二个女儿。即使她已人到中年，在她的记忆中，哥哥伊撒克仍然是父亲的缩影。"一个不相似的相似人，一种自我压抑的自我，"她怅然若失地说，"如果我能再有一次童年，我愿再做一次小妹妹。"由于爱倍是赛拉斯妹妹的名字，玛丽·安·伊万斯让爱倍在织工那里"降生"，从而在小说中而不是在现实中把自己再次塑造为女儿和小妹妹，这是非常可能的。

当然，爱倍声明女儿忠诚于父亲，这表明，在某种意义上，她是一位再生的女儿。爱倍告诉南希和高德夫雷，"要是我被迫离开我的父亲，我的生活将不再快乐"。如同成为"德特拉"的玛丽·安·伊万斯，爱倍与其说是第二个女儿，不如说是双重的女儿个双倍女儿似的女儿。作为这样的一个"德特拉"，她是特殊的金发女孩，她的存在重申了摩西在《申命记》中第二次阐明的十诫。通常认为，谨小慎微的南希·拉梅特阐发了艾略特对于小说中的主要事件的道德立场。尽管如此，实际上，小说的道德良知是更易激动的爱倍。

当南希争辩道"你对你的合法的父亲，也有责任"时，这一点表现得再清楚不过了。爱倍立即反驳："我觉得，我除了一个父亲以外，并没有其他的父亲。"这句话表达了她对父亲身份的更准确理解。爱倍拒绝承认自己与不敬畏上帝的卡斯之间的父女关系，他只是出于偶然才成为她的生父的，她反而去认赛拉斯·马南是自己的父亲，他是因为后天的选择而成为她文化上的父亲的，她拒绝了不守法的父亲，选择了守法的父亲。这表明，她清楚地意识到父亲身份既是一种社会建构又是构成社会的那种社会建构。由于理解了这种分析，并按照它来行动，爱倍得到了家庭幸福的回报，这似乎证实了迪金森的论点："想吞食蜜让蜜吃苦头是徒劳——它只会变得更甜。"同时，在谈及这样的法则的同时，奶与蜜的造物开始对高德夫雷·卡斯展开再教育和救赎：《申命记》的文化符码通过她来发话，暗示说，即使她是个圣诞儿童，她同时也是《新约》和《旧约》的女儿，是法则第一次、第二次阐释过的女儿。

尽管爱倍快乐而且孝顺，但她并没有完全得到满足，她内心蕴藏着一丝焦虑，对她去世的母亲的焦虑。这种断断续续的悲哀，明显表现在她对母亲结婚戒指的关注上，这就将我们的注意力转移到处于小说核心的奇怪的情节断裂上：爱倍已经去世的母亲的历史。从表面上看，赛拉斯为养女保存的戒指是那个隐含的故事情节恰如其分的反讽象征，因为，除了这个人造的信物之外，再也没有什么东西能够把摩丽·范伦和高德夫雷·卡斯联系起来。高德夫雷·卡斯是"所象征的"非法的父亲。爱倍时常产生疑问"她母亲像个什么样子，样子像谁，他怎样发现她躺在金雀花丛里"，这表明，比起这里探讨的传统观念中的不幸婚姻，还有更成问题的东西。正如这种"传奇故事"中经常出现的那样，在看似符合道德的地方，能够更准确地表现弗洛伊德所说的女儿的精神性欲的必然发展，以及她如何进入父亲符码所塑造的文化。弗氏说"我们对小女孩成长过程中的阶段的深入了解令我们很吃惊，这足以与希腊文明之后的米诺斯-麦锡尼文明的发现相提并论"。他解释道："一切与这种最重要的依恋母亲的情感相关的东西，在我看来，消失在朦胧、幽暗的过去……仿佛经历了某种特别无情的压抑。"

事实上，莫丽·范伦在小说中经历了"一场特别无情的压抑"。一章之中有三四页是写她的，虽说她糟糕透顶而又命中注定的雪地漫游显然重现了海蒂·苏洛、麦琪·塔利弗等堕落女人更长时间的漫游。笔者认为，艾略特之所以采取这种高度浓缩的方式，恰恰因为，小说在让她象征性地言说女儿身份的意义时，同时让她用更能引起共鸣的象征来言说母亲身份的重要性。她所说的就是她所看到的：做女儿比做母亲好，做父亲又比做母亲好。当文化的"申命记"系统提出位于人类社会中心地位的乱伦律法时，这部严厉的法典告诉儿子："你不能娶你的母亲，你不能杀你的父亲。"但是，当它化身为"女儿命名"，并向成长中的女孩反复灌输时，它说："你必须埋葬你的母亲，你必须把自己交给父亲。"因为女儿继承了一只空袋子，不能成为父亲，她别无选择，只能为父亲而存在——做他的财宝、他的土地、他的声音。

然而，如艾略特所示，情感从母亲转移到父亲，这段艰难的心理过渡时常困扰着成长中的女孩，雪地里她被迫离开母亲的尸体，寻找父亲的火炉，母亲的身体象征着奉献出自己的一切的自然，父亲的火炉象征着弥补自然不足的文化，这个主要场景时常困扰着爱倍。这一瞬间就像莫丽·范伦·卡斯冻僵了的身体一样，凝固为小说的中心，莫丽最后失去自制的身体姿态使得爱倍"想再枕到她的臂膀上，睡到她的怀里去，可是妈妈的耳朵聋了，那只枕头也似乎慢慢往后滑开"。的确，对于女性来说，制约个性的神话，也许就建立在这一瞬间的基础上，女儿面对亡母时的感受，好比弗洛伊德所说的儿子在噩梦中面对亡父时的感受，同样永久存在，而且同样令人恐惧。在小说的结尾，爱倍和赛拉斯种花的花园成为对这一瞬间的纪念。"爸爸，这女孩以一种柔和庄重的声调说……我们要把这丛金雀花种到园子里去"——莫丽倒在雪中死去时倚着的就是这丛花。现在，曾经"蔓生"的花丛被圈进花园，成为另类自然的象征，而这类自然被文化赋予意义，并受到文化的控制和限制。

最后，赛拉斯·马南，拉维罗村这个温顺的织工，继承了流淌着奶与蜜的土地，因为他证实了将亲缘与善意编织在一起的父亲法则。养女与阿伦订婚，最终使赛拉斯融入社会，与此同时，邓塞·卡斯的尸骨找到了，赛拉斯的金币失而复得。这一切绝非巧合：因为塞拉斯愿意把自己的财宝送给别人，所以他的财宝失而复得。此外，艾略特在塞拉斯周围用复仇者与成圣者织就了一张错综复杂的网络，她提示我们，"拉维罗"这个词有两个相互冲突的意义，它使"法则"这个词变成讽喻性的双关语。根据韦氏词典，"拉维"既有"使纠缠"或"使错综复杂"的意思，也有"解开""解除"的意思。的确，在这个"具有传奇色彩的"地方，法则上的纠葛得到了解决——理顺和澄清；与此同时，错综复杂的法则用习俗和仪式的彩虹之线将人们织结在一起。

一切之所以最后完满解决，也是因为，这个千头万绪、水落石出的故事既是智慧之女讲述的，也是这位智慧之女自己的故事。事实上，赛拉斯与约伯有相似之处，但他不是丘比特，这个单亲家长养大的女儿也不是密涅瓦，然而纯真聪慧的爱倍与他的合法父亲的关系重复着智慧女神和她的合法父亲的关系。这如同莫丽·范伦·卡斯雪地里的死亡证实了《奥雷斯特记》中关于命运的判断，即母亲"不是孩子的家长，孩子只是在名义上是她的"。用海伦娜·西苏挖苦人的话来说，"只要有类似母亲性质的东西存在，就不需要母亲：父亲代母亲行事，他就是母亲"。这里没有复仇三女神，拉维罗的救赎之地属于父亲和女儿。难怪沃顿在她着意改写《织工赛拉斯·马南》的小说《夏天》中愤怒地把爱倍改为夏丽蒂·罗雅尔。小说开头就是夏丽蒂陷在一尊密涅瓦半身石膏像占据显著位置的图书室里。

除了《织工赛拉斯·马南》《夏天》等小说外，还有什么证据可以证明父女乱伦是文化建构的、女性欲望的范式？同理，父亲可能需要甚至想得到女儿，正如女儿在这方面需要父亲一样，这一假设有什么证据？心理分析和社会学对这些问题的解答颇多争议，尤其是最近几年来，人们给出了许多答案。例如，从菲利斯·切斯勒到朱迪斯·路易斯·赫曼，许多女性主义理论家认为，在父权文化中，社会煽动女性"把乱伦当作一种生活方式"。"因为社会反对父女结婚，我们就嫁给像我们父亲的男人，"切斯勒宣称，"他们的年纪比我们大，比我们有权、有力量。"同样，在赫曼对父女乱伦的研究中，她声称："显性的乱伦关系只表明家庭统一体走向了极端——它夸大了父权制家庭的规范，而不是背离这些规范。"顺着同一思路，但没有过分夸大，南希·霍多拉遵照塔尔科特·帕森斯的观点，认为："父女乱伦对女儿的威胁与母子乱伦对儿子的威胁不是一回事儿"，以致"母子乱伦和母女乱伦是构成新家庭的主要威胁"。

这些观点与弗洛伊德所谓"女性俄狄浦斯情结"是一致的，"女性俄狄浦斯情结"指的是小女孩放弃早期的恋母意识，将情感转移到父亲身上的过程，按照弗氏的说法，这既是一个异常困难的程序的最终结果，又是一种"积极的"发展。在后期论文《女性性欲》中，他承认，只有通过"非常迂回的途径"，女性才能"采取最正常不过的女性态度，将父亲当作恋爱对象"。因为她的俄狄浦斯情结代表"一个漫长过程的最终结果……它避开了极端敌意的影响。这一影响，如果放在男性身上，会导致毁灭"——因为"阉割情结"造出而非破坏了女性俄狄浦斯情结。许多女性，用弗洛伊德的话，从来没有战胜女性俄狄浦斯情结，也许永远也不应该去战胜。

然而，正如朱迪斯·赫曼和丽莎·赫希曼的研究所表明的那样，也正如多伊奇所认为的那样，父亲在女儿身上的欲望，对于女儿表现出"积极的"女性俄狄浦斯情结、形成对父亲的欲望，经常发挥共谋甚至是最重要的作用。多伊奇在《女性心理学》一书中提出了后来所谓的"角色互换的学习"理论；父亲充当引诱者，在他的帮助下，女孩攻击性的本能成分被转换成受虐成分。近年来，有调查者指出，女孩的确"以父亲身上的男性行事方式为补充，学会了按女人的方式行事"，可以肯定，"没有证据表明，角色互换的学习过程对于男性气质的发展有重大意义"。换言之，男孩并未没有受到鼓动，用早熟的男人特点回应母亲的引诱行为，学会并成长为男孩。最后这点，导致了笔者的第二个问题：父亲需要女儿，至少同女儿需要父亲一样迫切，这有何证据？相关的问题是：父亲为什么对女儿产生欲望呢？如果男性没有通过同母亲交换角色的学习过程来发展男性气质，他们为什么要同女儿进行这种"交互"作用呢？通过解读《织工赛拉斯·马南》和《夏天》，笔者得出这样一个观念：父亲需要女儿，因为她是一个适宜的、微缩的"哺乳者"，她是母亲的微缩版，而父权制文化绝对禁止母亲成为欲望的对象。除了艾略特和沃顿等人的作品在这个问题上经常是含混不清外，有足够的证据能够证明这一点。

赫曼和赫希曼的实际调查带来了重要信息：通过考察"以中产阶级为主、住在城市里、受过教育的白人女性"。这些临床心理学家发现，"4%~12%的女性承认她们与亲戚发生过性关系，在这些人里面，一百个中就有一人与父亲或继父有过性关系。"而且，通过审视这些乱伦个案，他们了解到，常常因为妻子生病、不在家或所声称的性冷漠，父亲将感情转移到女儿身上，以"继续接受女性的照料"。他们观察到，更普遍的是"在父亲的幻觉中，女儿成为所有父亲孩提时代渴望得到的照料、关心的源头。他首先将她视为理想化的童年时代的新娘或情人，最终视为至善、至爱的母亲"。她们根据人类学研究成果和《圣经》进行推断，得出的结论是："在父权制社会，家庭中女性的拥有权和交换权主要掌握在父亲手中，这些权力集中体现在父女关系中，因为在所有女性亲属中，女儿只属于父亲一人。"然后，她们从《利未记》里引用了一段很关键的话，这句话表明，尽管父权制之下的上帝禁止男人同女性血亲或姻亲发生性关系，但是，"上帝默许父女乱伦"。

当然，弗洛伊德的心理分析始于一个假设：这种乱伦关系是他和约瑟夫·布罗伊尔在19世纪90年代治疗过的女病人的歇斯底里症的根源。但正如黛安娜·萨多夫所言，精神分析史的传统解释是，"弗洛伊德意识到女病人所回忆的父亲引诱的故事不一定是真的，很可能是幻觉"。所以回过头来看，父亲引诱的场景体现和解决了困扰女儿的一个主要谜团：她性欲的萌动或高涨，事实上，欧·曼诺尼解释道："创伤理伦，父亲引诱理论……是弗洛伊德针对俄狄浦斯情结的防卫措施。"即使女性主义理论家朱丽叶·米切尔也持这种观点，她认为："正如弗洛伊德所意识到的那样，父亲引诱或强暴女儿时有发生，这同心理分析的基本概念没有任何关系。"然而，有趣的是，我们从这位心理分析之父那里得到了有关父亲欲望的直接证据。

1897年5月，在放弃他的歇斯底里是由父亲引诱或强暴引起的理论前不久，弗洛伊德做了一个梦，梦见他对他的大女儿马蒂尔德"感觉过分亲昵"。他在给友人威尔海姆·弗利斯的信中写道："这个梦满足了我把父亲视作神经质之源的愿望，它把我长期的疑惑一扫而净。"然而，一方面，这梦显然令他苦恼；另一方面，对于那些让他更苦恼的事物来说，这个梦似乎充当了屏障：从1897年春天到夏天弗氏在信中记录的梦与回忆的顺序表明，当时很多被他用于自我分析的心理事件与对成熟女性的欲望或焦虑有关。他的重要推测导致的结果是，"当他有机会看到她的裸体时，激发针对母亲的利比多"。在记录这些生动的梦境的同时，弗氏得出一个令人吃惊的结论，尽管"在每个女性歇斯底里患者的病例中，受责难的总是父亲的变态行为，令人难以置信的是，针对子女的变态行为竟然如此普遍"。这一结论，尽管对他创建的父亲引诱理论含有否定的意味，却让他感觉到喜出望外之情简直无以言表。

对这些材料的详细分析表明，弗氏精彩的自我质询既显示又隐藏了他思想的游移不定。他发现了自己对母亲的情感，这个发现无疑是准确的，与他后来放弃的一种观念莫名其妙地联系在一起。那种观念认为，女性患者天然地对她们的父亲产生同样的欲望。

他在暴露自己的俄狄浦斯愿望的同时，可能又掩盖了它们。这暗示他本人抵触这些愿望，然而，抵触情绪也表现在他对马蒂尔德的梦中。正如米切尔所认为的那样，甚至"同大多数人一样，弗氏发现，罪责落在父亲身上比落在有乱伦欲望或阉割情敌欲望的儿子身上更能让人接受"。这样一来，父亲引诱的理论顺理成章地导向弗氏所理解的儿子对母亲的欲望，父亲对女儿的欲望出现较晚，它是儿子对母亲欲望的变种，并且更易于被社会所接受。然而，父亲对女儿产生欲望的观点，不太为弗氏所接受，他并不是很执着地"希望将父亲确定为神经质的根源"。相反，由于承认了自己对母亲的欲望，他似乎希望将女儿确定为欲望的同等源头。然而，正如弗氏后来在论述女性精神性欲的发展所表明的那样，与儿子对母亲的情感平行并置的女儿对父亲的爱欲情感，并不一定隐含在病人对父亲引诱的叙述中，弗氏认为这种叙述是病人的"幻觉"所致。事实上，正如近年来对弗氏致弗利艾斯信中未发表部分的报道，以及《歇斯底里研究》一书对变更和躲避的分析所表明的那样，弗氏本人，用米切尔的话来说，"充分意识到"许多病人并不是在幻想，她们的确被父亲或父亲式的人物引诱或玩弄过。因此，她们的"歇斯底里症"不是对自己欲望的弃绝，而是在拒绝父亲的需要，不光她们的家庭，整个文化界都认为这种需要在心理上是"正确"的。换言之，即使在早期，弗氏将自己对父—女引诱的推测富有成效地转换成母子乱伦的理论，这样做的必然结果是规避父女欲望理论。这表明，他早已意识到，为了追溯女孩获得成熟女人气质的"迂回路径"，最后不得不建构一种更复杂的女性精神性欲的发展模式。

在这条路径上，有绊脚石、有恐惧、有严拒。它正是《织工赛拉斯·马南》和《夏天》探究的路径。前者探讨女儿给予父亲的力量，后者深究父亲从女儿那里取走的力量。当然，不可计数的男性、女性书写的文学文本聚焦于潜在的父女乱伦范式，父女乱伦范式塑造了小说的情节和事件的种种可能。从《奥雷斯特记》中压制和否定女权制下的弗瑞，同时吹捧父亲的乖女儿雅典娜，到《科洛诺斯的俄狄浦斯》中对安提戈涅和伊斯墨涅的赞扬——在父亲俄狄浦斯与自己的母亲乱伦遭天谴后，双目失明、颠沛流离之际，这两个忠实的女儿成了他唯一可以依靠的守护人，古希腊文学一贯在评价这种范式。俄狄浦斯的女儿为父亲看路，成了父亲的眼睛。此外，"在古希腊语中，Kore 这个词表示女儿，它的字面意思是眼睛的瞳仁"。同理，这些作品以及其他作品中母亲被粗暴地遗忘了，这使人想起雅典娜出生的故事：主神强暴了女巨人墨提斯后，把她吞食下去，因为他听说她已经怀上了一个女儿，如果她再怀孕的话，她一定会生儿子，这个孩子将会把他废黜；后来，"到了预定的时间，头痛欲裂"，主神生下了雅典娜，她"全副武装，跳出"他的脑袋。就像安提戈涅和伊斯墨涅取代了约卡斯塔王后成为俄狄浦斯的伴侣一样，雅典娜顺理成章地取代了墨提斯成为宙斯真正的孩子的娘。事实上，按弗洛伊德的观点，这两双"眼睛"表明，俄狄浦斯的性能力一直存备。

可以肯定的是，这些古代文本异常清楚地体现了父权制文化的种种规范和禁令。然而，这些规则也潜藏在后来的作品中，这些作品数量惊人，从莎士比亚的《李尔王》到P.B.雪莱的《钦契》，从玛丽·雪莱的《马蒂尔德》到克里斯蒂娜·斯特德的《爱孩子的人》，从西尔维亚·普拉斯、安娜·塞克斯顿引人注目的诗歌到托尼·莫里森的《最蓝的眼睛》。安提戈涅式的女主人公以及她在维多利亚时代天使般的化身爱倍·马南，她们的故事记述了女儿对孝顺命运的默认。长期以来，安提戈涅的命运一直萦绕在乔治·艾略特的脑海中，于是她创造出了爱倍·马南这个人物。然而，与沃顿的《夏天》一样，这些作品记录了女主人公对命运的矛盾心理，正如比阿特丽斯·钦契所呼喊的那样，"一切"都可怕得变换成"我父亲的幽灵，他的眼睛、他的声音、他的触摸围困着我"。尤其值得一提的是，在上述所有作品中，父亲都或明或暗地对女儿怀有欲望。他的乱伦要求可能是实际存在的，也可能是比喻意义上的，但无论是哪种情形，女主人公都会感到无法避免苦闷和窒息。这样一来，在每部作品中，女孩都要与或多或少的逃跑的强烈愿望做斗争，她争辩说，"我爱您只是按照我的本分，一分不多，一分不少"。在几乎所有这些作品中，她最终发现，那契约的本质是：一方面，它跟死亡差不多；另一方面，它屈从于父亲欲望的无限权威，在安德娜·里奇所谓"儿子国度"和"父亲国度"里，父亲的欲望支配着母亲、女儿的生活。只是在极少数作品中，女儿既没有死去，也没有默认命运，而是成了杀人犯和亡命徒。

如果像分析童话故事那样，把情节简约为最基本的心理框架，格林兄弟讲的一个故事可以为笔者这里所探讨的父女关系做出总结。童话的名字是《阿勒莱赫》，它的内容是，王后在临死之前要国王发誓，除非找到一位同她一样美，"同我一样有金色头发"的新娘，否则就不要再娶。悲痛欲绝的国王信守诺言，直到有一天他看长得越来越成熟的女儿，发现她"同她的亡母一样美丽，有着一模一样的金发"。"突然狂热地爱上了她"，并决心娶她。女儿十分震惊，提出种种不可能满足的条件，以摆脱她的父亲。她提出要三件魔衣和"一件用一千种不同皮毛做的披风"。可是国王一一满足了她的要求，没办法，她只好逃走。她带着三件衣服和家里的三件宝物，穿上皮毛披风，逃到大森林里。"拥有这片森林的国王"和一些猎户由此经过时，她正在一棵空心树中熟睡。猎户抓住了她，认为她是"一只非同寻常的野兽"。她告诉他们她是一个穷孤儿，他们将她放到王宫里，让她在厨房干活，就像灰姑娘那样。

当然，王宫里的国王不久就弄清了她的身份。国王举办了三次宴会，每次宴会她都穿一件魔衣。国王很喜欢她做的汤，而她总是穿着灰姑娘式的毛茸茸的衣服作为伪装。他最终设法揭开了她的披风，露出了她的魔衣和金发，用故事里的话说，"她再也藏不住了，显形后不久，他们就结婚了"。与《夏天》《马蒂尔德》《钦契》等文本类似的是，这个童话记录了一个试图逃离父亲欲望的女儿的个案。如同许多类似作品的女主人公一样，变成了"阿勒莱赫"的"美丽的公主"，她逃离文化，进入自然，试图将自己变为自然的造物，而不是默认文化强加给她的过分要求。同这些故事和个案史中其他许多主人公一样，公主不可能完全抛弃她所在的文化强加给她的必需品：她随身带了三件魔衣和三件家庭的信物，这些东西最终暴露了她的身份，让她重新融入社会。像同类故事中不可胜数的女主人公一样，她失去了母亲。故事强调，正是这一点导致父亲对女儿的引诱和加害。最后，如同众多的女主人公一样，公主充当了两位国王的"财富"。这一点表现在她最终无法掩藏的金发上。

《阿勒莱赫》中实际上存在着两位国王，这一点似乎一开始就同笔者的论点相对立。笔者的论点是，这个故事向我们提供了父女乱伦规范的范式，在父权社会中，父女乱伦的规范处于女性精神性欲发展过程的核心，不仅公主而且第一位国王的朝臣都对他想娶自己的女儿表示惊讶。此外，一个限制性从句把第二个国王与第一个国王区别开来。他不是"拥有他的森林的国王"，即不是公主刚刚从其宫殿中逃出来的那个国王，而是"拥有这片森林的国王"。然而，如果不是从语法上讲，而是从结构上、心理上讲，这两个国王是同一人；都是这位"美丽的公主"企图摆脱的父亲型人物，尽管摆脱的强烈程度不尽相同。事实上，出于实际需要，二者之区别用一个小小的逗号做了极佳的表述。这个逗号是一个标出合法与非法乱伦的语言标志。公主对此持有矛盾心态，时而用鲜艳的衣着装饰自己，时而回到过去的生活，成为一个野孩子，不由自主地承认了这两种区别。

可以肯定的是，考虑到这种矛盾心态，一些读者也许会简单地认为，这个故事讲述了一位青春少女适应自己成熟欲望所经历的波折起伏。然而，这个故事最有力量的地方在于，它与更精妙的作品，如《织工赛拉斯·马南》《夏天》一样，有一种宿命感，尤其是在女儿的命运中母亲与父亲共谋所导致的宿命感。毕竟，是公主的母亲劝告父亲必须娶一位同自己一样美的女孩，公主的故事由此开始。尽管这位母亲像莫丽·范伦·卡斯和玛丽·海厄特一样，抛下女儿死了，她仍然用文化母亲的禁令控制着女儿的生活："你必须掩埋你的母亲，你必须把自己奉献给你的父亲。"

在《织工赛拉斯·马南》《夏天》等小说中，两位作家取代了母亲，把母亲的功能一分为二：亡母行为无耻；男性所认同的母系权威取得了实质性胜利。但是，所有这些故事，甚至叛逆性更明显的作品，都没有提供解决女儿屈从地位的其他方案。当然，范式型的文化母亲，如艾略特和沃顿，也没有暗示女儿除了默认自己的命运外还有其他选择。尽管女儿命名的"空袋子"可能是沉重的，对这一点也许迪金森比她们看得更清楚，然而"吃尽"它生产出的文化之"蜜"、让"蜜"吃苦头是徒劳的。对于理解了自己义务和命运的女儿来说，这样的蜜只会变得更甜美。在"奥雷斯特之外的蓝天下"，爱倍·马南、夏丽蒂·罗雅尔、美丽的公主及许多其他人，每个人都以自己的方式，遵循着父权制社会的隐性命令，同年迈的父亲结合。

# 第六章　英美文学与后殖民主义

## 第一节　鲁滨孙·克鲁索与星期五

众所周知，克鲁索很关心生意往来的账目，因此很容易弄清楚他收支的细枝末节。在那位"主张诚信交易"的船长的指导下，他花了40英镑购买廉价首饰和玩具，赚了价值300英镑的砂金。他将200英镑留给船长的寡妇，用余下的钱再购进货物。后来因为商船被土耳其海盗俘获而损失了这笔钱。亏得那位葡萄牙船长最终救了克鲁索并"慷慨相助"，他终于带着220块西班牙金币到了巴赫亚，这个地方位于辽阔的加勒比海的最南端，离盛产黄金的米娜斯·杰纳斯不远。这笔钱是他卖掉自己的"财产"后的所得，这些财产包括船、枪支和奴隶，是从他在萨利的主人那里偷来的。他学会了种植甘蔗，购置了土地，并将在英国的一半资本以实用货物的形式转移到那里。他以极有利的价格卖掉了这批货物，买了一个黑奴和一个欧洲仆人。30年的时间里，尽管克鲁索漂游四海，别人帮他妥善经营着种植园。最终，他不仅成了一座加勒比岛的主人，而且"拥有……不下于5000英镑的钱，在巴西……有一处种植园……每年的进项不下1000英镑"；这还不包括他从沉船上拿下的那些钱：从自己的船上拿下的36英镑，从西班牙船上拿下了1100块西班牙金币、6达布隆金币和一些小金条。

但是，只看这些经济现象却容易忽略其背后广阔的历史背景。过分地强调克鲁索生涯中收支方面的细枝末节，有可能忽略小说一开始所概括的欧洲"地理大发现的历史"，不管这些概括是多么粗略：沿西非海岸南下的首批试航，与伊斯兰教的纠葛，横跨大西洋，甚至巴西技术型劳动力向加勒比海地区的迁移——这对于英、法所属诸岛的早期经济发展至关重要。当然，这并不完全意味着克鲁索是欧洲殖民主义的"化身"，这样做只会把小说理解成另一种模仿寓言。毋宁说它指向相反的方向。克鲁索的殖民生涯实际上可分为两类：一类是他的生涯平淡无奇，他只是得益于许多善良的葡萄牙人的好意相助；另一类是他是一个英雄式的人物，可是这显得十分可笑。离开萨利往南航行五天后，他说那里的野兽从没听到过枪声。继续往南航行了12天，他接近了真正想去的地方，因为那里正是殖民贸易路线的十字路口。他用火枪射杀了一头豹子。这既令那些"穷困"的"黑人""惊异"和"羡慕"，又让他们对这种欧洲技术的表现感激不已，这是克鲁索后来在同样"万分震惊的"星期五面前显示火枪威力的一次预演，后一次火枪威力的显示对他更为重要。但是克鲁索非常重要的经历是海岛事件。它再现了白人探险者在加勒比海的初期冒险——在百慕大群岛的萨默斯和盖茨也好，甚至是在伊斯帕尼奥拉岛的哥伦布本人也好，反正是欧洲人在白人可能从未光顾的地方的一次探险。这一冒险经历适时地让我们听到克鲁索相信"这是自创世以来这里开的第一枪"的心声。

那些对笛福的"现实主义"深信不疑的批评家，很少将视野扩及整个加勒比海地区，因此有关的历史地点需要严格确定。在加勒比海地区，唯一无人居住的岛屿是人迹罕至的百慕大群岛——正因为这样，它们特别受人青睐。约翰·帕里认为美洲唯一无人居住之地通常不适合人居住。美洲印第安人当然不会忽视克鲁索居住的那个非常肥沃的小岛，除非他们受到欧洲人的驱逐；到了1659年，欧洲人鼓足力气，争相侵占加勒比的土地。可是在《鲁滨孙漂流记》中，加勒比土著人只是偶尔在小岛上野餐，而其他欧洲人则姗姗来迟，让克鲁索独自备受开创殖民事业的艰辛。

这样讲并不是指责《鲁滨孙漂流记》不够逼真或未实现其现实主义的承诺。相反，这样讲的目的是指出，文本逼真的细节掩盖了小说叙事的某些要素，如果上述描写是准确的话，这些要素只好被称为神话。因为，与其说这些要素与19世纪加勒比海真实的历史世界相关，不如说它们与殖民主义意识形态的主要内容有着更明显的联系，这些殖民主义意识形态的主要内容是：欧洲英雄孤身初涉野蛮的荒凉世界，"那些荒无人迹之地"；用拉铁摩尔笔下纯属杜撰的牧师那令人难忘的话讲，"那里只有石南丛永在"。

《鲁滨孙漂流记》里海岛事件有神话的性质，它和莎士比亚的《暴风雨》有异曲同工之处：它提供了一个可化繁为简的熔炉，从错综复杂的事物简化出基本成分。这种观点也许会赢得赞同，但事件的简化过程需要缜密的解释，即便这一解释从表面上看是相互矛盾的。通过分解的方法归结出一个言之成理的出发点，从这个意义上来讲，它自然会被视为一个简化过程，这种分解的方法由伽利略首创，霍布斯以及洛克和卢梭等人以极不同的方式用于分析政治社会。这一方法可以使分析者通过想象重新组合相关的单一成分，重构生活经验的原初复杂样态。这种观点有两个变体，它把困居海岛上的克鲁索当成了市场经济的主要单位，一旦需要，就与类似生产者进行交易；还把克鲁索当成自然人，在与其他人组成社会之前就生活在前社会的世界中。然而上述两种对海岛事件的简化分析已被证明并不具有说服力。这个中缘由已为马克思和瓦特等理论家所揭露。这些原因基本上可归结为两点：文本没有涉及注重方法论的政治和经济分析家关注的重要内容，鲁滨孙·克鲁索并不是"没有受到文明的污染"。克鲁索多次游往遇难船的旅程形象生动地说明了这一点；但这也同等重要地体现在克里斯托夫·希尔所说的克鲁索的"精神装备"——他必须随身带到海岛上的意识形态和文化产物。

摈弃对小说话语和18世纪政治经济话语之间关系的这些肤浅解释，还有更深刻的原因，那就是，作为科学寓言的政治和经济话语无视那些对于《鲁滨孙漂流记》至关重要的地形和历史语境，而这正是本章试图加以阐明的。但是有两点在此应予以澄清。尽管霍布斯、洛克和卢梭认为有关起源的寓言纯粹是假设的，不应忘记，事实上他们都在为有关当时美洲状况的假设寻求经验上的支持。对于卢梭而言，他特别提到了加勒比人。虽说《鲁滨孙漂流记》的地形学知识很重要，可是，在某种意义上，可以说，海岛事件回避了历史年代和地理，而退入某些方面可被称作"乌托邦"的状态，尽管"乌托邦"这个词还需要进一步加以精确。

海岛事件显然具有文明与野蛮邂逅的神话特征。说它是乌托邦性质的，是因为历史上的加勒比海人在17世纪中叶的独特性被抛到一边，以突出鲁滨孙经验的纯洁。同许多乌托邦故事一样，海岛的环境有助于提供与世隔绝的条件，而这正是典型的乌托邦寓言故事的发展所必需的。因此克鲁索离群索居的海岛有着某些乌托邦所具备的人间乐园的特性，尤其是所谓"殖民乌托邦"的传统。"殖民乌托邦"传统独立于乌托邦传统的主流之外，它主要是一种不懈追求的理想，其次才是一种话语，它有着不断反对集权主义的动力。这一传统的范例可追溯到《奥德赛》：第九章食莲人的食物使奥德修斯的水手失去了重返家园的愿望。在加勒比海地区的第一个"殖民乌托邦"的例子也许是罗尔登在伊斯帕尼奥拉岛南部建立的社会共同体，这是向哥伦布权威的公然挑战。史蒂芬·霍普金斯描绘的最密切相关的事件是，"海上冒险号"遇难后，为了挑战萨墨斯，那些仍留在百慕大群岛的人建立了不完美的乌托邦。另外两个显著的例子是，著名的马达加斯加海盗自治社会，在小说所经历的那段时期的尾声，弗莱彻·克里斯琴为反抗布莱船长解决加勒比海奴隶的粮食问题而建立的自治社会，至少它被当成一种行之有效的理想。《鲁滨孙漂流记》与这一传统的关系并不明确。克鲁索的焦虑和失望尤其使人对莫尔的"乌托邦"一语双关产生了疑问。但不要忘了，克鲁索所在的海岛地处热带，土壤肥沃，劳动很容易得到回报，尽管劳动是必要的。此外，奇怪的是，殖民乌托邦的社会特性依然存在：既表现在克鲁索宽仁的专制主义中——宽仁的专制主义表明对欧洲来说很正常的社会关系在海岛上行不通，又表现在他谈论自己财产的语言中。

但是小说叙事以简洁的寓言形式表达的主要内容是克鲁索在海岛离群索居的困境，正是在这一点上，瓦特对小说的"极端个人主义"的分析是无懈可击的。采用自传性的回忆录形式自有其独特意义，它肯定了个人经历的首要作用，笛卡儿和笛福两人都用过，把他们比较一番还是值得的。《谈谈方法》里讲的一个故事与《鲁滨孙漂流记》有许多相似的地方：以自传形式撰写的旅游和历险故事，故事的主人公在一段时间里完全与世隔绝，陷入绝对的孤独。这就是笛卡儿描述的情形：

准确地讲，八年前这种愿望使我下决心离开有熟人的地方，退隐到那个国度。在那里，旷日持久的战争确立这样一条规则，保留军队的目的似乎仅仅是确保人们在最大限度的安全保障下去享受和平的果实；在那里，在忙忙碌碌的芸芸众生中，更多人是自扫门前雪，无意他人瓦上霜。因此，同时也享受着繁华的都市生活提供的便利；笔者可以像生活在最僻远的沙漠中那样享受远离俗世的宁静生活。

笛卡儿的离群索居在很大程度上是有意为之，而克鲁索的离群索居，看来则是不由自主、远离尘世的流放——虽然海岛事件也可以被看作自愿与世隔绝的必然结果，这种愿望始于小说伊始克鲁索的不从父命，这种对过去一切的否定，与笛卡儿放弃文学研究具有同样的象征意义。他们各自的生存境遇明显不同，至少在意识层面上不同，但是克鲁索和笛卡儿都努力想成为严格意义上自我奋斗的人：踏上一条漫长的、塑造自我的历程。

两者之间的差异似乎非常显著。笛卡儿毕竟勇敢地经历了严格的自我考验过程，最终把握了作为认识基础的主体性；克鲁索在可怕的焦虑面前试图使自己平静下来，他在许多时候是不成功的。就最乐观的一面看，笛卡儿诚然是探索自我的纯粹理论家，他在一个没有俗务凡念的纯精神世界中孤独前行，克鲁索作为精于世务之人的化身则完全在一个充满了考验和失误的动荡世界中苦苦挣扎。两人之间的差异固然不应抹杀，但是至少应该清楚，在笛卡儿那泰然自信的行文背后是纷繁复杂的叙事和句法结构造成的极度混乱，这严重地损害了那个"我"的纯洁性。尽管"纯"哲学的传统源于笛卡儿的著作，但他自己关心的是建立：

一种实用的哲学……借助它，我们能熟知火、水、气、星辰、天空以及我们周围其他物体的力量和影响……我们同样可以使它们各尽其用，从而使我们自己真正成为自然的主人和拥有者；这项计划与克鲁索的经历和观点完全一致。

在《鲁滨孙漂流记》的故事情节大约经历了三分之二时，期待已久的食人生番出场了，使全书达到高潮；事实上，从很多方面来讲，对于克鲁索和星期五与21个食人生番战斗的描写，是本文所探讨的特定殖民主义话语的高潮。

这一时刻之所以重要，有很多原因。它标志着第二阶段的"开始"，即真正的殖民邂逅，这时候，必须商讨欧洲人与土著人之间的复杂关系。就是在这时候，关于自我的寓言差不多得到了解答。不足为奇，但同样重要的是，就在此时，《鲁滨孙漂流记》成为通常意义上的历险故事。尤其重要的是，这三件事情是同时发生的，成为叙事中扣人心弦的紧张时刻。无须多说，叙事所引起的紧张和兴奋赋予了这些事情以殖民的形而上的内涵。

在历险层面上讲，对这一事件的平铺直叙能够增强紧张感。这种紧张感始于克鲁索发现脚印，自从他为了应付食人生番而设计出不同的计划、质疑杀死他们而引起的道德问题、一直到克鲁索救出星期五时那极度兴奋的时刻，紧张感就不断增加。当克鲁索为了拯救欧洲囚徒和一名土著人进行那场最后的屠杀时，紧张感达到了顶点。历险故事明显地与形而上的层面交织在一起。从发现脚印到食人生番的现身，是克鲁索极度焦虑的时期。可以说，这是他的自我观受到严重威胁的时期，造成了几乎让人无法忍受的紧张，这是以下悖论的压力所造成的。这个悖论就是，孤独让人如此惊恐，因为在岛上可能并不止他一个人；直到他开火的那一刻，他还面临着另一个悖论，他害怕被吃掉而产生的恐惧是食人生番不在岛上所造成的。他们的出现驱走了克鲁索的焦虑感，结束了关于自我的寓言。像最出色的冒险家总能做到的那样，他忍受住了压力并塑造了自我。不管怎么说，我们都可以认为，自从海滩上那只完全未经证实的孤单脚印在小说中出现，整个事件的寓言特性就显现出来。与其说这只脚印是另一个人留下的真实痕迹，毋宁说它更像他者这一观念留下的纯粹踪迹。

在某些方面上讲，故事这一部分的殖民内涵与冒险内涵是相同的。如果这样理解，克鲁索对星期五的占有就纯属"偶然"——碰巧他与被吓得惊恐万状的食人生番对抗，星期五对于救他生命的克鲁索存有感激之情完全是正常的。从体裁类型上讲，这是对故事的现实主义解读；这种解读不够全面，但具有意识形态方面的作用，因为它淡化了殖民主义这个问题。

星期五的出现，对于解读《鲁滨孙漂流记》显然很重要。这些解读能从克鲁索与星期五的关系中看出资本和劳动的轮廓，尤其是与之并行不悖的"过去两百年来所进行的不折不扣的殖民化步骤"。立足于这一解读视角可从文本中读出许多新意：从克鲁索给星期五命名开始，他教星期五讲英语，将他放在驻地的内、外两重栅栏之间的地方——种植园建筑的小规模翻版，向他传播基督教，最后教他使用火枪。但问题仍未得到解决：像这样模仿似的解读只不过是将文本简化为另一种寓言。如果进一步与《暴风雨》比较，我们会更有效地将文本语境化。作为食人生番，星期五最初似乎是与他那名字的字母顺序被颠倒了的表兄卡利班联系在一起的。但是，他到克鲁索手下效力，与阿里尔效命于普罗斯佩罗的情形极其相似：关键是，这两种情形都依赖被俘获一方获得自由后发自肺腑的感激。虽然从表面上看，星期五显然善于修建住房并习惯森林生活，但他却不拥有阿里尔的法力；而这总地来说对克鲁索有利。但是，获得自由的阿里尔在表达感激之情的那段时期以后，毕竟不愿意用一种束缚换取另一种束缚；普罗斯佩罗不得不交替使用许诺和威胁的手段来控制他。例如，要是阿里尔执意待在那里，普罗斯佩罗的法术能否将他从"仍汹涌澎湃的百慕大"召回来，还不太清楚。与此相比，被彻底社会化的星期五更具有依附性。

进一步细读海岛事件也有启发意义。首先，克鲁索的行为并不像表面上那样显得纯属偶然。他确实表现出临时从事冒险事业的人所摆出的经典姿态——"因此我决心让自己随时小心警惕，留心他们什么时候到岛上来，其余的只有看事态的发展了，也就是说见机行事、顺其自然"——但是，相应的计划在大约18个月前他的一场梦中就预示出来：

我梦见我和平常一样，一大早从城堡里走出去，忽然看见海边上有两只独木船载着11个野人来到岛上，另外还带来了一个野人，准备把他杀死吃掉。转眼之间，他们要杀害的那个野人突然跳了起来，飞快地逃命。恍惚间，他一下子就跑到我城堡外的浓密的小树林里躲起来了。这时候，我看见只有他一个人，其余的野人并没有过来追赶他，我便走了出去，向他微笑，鼓励他。他急忙跪在地上，仿佛求我援救他。于是我向他指指我的梯子，叫他爬上去，把他带到洞里，他就成了我的仆人。我得到这个人之后，就对我自己说："我现在真可以冒险向大陆出发了；因为这个人可以做我的向导，告诉我怎么办，到什么地方弄到给养，告诉我什么地方不能去，免得给野人吃掉；告诉我哪些地方可以大胆前去，哪些地方应该躲开。"

　　这个梦有好几个奇怪的特征，但首先没有什么比文本中突然嵌入这场梦更令人感到奇怪的了。克鲁索在更早些时候做的梦宗教色彩很浓，梦中充满暴风雨、云、烈火和长矛等象征。他将这些征兆理解成上天的威胁；我们可以从生理学角度将它理解成疟疾折磨的结果，从心理学上将它理解成他心理压抑的显示，甚至从心理学分析的角度将它理解成被压抑的、违背父命后的负罪感的表现。换句话说，第一个梦在叙事中占有非常重要的位置。但是，如果说这个更早的梦与克鲁索先前的精神状态多少有着逻辑关系，那么第二个梦甚至在克鲁索本人看来都与其背景不相干，尽管它也是类似焦虑带来的结果。导致克鲁索焦虑的直接原因是他的考虑：怎么"能够达到我迫切追求的目的。——那就是，找到一两个人，跟他们谈谈话，从他们那里了解一下我究竟在什么地方"，这种考虑始于他发现有一具尸体从沉没的西班牙船上漂到海岸。这个梦是这样开始的：

　　有两三个小时的工夫，这种念头猛烈地冲击着我，使我热血沸腾，脉搏大跳不止，好像得了热病一样。其实，只不过是我的头脑为了这件事在那里发热罢了。我这么一个劲前思后想，想得我精疲力竭，最后，身子实在支持不住了，才昏昏睡去。也许有人想，我就是睡着了，也会梦见自己到大陆上去。可是我并没有做这一类的梦，我梦见的跟这件事毫不相干……

　　克鲁索醒来沮丧地意识到，逃生只不过是一场梦，抑或是一种事后的想法，这场梦也使他懂得，俘获一名野蛮人也许是最佳的逃生方法。他并未试图将梦纳入他叙事的外围结构，如将这场梦理解为上天的预言。

　　毫无疑问，18个月前发生，但在食人生番到来之前几页记载的这场梦，与小说的"现实主义"的肌理泾渭分明。正如瓦特所指出的那样，经典情节与形式现实主义格格不入，因为它们并非新生事物："忠实于人类经验的印象"只能来源于"小说"——这是《鲁滨孙漂流记》的副标题"生平和奇遇"所宣称的一种新奇感。读过克鲁索在梦中与食人生番邂逅之后，读者就不会因克鲁索与食人生番激烈对抗而感到震惊。使事情变得更复杂的是，这场梦也为克鲁索那段长长的描述画上了句号。克鲁索描述了他就像溺水的人一样，是怎样"把我一生的历史大略回顾了一下"。换句话说，这里重现了那些复杂的时刻，与他自述开始时的事件相似，叙事展开的方式令人感到别扭，不同于对实际经验的逼真描述。那么，很像沙滩上孤零零的脚印，这场梦在某种意义上否定了对食人生番事件进行任何简单的模仿式解读。但是我们是否又能对此做出其他有意义的解读呢？

　　前面我们讨论了海默对小说的分析克鲁索和星期五的关系与"殖民化的实际过程"并行不悖，我们指出，在这一过程的最后阶段，克鲁索教会了星期五使用火枪，克鲁索在这上面的投入，在他与星期五并肩射杀那群食人生番时得到了回报。然而，这种言传身教是历史上从未真正发生的最后一步，理由是，奴隶制从来就不是奠定在奴隶感恩的基础之上，这就结束了有关荒岛事件的模仿式解读。当然，星期五从未被"称作"奴隶；但这个称呼之所以没有出现，仅仅是不断进行的否定和再商讨过程的一个征兆，文本通过这个否定和再商讨的过程试图重新勾勒殖民遭遇。

加勒比海地区的美洲印第安人受尽了奴役——虽然主要不是受英国人的奴役，但是，在克鲁索与星期五的关系中，不难看出作者掩饰和拒绝触及更棘手的黑人奴隶制问题。克鲁索对星期五的描绘几乎成了一个经典的否定案例："他的头发长而且黑，并不像羊毛似的卷着……他的皮色不很黑……鼻子很小，但又不像黑人那样扁。"

星期五当然是一名奴隶，因为他没有自己的意志；克鲁索也许不愿意称星期五为"奴隶"，但他在采纳"主—奴"辩证关系中主人的名义时却毫不内疚——"我教会他说'主人'，然后让他知道，这就算作我的名字"。然而在小说中"奴隶"这个词却可以被略去，因为星期五的屈从是自愿而非被迫的。最后，他又把头放在地上，靠近我的脚边，像上回那样，把我的一只脚放在他的头上，然后又对我做出归顺诚服的姿势，让我知道他将一生一世为我效力。

奴隶制面临的问题是，奴隶是危险的，因为他们是被迫去劳动的；如果他们甘愿被"奴役"，就不存在奴隶制了，危险也就解除了。可以说，笛福提出了一个比洛克更好的命题。洛克认为，一个人本来会死掉的，可他却活下来，他应该受挽救他生命的人驱使，而不应伤害那人。然而，无论公正与否，这并不能保证巩固奴隶制可以不用暴力，因此主人应保护自己免遭奴隶的暴力威胁。但是在《政府二论》的同一段中，洛克举出经典自由主义的理由，否定了"自愿受奴役"存在的可能性。这条理由是，你不能同意放弃自己的根本权利。星期五甘愿为克鲁索效命的情形是对这些纠缠不清的问题很好的商讨。克鲁索的干预使他保全了性命，这符合洛克为奴役的辩解。但紧接着种新奇的举动——笛福让星期五自愿终身受役使，至少克鲁索对加勒比人手势的意义充满自信的解释使他自己这样认为。用洛克的观点来看，因为星期五没有生命作为代价，所以这一举动在理论上是无效的。但实际上却对克鲁索极其有益，因为星期五"臣服"了，他将自己变成一个没有自由意志的臣属，这就没有必要去动武了。克鲁索巧妙地避免了任正常社会交往开始时明显采取的第一步——询问逃犯的姓名。相反，他给逃犯取名为星期五—记住波卡洪塔斯在受洗礼时取名为丽贝卡的重要意义，向他强调指出他丧失了先前的生命，并且每周都提醒他记住是谁给予了他第二次生命。

克鲁索做过一个愿望得到满足的梦。他认为这是一个逃生的梦，梦醒之后又大感失望。

正这样想着，我就醒了，起初觉得自己有逃走的希望，高兴得无法形容，及至清醒过来，发现原来不过是一场梦，我又感到同样失望，大为懊丧。

但毕竟梦想成真。他自己而不是梦的叙事产生的逃生念头并没有直接变成现实：星期五没有完成克鲁索在梦中想象的六种作用中的任何一种。可以说，这是因为，这个梦不是为了满足克鲁索逃生的愿望，而是为了满足欧洲人搜取卡利班的殖民地、消除反叛危险的愿望。星期五的感激之情使他梦想成真。但这仅仅是一场梦。

然而，星期五的感激被证明是克鲁索建立社会关系过程的一个突破。从烧烤架上救下的西班牙人"做出各种手势，让我知道他怎样感激我的援救"；星期五的父亲同样"抬起头来望着我，脸上露出极端感激的样子"。这正是克鲁索想看见的。然而，他证明自己并不是感情至上的人。他对西班牙人讲：

我很坦白地告诉他，我最怕的是，一旦我把自己的生命放在他们的手里，他们说不定会背信弃义、恩将仇报，因为感恩图报并非人性中天生的美德，而且人们并不是根据他们所受到的恩惠来决定他们的行为，更多是根据他们所希望得到的利益来做出决定。

这完全是一种霍布斯式的观点，与克鲁索在其他人那里受到慷慨无私的对待形成鲜明对照。与星期五一样，西班牙人不得不将没有保证的感激"硬币"换成无条件宣誓效忠的"硬通货"——签署了一份书面契约。克鲁索决心做一位拥有绝对权威的君王，生活在社会中却又凌驾于社会之上。

克鲁索社会化过渡期的最后事件强化了他对他人的感激的依赖。当一群英国人——三名囚犯和八名带武器的人——乘着大船抵达荒岛时，克鲁索压根就没考虑过这群人是谁。例如，这三名囚犯是不是杀人犯，即将遭到放逐，或是按照船长的命令被处决。他蛮有把握地说：

我一如既往，为战斗做准备；只是比过去更加小心，因为我知道我所要应付的是一种和从前不同的敌人。

准备好攻击那些他一眼就辨认出的"恶棍"后，克鲁索就从容不迫地思量着他是否能从他要解救的囚犯那里弄清楚，那艘船会"完全都听我指挥。如果船弄不到手，他是否情愿生死跟着我，随便叫他到什么地方都行"，这样他就定下了自己的条件。只有作为一个享有绝对权威的专制君主时，克鲁索塑造的自我才能进入社会世界。

# 第二节 《印度之行》

1975 年，印度著名的 E.M. 福斯特研究专家瓦森特·莎亨，编了一本论文集《聚焦福斯特的《印度之行》，收入的都是印度批评家对这本小说的评论。莎亨在前言里解释，说编辑该书的主旨是"在《印度之行》在这个国家和英语世界产生巨大影响的五十多年后，凸显它在印度批评家心中的形象。这种研究方法的关键是本土视角的印度性、它的评价过程以及它的有效性"。莎亨观点的重要性并不完全在于强调统一的印度视角，因为事实上，可以说，这本文集体现了这一时期印度批评家相互之间的差别，集子里的论文从研究岩洞的象征意义，到批评小说再现的印度种族关系，再到对小说中印度人物语言进行文体分析，不一而足。笔者倒是认为，莎亨提出"印度性"的重要意义在于，它描绘了印度人的视角和英美知识分子视角之间的对立，而英美知识分子的视角在历史上构成了英国文学传统。这种强烈的对立提出了如下一种认识：本土视角与居主导地位的英国人的视角并置，形成鲜明对比。从传统上居主导地位的英国人的视角看，印度只是一个多姿多彩的背景，衬托着英国人在世界历史舞台中心上演的戏剧，印度人本身不具备任何视角，只是被殖民统治、被审视的边缘对象。就这个意义而言，印度性被设想为一个对立的范畴，它对英国文学传统来说既不可或缺同时又不相容。在《征服的面具：印度的文学研究和英帝国统治》中，高里·维斯瓦纳森认为，英国文学在印度的制度化是英国统治的手段，是用英国的文学和思想来教化殖民地属民的帝国使命的一部分。用英国文学正典来教育印度人，向帝国属民反复灌输一些臆断，如西方审美准则优越、东方传统文学"不够纯粹"、低劣粗糙、至多是给西方文学拾遗补阙，发挥替帝国殖民统治辩护的独特作用。具体来说，支撑这种意识形态结构的是英国文学在英国本土和印度呈现出的完全不同的形态，它在本国的教育机构中只有纯粹文学教育的功能，而在印度，它还有强化印度人从属地位的作用。维斯瓦纳森指出，英国背景下的文学教育功用与印度背景下文学教育的功能是有区别的。这体现在相同课程有不同用途，不同的文学类型被赋予不同的价值。这也表现在在印度的教育政策里，诸如威廉·琼斯等东方学学者的研究被边缘化；然而，在英国文化教育中这批学者却受到尊崇。沙亨提出的印度视角这一观念必须这样来解读：它针对的是英国文学在帝国扩张中的工具作用以及英国本土的英国文学研究机制所持有的妄自尊大、高高在上的优越感。

莎亨的评论言浅而旨远。乍一看，他不无道理地提出，印度人应该去评论一部自称是关于印度的小说，印度人对《印度之行》的理解必然与其他讲英语的人不同。就此而言，他提醒人们注意后殖民知识分子，如盖雅特利·斯匹瓦克和拉德霍·拉德霍克里希纳所做的区分：为某个文化和政治区域"代言"的"代表"与文学、艺术或哲学话语中对某个对象的"再现"之间的差异。换句话说，莎亨的评论指出，谁在言说也许比说什么更重要。同时，通过凸显印度人的贡献遭到排斥的那段历史，莎亨的论文集既瓦解又改变了英国文学传统的排他性。印度批评家介入这一使印度人臣服和对象化的文学传统，必然会改变在那个传统之中制约着可能产生一系列论断的条件：接纳和排斥的标准、英国学者与被研究的印度对象之间的关系，以及学术课题和学术探索的对象问题。由于出现了这些转变，英国文学得以建立的话语场域发生了转变，它根深蒂固的排外结构被中断、被置换。

笔者一开始就提到莎亨的"本土视角的印度性"观点，是为了强调，尽管英国东方学中有许多帮助英国人确立权力和身份中心地位的文本，它们通过文学把印度和印度人建构为他者，但是，东方学话语中绝非仅有一种英国产的叙事。话语的印痕和支配地位不可能一成不变，在不同的时期，它会通过不同的机制发挥作用。异质性的而非同质性的东方学，包括各种不同的立场，不仅包括东方学形态的各种表现，还包括对这些形态的批判。如果该领域包括一系列将印度人构想成英国统治下的他者的文本，那么它也包括这些文本中所隐含的和这些文本引发的印度人对这些文本的反应。印度批评家对福斯特的颇多争议的小说的讨论，实际上所有印度人用英语撰写的批评，必须被视为与英国人把持、居于主导地位的英国文学研究机构有着重要的关系。虽然某些印度学者的研究可能会被当成是对有关文学美学和体裁的传统英国观念的复制，在这些研究中，有相当一部分却不能仅仅作为英国文学传统在殖民地一成不变的回响而被一笔勾销。相反，它们之中可能出现对赋予这一传统以特征的殖民霸权进行的挑战。笔者并不是通过将批评的视点限定于印度人用英语对英国文学进行的评论来说明是印度人与居主导地位的英国机构的关系使这些东方学表现合法化，也不是要说明这些机构的所有争论必须被限定在官方话语认可的空间中，因为我们能同样肯定地定位那些在英国人凝视"之外的"空间中的反叛和"贱民"活动。确切地说，笔者的观点是，印度和英美文学批评家关于《印度之行》的论争提供了一个特别具有说明性的例子。这个例子不仅说明了话语领域特有的异质性，而且更能说明改造话语形态的新兴立场和主导立场间干预、反对和适应的动态过程。这些论争最终说明推论霸权既不是一成不变的，也不是完整统一的。相反，任何现存霸权的关系都充满了不间断的冲突，在由来自不同方向的压力形成的语境中存在。

笔者以莎亨作为本章的开端也是为了表明，本章主要讨论的不仅仅与小说《印度之行》有关，也涉及印度人对该小说的批评情况以及印度批评家在改变英国东方学传统上的作用。如果笔者简短地描述了小说的叙事，这仅仅是为了提供一些线索，说明《印度之行》何以成为英印人士共同关注的社会纽带和文学关联，以及它是怎样有助于东方学的形成，而又与之决裂的。在前面各章笔者论及各种不同的文本——信件、旅行叙事、日志、小说——来论证异质性是一种方法，以便说明，突出东方学话语中渗透的异质性是抵制东方主义的支配地位、东方主义无所不在的一种手段。在本章中，笔者一反许多文学批评以小说为中心或以作者为中心的研究特点，重点讨论了另一种异质性对象——文学批评。

### 英国东方学和《印度之行》

19世纪末到20世纪初，印度是英帝国战略的核心，是"帝国皇冠上最光彩夺目的宝石"。大约一个半世纪以来，在印度的英国人创作了大量与东方学密切相关的文学，它们包括日志、书信、小说和故事，清楚地记载了英国人在那里的经历。这类文学起源于英国对印度的殖民统治和管理——自18世纪以来，英国士兵、传教士和行政官员就成批涌到印度。同时，这些著述有助于并最终决定了体现和发展英印关系的可行模式的出现。

如前面诸章中对法国的分析一样，玛丽·沃特利·蒙塔古夫人的《土耳其来信》和福斯特的《印度之行》也表明，英国人与欧洲以外世界的交往史上关注的内容复杂多样。由于法国东方学和英国东方学是在一系列不同的社会、历史压力和环境下产生的，不同的文学明显赋予它们不同特征，文学再现和产生它们的社会状况之间的独特关系也赋予了它们不同特征。尽管法、英东方学是欧洲人与非欧洲人殖民遭遇的产物，法国传统通常并不直接再现法国的殖民境况。更确切地说，法国东方学中关于他性的寓言往往成为文学中的比喻手法，绕过或取代了殖民交往问题；实际上，殖民主义这个字眼和问题并不是经常被提到。其次，法国东方学传统经常暗用以前的东方学文学研究传统，尽管这些叙事与实际的中东之旅或亚洲之行相关。例如，尽管福楼拜的关于东方的小说《萨拉姆波》是在法国殖民扩张和战争期间问世的，但它对当时的情况只是转弯抹角、平淡漠然地提及，并未清晰地记下法国征服埃及和阿尔及利亚的历史。当时的殖民暴力征服被文学手法置换，表现为法国同他者之间一桩生动的历史事件，就像是描写罗马与迦太基之间的三次布匿战役。在这个意义上，法国殖民主义常隐藏在对古老的东方文学的再现中，或对远在天边、虚无缥缈的东方世界的虚构中。相比之下，尽管英国文学中不乏关于古老异域的东方的诗性意象，它还是有一批重要作品清楚地记载了英国人在殖民地的经历。这尤其体现在有关印度的殖民统治和管理的英国叙事中。此外，在东方学的主体和客体之间的性别关系上，英法东方学传统之间也存在差异。福楼拜以充满男性浪漫情怀的文字和叙事结构，将东方形容成一位性欲强烈的女人；相反，英国人对印度的态度可归纳为一种家长式的隐喻叙事，将殖民权力形容为父亲，东方则是孩子，不成熟，需要英国的保护。

有关印度的许多英国文学作品记载了英国作者侨居印度的经历，描绘了作者生活时代的境况。在传教士、殖民地行政官员以及他们的妻子的笔下，印度人仿佛还生活在亘古未变的蛮荒状态，在他们的想象中，这是西方社会进入文明时代以前的状态。在他们的再现中，在印度的英国人负有崇高、神圣的使命去拯救印度人的灵魂，使他们摆脱异教纵欲过度的生活。侨居国外并对异国环境不适应的人的诗性忧郁常常笼罩着这些作品，这有助于在印度的英国侨民将自己浪漫地描述为置身于野蛮、混乱、危险的民族中的高贵的文明人。在《现实生活中的城市》中，拉迪亚德·吉卜林，这位最能代表英帝国对印度的立场的作家，描述了孟加拉人在管理城市方面的无能：

潮湿、污水浸泡的土壤厌倦了，一百年来拥挤不堪的生活，市政委员会的花名册上密密麻麻地排满了本土居民的姓名——那些在这过度腐烂的厩肥堆中出生、长大的人！……他们能忍受这肮脏。不必去在乎他们的感受。让他们静静地生活，在我们的保护下把钱存藏；而我们向他们征税，直到他们通过自己的钱包明白他们在过去是多么疏忽大意……他们的确可能对所有那些事情感到心满意足，却无法参与他们天生无法理解的事情。

吉卜林在其猛烈抨击中使用了一些典型的修辞策略。描述孟加拉人时使用的语言赋予他们非人的特征，并以此谴责他们。同时，更为重要的是他从身体和语言上拉开他们与叙述者间的距离：叙述者生活在当代而他们深陷于过去；叙述者身体健康而他们病魔缠身；叙述者独自一人而他们是一大群。因此，不仅该段的叙事主体高高在上，远离那片"潮湿""污水浸泡""拥挤不堪"的土地，而且独立、单一的叙事角度也有别于拥挤不堪，以至整个名单上"排满了其姓名"的土著孟加拉人。

英国人的叙事有一个特点，那就是不断地用比喻来形容印度人：有时印度人被说成不可理喻、无法无天的好色之徒，有时候又被写成头脑单纯、懵懂无知。在这种传统之下，20世纪初的两个例证很能说明，这种比喻法是怎样发挥与东方学相似的功能，在文化上将印度建构成他者的形象，从而标榜位于中心地位的英国文化的稳固和协调一致。一方面，印度殖民行政当局的一名区行政官在 1924 年写道："我们是作为基督教和文明力量的代表来治理印度。我们是作为基督和恺撒的代表来使这片土地免遭湿婆和哈里发的蛊惑。"另一方面，前孟加拉代理总督安德鲁 H.L. 弗雷泽爵士在《生活在罗阇和农民中》一书里描写了他与印度农民的深情交往，这与他同受过教育的印度城市人的交往形成了鲜明对比：

> 他们经常在夜间来访……给我讲述他们日常生活的故事或乡村里的古老传说；这使过惯了军旅生活的英国军官与他们厮混熟了，而这对于管理印度而言极其有价值……这些乡下人单纯，他们逐渐信任军官，他们对极端考验有很强的忍耐力，对我们为他们所做的一切充满感激之情。这些给我们留下了难以磨灭的印象。

这段描写突出了英国官员和印度村民之间的亲密和熟悉，赞扬印度人的单纯、诚信。在他看来，印度人并不粗野，也不是无法无天；相反，他们很容易理解、需要同情和保护。这些传教士、英国殖民地的保护者和满怀同情之心的殖民行政官员的叙事声音构成了一种话语：为了建构英国的主体性，这一话语描述了印度的他性，详尽阐述了一种互补逻辑——印度的屈从变成了表示英国优越地位的能指。不管是将印度描述成有待文明化的原始文化或还是需要保护的劣等文化，这两种对印度的再现指的都是英国作为救世主和监护人所应发挥的作用。总之，在对印度以及印度人的再现中，英国人把自己放在叙事操作者或主体的位置上，而印度和印度人则成为英国主体的视线下被观察的对象。众所接受的印度生活实际上是英国人审视、观察之下的文本的产物。

虽然英国人叙事主体和被描述的印度客体之间的二元关系已是常规，但是偶尔也会有英国人和印度人之间的相互审视。有些英国人的描述穿插了一些段落，这些部分在承认印度人对英国人的审视的同时，也建构了与印度人充满焦虑的凝视或意识相关的英国主体性。英国主体的凝视形成印度的客体性；同时，英国主体性的建构依赖印度人的认可。例如，Y. 恩德里卡的小说《快乐的赌徒》中的叙事者写道：他去教堂主要是让印度人看见他，他意识到自己可能是被凝视的对象，"在印度我照例去教堂，是为了表明我并不为我的宗教感到羞耻……。在英国我去教堂忏悔则表明我是在度假。"恩德里卡认为，有必要再现他所建构的印度人的期望的背景下的统治种族。因为他知道印度人深受宗教影响，所以他想象印度人也许认为英国人不如他们自己那样有更多的精神追求，尽管他们定期去教堂。换句话说，英国人认为自己为他者而存在、被他者凝视，并以此来理解自己和自己的主体性。这种观念也出现在埃文·麦克诺奇爵士的《在印度任职的岁月》中：

> 对农民来说，某位"老爷"的光临或与某位"老爷"的偶然相遇会令他激动不已，正如英国的某位著名政治家所说，只有在看马戏时英国人才有这种兴奋。在许多天里，这都是村民围坐在火堆旁谈论的话题，即使很多年后都不会被忘记。他们精明、坦率地品评着白人。因此千万要留心你的举止和习惯！不久许多村子就会有收音机了，帕特尔和家人将开着宽大的福特牌汽车到离家最近的电影院去；那时村民将有更多的问题去思考，这些问题就不会像以前那么吸引人了。

　　像恩德里卡一样，在描述全村人将怎样"精明、坦诚地""打量"英国客人时，麦克诺奇也揭示了对印度人的凝视充满焦虑的意识。麦克诺奇进而将印度人有鉴别地看待英国人的能力与现代化发展和工业品进入印度农村联系起来。他将印度人的主体性与工业化和西化联系起来的努力道出了殖民主义意识形态。殖民主义意识形态设想西方帝国政策以"教育"印度为己任，现代化是英国占领印度的最终副产品，而且这种现代化只有通过与西方接触才会成为可能。根据这种意识形态的另一个版本，西方自由—人文主义产生了独立的印度凝视和主体性、事实上英式教育通过向印度人提供质疑殖民权威的工具助长了印度民族主义。这种发展的进步结构本身就是意识形态叙事；这种叙事今天仍使第三世界国家和共同体依附现代化的西方。然而，掩藏在麦克诺奇的殖民主义意识形态之下的是一种更有趣的修辞变化，一种语言地震。它记录了从早期认识的英国主体和被认识的印度对象这一结构向另一种结构的转变，英国的无所不能被焦虑感取代，而印度的无能则被重新描述成强有力的、建设性的权威。过去印度被描述成摆在殖民观看者眼前的景观，在麦克诺奇的描述中，英国"老爷"却被再现成"马戏团的小丑"，成了观看、研究的对象。

　　那么，如我们所见，尽管关于印度的英国东方主义话语始于把印度人建构为沉默、不讲英语的他者，到了 20 世纪这一话语却最终将印英关系设想成一种互换：英国人和印度人相互建构，每个主体的位置都存在于他者的语境中、依赖他者的认同。近些年来，英国人对印度人的审视和评判的论述表现了英国人开始意识到印度人的主体地位；这一话语表现了在殖民者和被殖民者形成的霸权关系中英国人统治的脆弱。英国人对作为主体的印度人的焦虑揭示了对印度人主体性的含蓄承认，尽管这种话语表面排斥印度人的主体地位。这种对印度人主体性的焦虑意识形成作用于排斥性结构的压力——不仅仅局限于文学话语中拓开的小空间，而且表现在印度人被征服、忽视的社会文本的各个层面，并深植于关于印度的英国叙事中。具有讽刺意义的是，英文文献将印度人再现为殖民统治下的主体，却为印度人用英语书写主体性提供了一个契机。正是基于同样的讽刺结果，笔者认为印度人的福斯特批评是在英国人占据主导地位的、英国文学话语内部的一种新生立场的范例。

　　在英国东方主义传统中，E.M. 福斯特《印度之行》的地位很突出。它既是该传统的转折点，又是批评界关注的焦点。尽管毋庸置疑，福斯特的小说在英帝国主义文学中占据中心地位，可是笔者分析的目的却不是去阐述福斯特的小说而是再现这一传统的典范。更确切地说，使《印度之行》饶有趣味并异于传统之处在于：该小说引发的文学争鸣体现出的活力和异质性使其在整个 20 世纪的 50~70 年代一再成为英、印批评界关注的焦点。还有一些小说以同情的笔触描述了印度人的困境，甚至直接批评英帝国主义和侨居印度的英国人的态度，如记者埃德蒙·坎德勒的《放弃》和传教士爱德华·汤普森的《印度日》。然而，这些小说谈不上对英美和印度的读者具有同等的影响力。《印度之行》得到英美和印度批评家的关注，虽说与福斯特是一位成功小说家这种地位以及他属于布鲁姆斯伯里派有关，但是也不能忽视该小说恰到好处的戏剧化特征所发挥的作用。主人公印度人阿齐兹医生被诬告强暴到访的英国女性阿德拉·奎斯蒂德；对印度风物和气候的生动、诗意的描绘，三部式结构的小说颇有争议的结尾部分"庙宇"，这一部分细腻地描述了印度教牧牛神黑天的诞辰庆典。所有这些因素使《印度之行》明显有别于其他印度题材的小说。在印度人阿齐兹和英国人西内尔·菲尔丁、穆斯林信徒阿齐兹和基督徒穆尔太太之间的跨文化交往中，生动地表现了文化上的误解，进一步突出了小说的独特地位。简而言之，小说的中心——阿德拉对阿齐兹的诬告——将英国人对印度和印度人的误解主题化；印度人对英国人的意图的误解、对侨居印度的英国人由此而产生的歇斯底里情绪的刻画，可以被解释为对英帝国立场的有力控诉。其次，小说对英国人和印度人之间的友谊以及印度人物、文化的有力突出，也使它迥异于传统的对印英关系的描述。

　　然而，尽管小说对待印度的态度不同于传统的英国文学，但它也是对这一传统本身的反映并根植于该传统，因此保留了有关印度的英国叙事传统的残余特征。叙事视野的变动在一定程度上说明了小说与早期英国东方主义立场的矛盾关系。纵观整部小说，很多时候叙事视野的变动是为了包容英国人和印度人的视角，在叙事层面成功地化解英国成分和印度成分的对立。虽然这种叙事技巧对常见的英国叙事者和被描述的印度对象之间的关系提出了挑战，但是叙事视野不时回到戏剧场景以外的立场——在文化编码上明显属于非印度的、英国人的立场。例如，在下文对阿齐兹的描述中，其叙事视野类似于从早期英国东方主义那里继承下来的视野：

　　像大多数东方人一样，阿齐兹高估了殷勤好客，将之其误解成亲密的表示，却看不出这带有占有性。只有当穆尔太太或菲尔丁在他身旁时他才看得更透彻，明白接受比给予更幸福。

　　东方人的疑心病恰如恶性肿瘤，是一种精神缺陷，使他获得自我意识，突然间变得不友好；他同时既信任又不信任，这让西方人很难理解。这是他心头的魔障，正如西方人的禀性是虚伪。

　　在这两段中，叙事者将阿齐兹的冲动概括为一种种族特性。在这些情境中叙事者继承了英国东方主义的传统，而在其他时候，叙事将读者的注意力引向叙事者自相矛盾的身份和位置。

　　有一个例子体现了叙述印度场景的英国叙事者的自相矛盾，即小说最后描述印度教庆典的那一幕：

　　地毯两旁凡是能容身的地方都坐满了印度教教徒，有的还拥进邻近的走廊和庭院——外表温和的印度教徒，只有印度教徒，主要包括村民。在他们眼中，村子以外发生的任何事就像梦中的景象一样。他们是辛勤劳作的农民，有人称之为真实的印度。与他们混在一起的还有小城镇的商人、官吏、朝臣和王室后代。学生们维持着难以维持的秩序。人群中那种温和、快乐的氛围是英国人无法了解的。

叙事描述了将非印度教教徒排斥在外的印度教庆典，并直接强调这种排他性："印度教徒，只有印度教徒"和"那种温和、快乐的氛围是英国人无法了解的"。描述突出了一种似是而非的自相矛盾：叙事者必然既因其被排斥的非印度教身份缺场，又因他是整个庆典的叙事见证人而在场。对这一自相矛盾的揭示强化了关于印度和印度人的英国小说的叙事问题，披露了英国主体将印度人作为他者而不是被描述对象而导致的结构上的局限性。这表现在同一场景的后部分：为献给印度教中至高无上的存在的铭记是："用英语写的，以表示他的普遍存在"，且"由于起草人不幸的笔误，被写成了Godsilove"。在一个"印度教徒，只有印度教徒"集会的场合，英语的存在不仅将注意力引向无所不在的英国殖民统治，而且Godsilove这一误写也是两种文化误解的滑稽象征，将印度宗教观念译成英语和对这种英国化文体的印度盗用。这一情景描绘的充满矛盾情绪的困境同样反映在贯穿整部小说的许多文化误解事例中：英国女性无法理解为什么巴塔卡利亚夫人邀请他们去她家做客的时间正好是她不在家的时候；阿齐兹将菲尔丁关于"后印象主义"的话误解为傲慢；阿德拉在问阿齐兹是否有好几个老婆时误解了穆斯林信徒，然后当她在岩洞中产生受到性攻击的幻觉时悲剧性地误解了印度人，阿齐兹对菲尔丁的婚姻的误解，等等。小说中包括许多关于一种文化被另一种文化误解的逸闻趣事。在这些对印英间相互误读的描述中，西方对东方的这种很成问题的再现变成了鲜明的主题。

但是小说文本自身并不能解释《印度之行》何以成为英国东方主义的转折点。在很大程度上，小说的重要性是各种不同的批评流派对小说进行批评构建和挪用的结果。自从《印度之行》吸引英国、北美特别是印度评论家的批评以来，这部小说的接受体现了这样一种关系，即英美文学传统和印度文学传统通过评论这个文本来相互建构，这个文本成为双方不同的关注的联系纽带和象征。印度学者对小说的关注形成了该小说在英国文学领域内独特的地位；同时，福斯特的小说也成了印度人进入该话语的契机，是凸显某些印度批评可见性的重要工具。

## 一、东方主义和英美福斯特批评

值得注意的是，印度和英国知识分子之间的首次重要对话源于他们对一部英国小说的讨论，而该小说本身体现了英国人统治印度和印度人适应统治这个模式：印度人应该接受如下条件，即对话用英语、讨论的内容是英文文本。福斯特令人费解的、关于印英误解的小说成了对话的中心，不仅因为它是一部满怀同情地再现印英关系中印度人处境的英国小说，是第一部正面刻画一名印度主人公的小说，而且因为，小说出版之际正值学习英国文学专业的印度人数量增加之时。《印度之行》标志着英国人对印度人再现的"断裂"，使印度人有机会进入以前英国人主宰的传统。印度人的福斯特研究处于英国和北美批评研究语境。事实上，每位研究《印度之行》的印度批评家都用英文写作，探讨或回应英美专家的福斯特研究。在这个意义上，印度人的评论总是受制于英美批评。福斯特批评领域内分歧与适应之间的对话复制了更大范围内英国殖民权力、占领、管理与印度的屈从、不合作和独立之间的对话。

描述英国殖民统治和印度独立进程所特有的某些历史模式还是有用的，因为它们与印度人就《印度之行》的争论中的张力和分歧密切相关，尽管这样做有过分简单化之嫌。18世纪，英国人击败了16世纪以来一直统治印度的莫卧儿王朝，并利用莫卧儿政权的不稳定将印度置于其殖民统治之下。英国人既试图不断扩大对印度殖民地的经济控制，又想谋求并扩展对印度人的文化控制。主要手段之一就是对印度的地主和商人——银行家阶层实行严格的英国化。在十八九世纪帮助英国人最终实现对印度的控制的印度中、上层人士在英国人所强加的法律、行政和教育体制中接受教育。1857年大叛乱之后，英国人再次努力通过对印度人的英国化来驾驭印度人。同时，为了巩固其统治地位，英国人更关注他们所理解的印度传统的等级、特权制。埃里克·沃尔夫认为，虽然大叛乱被平息了，但是整个19世纪50年代此起彼伏的暴乱使英国人意识到，他们在印度的统治并不牢固，因此"放弃了应用英国的自由观来改造印度人的设想，转而谋求巩固他们所理解的印度传统"。这样就出现了弗朗西斯·哈钦斯所说的"对英国统治刻意的东方化"。这种东方化观念认为："印度人是不可能被改变的；其次，英国人性格的优越使他们在全面理解印度人方面不会有任何障碍。"这一政策鼓吹英国人与印度人的分离和等级化。由于英国人建构起他们自己无所不知的神话，所以随之也出现了"真实的印度"的神话。真实的印度被理解为"乡村古老的印度"，英国权力的维护者和依赖者的印度，王侯、农民和少数者群体的印度。那些生活在城市、从事商业和其他职业、不依靠英国人的眷顾、对英国势力保障下保留他们的特权地位不感兴趣的印度人则被认为"不具代表性"。因此，正是通过英国人所理解的印度化，英国人的霸权在19世纪后半叶才得以维持下来。换句话说，在初期阶段，英国对印度的管理是通过印度上层社会的顺从和对印度人的英国化来进行的；可是1857年大叛乱后，面临可能失去在印度的统治地位的危险，英国人试图强化传统的印度等级秩序以平息不满情绪，维持殖民统治。20世纪初，正是由于印度人对"印度身份"的认同，以及这种认同观念所带来的将印度各个教派统一起来的力量，促使印度人追求民族的独立。这些教派的教徒包括印度教徒、穆斯林信徒、锡克教徒、耆那教徒等"代表"或不代表印度的人。到20世纪20年代，印度人领导的民族独立运动高涨，农民和工人的反抗起了推波助澜的作用。此外，还有马哈特玛·甘地引导下的不合作和民众不服从运动的多次成功行动。1947年印度赢得了独立。

在所有印度批评家关于《印度之行》的论争中，我们会发现一场类似的争辩，英国化和印度化究竟对印度人的批评界起到了什么作用。如果有理由说英国的统治工具和策略本身为印度独立运动的兴起提供了根本语境，那么人们从印度人对福斯特小说的讨论中可以发现类似的张力。在关于印度教和伊斯兰教在对福斯特小说的影响、小说的政治和宗教价值以及小说对印度人的再现等争论中，一些印度重要批评家采取的立场可能导致一场关于英语文学批评印度化的讨论，尤其是有关福斯特的英语文学批评的印度化的讨论。在讨论福斯特小说的过程中，印度人所发出的文学批评的声音受到密切关注，这部小说的创作过程和创作环境表现了英帝国殖民统治的处境。换句话说，即使没有宣扬那种殖民主义臆断，即英帝国主义推动了印度的发展，人们仍可以断言，英国殖民统治的历史本身——不仅包括精心策划的对印度教育和行政的控制，还包括将英语强加给印度人——在一种既具推动力又有制约力的矛盾的意义上作用于这些行政和教育机器。这些印度知识分子就是借助这些机器来研究和评论英国文学的。仍具讽刺意味的是，英、美、印知识分子之间的对话是用英语来讨论一位英国人的小说；只是从 20 世纪 80 年代开始他们之间的对话才开始围绕着用英语创作的印度文学作品展开。

在英国东方主义话语中，英美文学批评界对《印度之行》的反应在许多方面类似早期英国人对印度人的态度。恰如文学东方主义话语中英国的叙事主体掌握了语言和对印度人的再现，从 20 世纪 20 年代末到 60 年代，英美文学批评反复将印度人排斥在批评话语之外。一方面，这种排斥行为来自那些无视或者有意忽略印度和印度人是小说文学价值决定因素的评论家；另一方面，受文学体制自身结构的影响，反映了从事英语文学的印度批评家人数不多。尽管布帕尔·辛格在 1934 年发表了里程碑式的批评之作《旅印英国侨民小说概况》，但是印度人关于福斯特的大部分批评著作却出现在独立后的 20 世纪 50 年代和 60 年代，是在相当一部分印度人进入英国人主宰的英国文学研究领域之后才出现的。

令人感到奇怪的是，直到 1970 年福斯特去世，关于《印度之行》的英美文学批评主要出自美国批评家。莱昂内尔·屈里林解释道，美国评论界关注此作是因为"英国人写印度颇多拙劣之作，美国人觉得他们胜过英国人"。美国人对福斯特小说的批评可以概括为主题型、原型和形式主义几种类型；他们在看待这部小说时严格地将文学和哲学标准与以下问题区分开来，如英国人在印度的历史以及它对小说的影响，同样，小说对这些历史和社会环境的再现也被区分开来。20 世纪 50 年代绝大部分美国批评的特点是明确地将"文学"与历史语境分开：E.K. 布朗对节奏的研究、鲁本 A. 布劳尔对讽刺的分析和格特鲁德·怀特关于小说辩证模式的研究。20 世纪 60 年代，弗雷德里克·克鲁斯、威尔弗里德·斯通和乔治·汤姆森等人从小说的人文主义局限、对象征和原型的运用、作家的叙事声音和三段式结构等方面着手继续讨论该小说。

在这类形式主义批评中，小说通常被认为是对福斯特前期小说中引进的主题的最终处理。这些批评在探讨该小说时，把它放在从《最漫长的旅程》《一间有风景的房间》到《霍华德别业》这个长时期的主题发展过程中。例如，彼得·伯拉、克鲁斯和汤姆森就是这样做的。这些批评忽视了印度人所持的不同社会和政治立场。印度被理解成异彩四溢的背景、一种文学手段或母题、处理同类问题的新场景。伯拉在论及"对立双方的冲突"时写道："英国人闯入莫被一笔带过，只是为了重新引入小说的主题——菲尔丁和阿齐兹的友谊。在他们最后一起骑马郊游时突兀的岩石将他们分开，两匹马分道扬镳——诚然，它们象征着印度的差异，但这些差异并不比任何两个人之间、菲利普和吉诺之间、瑞克和史蒂芬之间或施莱格尔家与威尔科克斯家之间的差异更大，只是更特别。"巴巴拉·罗斯克兰斯等晚近的批评家认为《印度之行》与以前的小说迥然不同。然而，这种相反的解释服务于同一目的，说这部小说反常、与以前的小说完全不同，用这个逻辑来回避小说对印度差异性的处理。罗斯克兰斯将福斯特的早期作品与晚期作品进行了对比："但是《印度之行》展现了一个新的世界。意大利风景和英格兰乡村消失了。相反，福斯特呈现给我们的是印度。可怕、不同寻常、混乱，一个人类永远都不能怡然自得的环境，是人的无助和异化的象征。"那些在福斯特小说之间发现连续性的阐释与那些发现断裂性的解释并无差别；两种叙事都是为了在福斯特的所有小说之间建立起联系，而不是为了论述侨居印度的英国人所处的历史环境，而这部小说不仅是这个历史环境的产物，而且是对它的再现。

20世纪50年代，也有美国批评家对该小说进行"哲学式"评论。格伦·艾伦和詹姆斯·麦康基分析了印度对小说的结构和象征体系的影响。美国人对这部小说的阐释体现了批评家首次试图将印度文化和象征的重要作用当作阐释的中心问题。艾伦和麦康基的解读是，该小说是对印度教观念的戏剧化。这种观点在印度批评家中激起了兴趣，也引起了争议。分析印度教象征体系的印度批评家加入批评行列，他们尤其针对艾伦和麦康基提出了异议。在众多批评家中，M.湿娃拉玛克里希纳宣称艾伦的马格斯观是"混乱"且"错误的"。有关这场论争的详情，稍后再谈。英美批评和印度批评之间对话式的和相互构成关系的关键是：他们探讨英美批评对印度人的再现，使印度人得以进入东方主义话语；将印度再现为他者并加以利用，为印度人随之做出反应提供了机遇。

## 二、印度人的论争

20世纪五六十年代，当印度的福斯特批评开始出现时，七八十岁的福斯特仍不断地鼓励他在印度的那些学者和作家朋友。虽然许多教授、作家和官员已经发表了不少关于福斯特和《印度之行》的颇有影响的文章，但是，印度的福斯特研究的主要人物包括瓦森特A.莎亨、尼拉德·乔得哈里、G.K.达斯和C.L.萨赫尼，印度批评著述自然包括不同的方法和观点，但有几场旷日持久的论争，以相互对立的观点表现了印度人特有的关注以及确定"印度性"的特定方法。

无论是他们探讨印度教或穆斯林对小说结构的影响、称赞或批评小说对印度和印度人的刻画，还是赞成或反对小说的历史现实主义，这些印度批评家的共同之处在于，他们格外关注再现印度和印度人的创作立场。论争中的重要观点表明，非印度人对印度的再现与印度人对印度文化的再现之间有着差异。因此，虽然许多印度批评家称赞《印度之行》是英国人对印度人理解的象征，是第一部成功地再现印度的小说，但是印度批评家做出这些评论这一事实本身就打破了英国主体书写印度对象的模式。印度性的确立不仅对印度提出了新的解释，有别于西方对印度的误释，而且所确立的写作立场改变和修正了英国写作主体和印度对象这样一种二元对立关系，丰富并且改变了英国文学领域的范围、语言和标准。

如果明白印度人对确立、辨别印度性的关注，我们就不会对印度批评家从印度的文化影响角度分析小说感到吃惊。C.L. 萨赫尼和 V.A. 莎亨写专著论述了印度教和伊斯兰教对小说叙事结构、戏剧性冲突和人物刻画的宗教和哲学影响。那些突出印度教并利用印度教的象征体系的作家往往注重小说的结尾"庙宇"这部分，而那些从伊斯兰教影响角度来理解的作家倾向于讨论小说的中心人物、穆斯林医生阿齐兹的力量。其他的分析也集中在印度的影响这个问题上：H.H. 安尼阿·高达、M. 湿娃拉玛克里希纳和 G. 纳吉斯瓦拉·拉奥等人的论文主要分析印度对小说的影响；K. 纳特瓦—辛格、马尔克·雷·阿南德、莎亨和拉加·拉奥则重点分析印度对福斯特本人及创作的影响。就该书作为政治讽喻和宗教小说的成就也存在许多争论。此外，还有人讨论福斯特究竟是个政治人物还是宗教人物。萨赫尼和莎亨明确地认为《印度之行》不是一部政治小说。他们认为这部小说的结局象征主张妥协和合一的印度教观念。福斯特曾经说过："在写这本书时……我的主要目的不是政治的，甚至不是社会性的。"这句话常被批评家引用，有英国的、美国的，还有印度的。他们愿意将小说确定为一个文学对象，使其从产生它的社会和政治条件中分离出来。值得注意的是，注重印度影响的大部分印度批评并没有把小说看作是对英帝国主义的政治讽喻。相反，关注印度性问题的批评家将讨论限定于印度文化和宗教问题，没有提到小说中的政治讽喻，也没有提到小说创作的政治环境。

某些印度批评家，如 G.K. 达斯，他们的评论却立足于小说的政治指涉和意义。达斯在《E.M. 福斯特的印度》中考察了第一次世界大战前伊斯兰教与英国的冲突，怎样使福斯特一度对印度穆斯林表示同情，同情他们对伊斯兰教统一的愿望，以及他本人对英帝国主义的自由主义式的幻灭。达斯的观点是：表现在《印度之行》的政治讽喻中的正是对穆斯林的这种同情。在论及福斯特的文章对英帝国政策的批评时，达斯认为：尽管福斯特并未明确地表露亲印立场，但是他对英国政策的抨击隐含了他的亲印立场。达斯认为小说满怀同情地表现了英国统治下印度人受屈辱的困境和印度独立的必然趋势；正是基于这些理由，达斯认为小说有丰富的政治内涵。

与此形成鲜明对比的是尼拉德·乔得哈里和 M.K. 奈克的评论。他们认为小说的政治讽喻正是小说的薄弱之处。在笔者看来，正是这两位批评家的批评介入完成对英美文学批评最重要的置换。他们既不将讨论局限于文学和美学评价，也不重复该小说是英印关系的象征这类溢美之词。乔得哈里和奈克质疑英美批评论调。有许多印度批评家赞扬小说对印度境遇的描述准确、公正。与他们不同的是，乔得哈里和奈克从各自不同的论点出发，认为小说并未充分地再现印度教徒和穆斯林信徒，它是对印英关系政治重要性的简单化，因此也是模糊化。乔得哈里猛烈地抨击将印英政治的"文化隔离"简化为阿齐兹和菲尔丁之间个人关系的这种做法："这一切的根源在于，小说暗地里却很有把握地去臆断印英关系表现为个人行为问题，并认为该问题可以在个人层面得到解决。可是这种关系并没有表现为个人行为问题，也不可能在个人层面得到解决，他进而反对印度以穆斯林为主这种含蓄的看法，因为小说的印度主人公是穆斯林医生阿齐兹。"他指出，印度的情况不仅比这复杂得多，而且占主导地位的不是穆斯林而是印度教。此外，阿齐兹被再现为一个奴颜婢膝、头脑简单、性情冲动的人物，乔得哈里对这种写法嗤之以鼻。他认为，许多穆斯林信徒都有强烈的反英情绪，他们不可能俯首帖耳。奈克也批评小说对 20 世纪 20 年代印度种族关系的描绘："首先，如果认为小说是一部历史文献或一幅描绘种族关系的图画，那么小说的构思存在明显的缺陷，对材料的再现有不平衡之嫌。"同 K. 纳特瓦 - 辛格一样，奈克指出，小说妨碍了读者对印英关系的认识，因为它把战前印英关系的情况当成了整个 20 年代印英关系的情况。这种混同使读者看不到马哈特玛·甘地领导的非暴力不合作运动，以及从 20 年代开始的、为印度独立事业而展开的有组织的活动。奈克进一步指出，怀旧的阿齐兹"并不能代表当时一般受过教育的、投身民族主义运动的印度青年……。阿齐兹眷恋巴巴尔和中世纪穆斯林帝国的光荣，根本不能代表 20 年代印度人的内心世界"。他又说，小说没有真正完整地勾画出伊斯兰教和印度教的信仰：戈德博尔和印度教医生潘纳·拉尔被简单地处理成定型的人物形象，在"庙宇"那部分，对牧牛神黑天诞辰庆典的描绘则是喜剧性的滑稽模仿。

然而，尽管有乔得哈里和奈克的批评介入，印度学者的声音显然只能在有限的程度上改变话语。笔者将在下一部分更详细地探讨这些问题。现在我们可以说：由于某些标准尚未受到挑战——批评介入必须使用英语，研究的对象是福斯特的英文小说，所以，无论是对小说政治特色的批评探讨还是对印度影响的宗教内容的论争都没有营造出纯粹的印度人之间的对话，即印度批评家讨论别的印度人的解释。相反，必须着重指出，印度批评家的研讨总是在英美文学批评家划定的语境中进行。例如，考察印度教象征体系的印度批评家，他们讨论并且特别反对的是那些试图在小说和印度教之间划等号的英美——而不是印度的——批评家。在《E.M. 福斯特〈印度之行〉的结构、象征和主题》一文中，格伦·阿伦用印度教中的主题来解释小说结构和冲突的解决，将小说的"清真寺""岩洞"和"庙宇"三部分与印度教对待生活的态度和救赎教义的"三条路"等同起来：行动之路、知识之路和奉献之路。所有论述印度教影响和象征意义的印度学者都批驳阿伦的观点。C.L. 萨赫尼驳斥阿伦以及其他美国批评家没有弄清楚福斯特对印度思想的基本概念的认识以及认识的来源这个问题。M. 湿娃拉玛克里希纳抨击阿伦"令人惊异的观点"：信奉牧牛神黑天所隐含的神秘主义"导致了彻底摈弃理智，瓦解了进行区分、进而进行思考所使用的范畴"。T.G. 维迪雅纳森认为，美国批评家的错误在于过分地强调印度教的一支——阿德瓦托吠檀多，却忽略了其他支派的意义。因此，阿伦的解释成了许多印度批评家关注的焦点。作为印度批评家反对的中心，争议凸显了印度批评家的历史和语境：美国批评家对福斯特小说中的印度教观念的解释完全不同于印度批评家。分歧之点是描述某种文化立场；印度批评家对阿伦观念的反驳将人们的注意力引向美国和印度批评赖以存在的不同社会文本。在《E.M. 福斯特重估》中，针对阿伦的论点，莎亨如此文雅地阐明了这样一种假设："奇怪的是，没有哪一个印度人在解释《印度之行》方面做出重要的贡献。可以说，印度批评家在一定程度上有英国人或美国人所没有的优势。F.R.利维斯说,屈里林能够从外部'看清楚英国和作为作家的福斯特所属的特殊背景'。相对于《印度之行》来说,印度批评家也许比美国批评家更有利。"那么,莎亨所谓印度性的一个基本构成部分是,区分非印度批评家对印度的再现和印度人对自己文化的再现。在这些论争中,与西方将印度人再现为他者截然相反的是,根据不同的社会和历史创作立场,印度性被确立为对印度的解释。

## 三、东方主义的批评遗产

笔者说过,在任何时候,东方主义话语内部都会有各种冲突的和重合的话语立场和形态。话语内部的任何正统观念或霸权总是建立在非正统观念之上;任何时候,正统和非正统的共存都是话语的必要条件。为了弄清非正统这个问题,笔者探索了一系列争论的异质场所:福斯特对于以往英国人书写印度的传统的关键作用、英美文学机构与印度文学批评家不同的立场,以及印度批评家对福斯特及其作品的评介中存在的修辞和解释差异。然而,笔者把话语这个概念弄得这么复杂,并不是为了低估强有力的规范形态在话语中的存在。在这一部分,笔者要论述的是正统观念在东方主义话语中的作用和力量。参与这一话语就意味着适应其正统组成部分,尽管参与的模式有变化,话语可以多方面决定和限制差异的幅度。在这个意义上,探讨印度批评家在分析《印度之行》之时,他们的论证结构是如何带有英国批评的逻辑痕迹,是阐明正统观念在非正统条件下嬗变的一个手段。

笔者已提到,20世纪五六十年代,英美批评家对福斯特小说的批评很少提到在印度的英国人的历史是该小说创作的重要条件。同样明显的是,绝大部分印度批评家的分析也没有明确讨论英国人占领、管理印度的150年间所推行的文化帝国主义和政治帝国主义。在考察小说的形式特征——如象征、原型和人物塑造时,无论是英美的还是印度的文学批评机构都倾向于将文学、文本与社会或历史分开。英美批评家对《印度之行》的文学批评是英国东方主义传统的延伸,英国东方主义传统将印度人描述为边缘人和他者,从而把自己打扮成处于核心地位的和团结一致的一股力量。笔者已经指出,英美批评家将文学和历史分开与他们自己的得失有关。因为,略去或混淆社会、文学生产的历史条件与文本的结构、修辞和语言之间的关系,有可能限制文本的参照性,即降低该文本可能成为英国在印度的影响衰落的政治讽喻的程度,对20世纪20年代在印度的英国人的谴责的程度。同样,英美传统中将文学与历史分开的做法缩小了文学语言和关注的范围,产生了文学的排他性,有助于将该小说明确地定为英国观察的对象,从而阻碍印度人参与这种排他性的文学讨论。

可能有人认为,自从印度人开始批评该小说以来,在更宽泛意义上对文学与历史之间关系的讨论就出现了。虽然在一定程度上这已成为事实,但是,一些印度批评家究竟在多大程度上保留了英美批评家把文学和历史区分开来的做法,指出这一点是饶有趣味的,那种做法掩饰了福斯特的文本和促成他小说创作的英国统治现状之间的联系纽带。

正如印度批评家在讨论英国文学时必须以英国作家的作品为对象一样，显然，他们参与批评对话也受到其他方面的限制和约束，不仅讨论的对象，还有用以解释这些对象的批评框架和可能用的方法，都对他们构成了限制和约束。

结果与英美批评一样，在印度人的研究中，小说并不总是被明确地看作是英国在印度的殖民统治的表现和结果。当印度批评家探讨这一问题时，英国人在印度这个事实却成为福斯特及其小说的先决条件，因为相对于英国人对印度漫长历史的误解，福斯特及其小说是例外。在印度学者的 30 篇论文中，只有两篇旗帜鲜明地批判福斯特小说中英国人对印度人的再现是英帝国统治、误解印度人传统的症候。在印度批评家的专著中，只有 G.K. 达斯的《E.M. 福斯特的印度》把英国的统治和小说创作之间的关系作为研究的中心。印度批评界并未广泛针对英国作家再现印度人这个根本问题展开探讨；除了乔得哈里和奈克的两篇论文外，所有的研究都称赞福斯特是第一位准确地、同情地再现印度人的性格和文化的英国小说家。许多关于福斯特的论文和颂辞表达了类似的溢美之词。他们赞美的理由要么是举例说明福斯特对印度的理解，要么是小说成功地对印度社会和历史现状进行了"现实主义"再现。

但是，作为印度批评家衡量福斯特作品价值的主要手段，现实主义标准并不是一个中立的方法论或批评。现实主义再现的模式以模仿论为基础，以接受再现和被再现的历史事实之间明白无误的关系为前提，在欧洲历史叙事的传统中有着很强的势力。欧洲漫长的历史现实主义传统所仰仗的是一种公认的、将科学和艺术的话语及方法论分离开来的做法。这种做法将一种实用主义范式与语言和文学的再现模式分离开来。那种实用主义范式认定，通过叙事来模仿再现事件可以理解历史知识；"现实主义的"历史规划是与科学范式联系在一起的。笔者在此不是讨论现实主义再现观的有效性，尽管模仿规划显然是问题丛生和不够准确的东西，尤其是如果我们懂得，在再现行为中，再现的标志和再现行为本身必然证实这个标志所代表的对象或概念的缺场，这是由于能指与所指相互不对应的缘故。更确切地讲，就这场讨论而言，更有意义的是，首先，绝大部分印度批评家接受了将历史批评和文学批评分开来的认识论遗产。其次，在为数不多的探索历史和文学之间界限的研究中，欧洲 19 世纪流行的、历史可以再现的——而不可能是叙事的和文学的——观念被接受并得到运用。

因此，在探讨该小说与英国统治印度之间的关系时，批评家从"现实主义"再现英印关系这一角度出发评价小说。例如，达斯把 1919 年的阿姆里查惨案与审判阿齐兹引起的骚乱做了一番比较。他进而指出，在阿姆里查事件中，有一位名字叫 F. 玛塞拉·谢伍德的英国女性受到"一群印度人的粗蛮攻击"，之后，50 名印度人被迫从公共广场上爬过去，其他人当众受鞭笞。达斯认为，在小说中，在阿德拉·奎斯蒂德小姐控告阿齐兹之后，对英国人和印度人歇斯底里的描述，影射的就是这些历史事件，从而表现出福斯特对印度人的同情、对英帝国主义的批判。在整部《E.M. 福斯特的印度》之中，达斯从现实主义标准出发称赞福斯特，力图恢复福斯特真正为印度民族主义呐喊的形象，尽管福斯特并不"亲印"。他"冷眼旁观印度和英帝国主义之间的问题；虽然从意识形态上讲他不喜欢帝国，但是意识形态上的差异并未使他失去自制，公然诅咒大英帝国"。在谈到第一次世界大战英国和土耳其交恶后穆斯林中不断增长的不满情绪时，达斯断言，福斯特是在通过其作品来捍卫伊斯兰的统一："虽然福斯特并不愿意支持作为一种机制的希拉法特，他强烈反对第一次世界大战后英国与土耳其之间持续的冲突。"有时候，达斯几乎是在为福斯特的小说进行含混不清的辩解，这是对福斯特非政治立场的政治化解释。尽管达斯的著作为福斯特文学作品的政治内涵提供了最透彻的解释，福斯特是印度人的"真正的朋友"这种情感，几乎被所有其他的印度批评家一再提起。纳拉亚纳·梅农在评论这部小说时写道："今天它成了沟通两个国家、两种文明之间相互同情和理解的桥梁的同义词。福斯特与印度人的精神世界如此密切，真令人惊讶，甚至令人难以置信。""在一定意义上，谈论福斯特就是谈论一位圣徒。"拉贾·拉奥写道。无论是达斯还是许多其他的印度批评家，都强烈地渴望在福斯特身上找到一个真正同情印度人的英国人形象，在他的作品中发现英国人与印度人和谐共处的深刻主题。

在印度批评家的论文中，现实主义的标准也被用于其他不同的目的。K.纳特瓦—辛格和奈克都认为，小说对印度的再现并非现实主义的。K.纳特瓦-辛格指出："它描述了1914年以前的印度；到1924年小说发表时，境况已完全不一样了。小说看起来几乎是一部反民族主义作品，因为它根本没有提及20世纪初印度正在酝酿的政治浪潮。"但是尽管K.纳特瓦-辛格在这一点上为福斯特申辩，奈克却持反对态度。奈克指责道，将战前的印度与战后的印度等同起来产生了一个"严重的空白"；将20世纪20年代的印度再现为包含有1914年以前成分的印度，抹杀了第一次世界大战后印度民族主义者与英国人的冲突。"小说中根本没有提到马哈特玛·甘地和1920的非暴力不合作运动。"奈克认为小说既不够现实主义也不具有凝重的历史性，它模糊了英国殖民统治的历史，尤其是印度反抗的历史。换句话说，现实主义标准仍是占主导地位的一种话语形态。然而，奈克利用"现实主义似的"结论——"作为一部历史文献或一幅关于种族关系的图画，小说的构思明显不充分，在对材料的组合上偏执一端"——向英国传统的对象和方法提出了挑战。

传记所提供的证据通常佐证了现实主义的论点。例如，在《生死相伴》中，莎亨在福斯特的朋友中找到了阿齐兹和戈德博尔的原型；在《E.M.福斯特：颂辞》收入的许多论文中，福斯特的《我相信什么》中一句话常被引用："如果我不得不选择，是背叛国家还是背叛朋友，我希望自己有勇气背叛国家。"这句话连同他写给朋友赛义德·罗斯·马苏德的献词变成了证据，证明了福斯特真正理解和同情印度人，从而写下一部关于印英关系的现实主义小说。福斯特是这样评价马苏德的：

他使我从郊区的学校生活中醒来，带给我新的视野和新的文明，帮助我逐渐了解另一片大陆。在认识他之前，我心目中的印度只不过是由罗阇、老爷、巴布和大象组成的模糊印象，可我对这模糊的印度没有兴趣：谁又会呢？只要他一开口谈话，一切就仿佛有了生命，令人兴奋。17年以后我创作的《印度之行》既是为了表达感激之情，也是出于爱，因为没有他我不可能写出这部小说。

在《E.M.福斯特：颂辞》所收入的批评家看来，毫无疑问，作者的意图在小说的形式、人物和语言中直接无误得到了贯彻。

论点多种多样说明了对象征权威的现实主义的不同用法；评价和批评小说应该运用文本再现与历史参照相一致这个标准。运用现实主义模式是印度批评家评价、讨论福斯特小说价值的手段。就此而言，它们足以说明，正统的或类似的模式是怎样构建"差异"的，话语的条件怎样预设了对话语的参与。这也说明了非正统观念——截然不同的意识形态立场的体现——是如何受到在现实主义标准支配下讨论中的正统观念的限制。

笔者已讲过，印度评论家进入英美福斯特批评领域，成了一系列异质性的、相互冲突的话语场中的一部分。坎德勒、汤普森和福斯特等人的小说质疑了英国人对统治的英国人和被统治的印度人的再现。如笔者在讨论恩德里卡和麦克诺奇时所说的，甚至确定英国权力在印度的中心地位的叙事也预示了对这种中心地位的批判。正是在一个已被分割的、异质性的话语语境中，印度批评家对福斯特小说的评价干预了英美批评传统。最后，印度批评本身在对《印度之行》的评价上也众说纷纭：莎亨和达斯对福斯特及其作品的赞誉，受到乔得哈里和奈克的反驳，他们分析了对印度种族关系史的叙事再现所存在的不足。回顾这一切表明，在每一个冲突的话语场中，每一种挑战性的批评都转变了现存的正统观念，改变了制约话语对象和方法得以接受的标准。此外，不仅每一种正统观念在非正统观念挑战的语境中表现自己，而且每一个具体的霸权形态自身也充满了矛盾：例如，印度人的审视这一不断被重复的传统主题意味着，即使在英国殖民统治时期，从根本上讲英国霸权也是不稳固的。

在结束本章时，笔者呼吁应当更多地着眼于文化差异的对立分类所具有的多元价值。此处指的是印度性，因为在这里探讨的每一个话语场中，印度性都有不同的功用：在殖民地时期，印度性这一能指被英国叙事用作排斥和征服殖民地属民的手段，可是在后殖民时期之初，印度学者利用这一观念在英国文学批评领域中摆出反传统的姿态。印度学者借着"本土视角下的印度性"这个能指进入福斯特小说研究领域。这一事实说明，他们是怎样从主导形态中借用差异，并在意识形态场域中从不同的立场重新表现出来的。如果进一步追寻作为差异的印度性构成的传统主题的位置和轨迹，人们就可以将20世纪八九十年代写作的某些后殖民印度知识分子——例如，霍米·巴巴、G.斯匹瓦克、拉塔·曼尼和拉达·拉达克里希南看成是关于文化差异对话第三阶段的关键人物。这些批评家的表述本身是异质性的，他们解构并置换了印度性这一概念的单一性，他们批判的目标尤其针对将印度人的从属地位叙述成本质这种危险。尽管这第三个阶段——我们可将之称为后结构主义和后殖民主义的——不属于本章讨论的范围，笔者在这里却提到它，这不仅是为了表明在这里所讨论的话语场之外还存在其他的话语场，进一步向英国殖民主义的主导形态提出挑战，而且表明，笔者所讨论的只不过是异质性的话语场之间不断对话过程中的一个阶段。

# 第七章　英美文学与文化唯物论、新历史主义

## 第一节　《麦克白》

经常有人说，《麦克白》写的是"邪恶"，但我们不妨更仔细地区分以下两种暴力：一种是国家认为合法的暴力；另一种是国家认为非法的暴力。我们会同意，麦克白杀害了邓肯，成了一个可怕的谋杀犯。但是，他杀掉"反贼"麦克唐华德，却得到邓肯的首肯：

因为英勇的麦克白不以命运的喜怒为意，挥舞着他的血腥的宝剑，一路砍杀过去，直到那奴才的面前，也不说一句话，就挺剑从他的肚脐刺了进去，把他的胸膛划破，一直划到下巴上；他的头已经割下来挂在我们的城楼上了。

邓肯：啊，英勇的表弟！了不起的壮士！

照这样看，当暴力服务于当权者的权力支配时，它就是正当的，当它破坏了当权者的权力支配时，它就是邪恶的。在现代国家的发展进程中，国家垄断合法暴力的要求发挥了至关重要的作用；一旦这种垄断要求得以成功推行，大部分公民就会认为，国家暴力与其他暴力有着本质区别，而且，他们也许根本没有想到还有国家暴力这回事。《麦克白》集中关注的是，国家在紧要关头为了垄断合法暴力所使用的主要策略。

16世纪，欧洲总体上从封建主义向绝对主义国家发展。在封建制度下，国王在贵族和与他势力相等的人的拥戴下掌权，他的权力通常只是名义上的：权力还分布在相互交叉的、非全国性的机构中，如教会、庄园、立法机构、行政区和市镇。在绝对主义国家，权力日益集中到国王手里，他是合法性的唯一来源。从封建主义过渡到绝对主义，当然会招致反抗，不仅遭到贵族和农民的反抗，因为他们的传统权力受到威胁，而且遭到乡绅阶层和城市资产阶级的反抗，他们在更严密的经济和管理结构中找到了行使权力和施加影响的新空间。尤其是因为乡绅阶级和城市资产阶级，绝对主义国家在英国从未完全建立起来。也许在亨利八世当政时期，君主个人的权力达到顶峰；查理一世企图重申这种权力，导致英国革命。在亨利八世之后、查理一世之前统治英国的伊丽莎白一世和詹姆士一世，连同那些认为王权膨胀于己有力的人，力图支持王权、压制持不同政见者。持不同政见者来路众多，他们当中有贵族，如领导1569年北方起义的诺桑伯兰伯爵、威斯特摩兰伯爵及1571年策划推翻伊丽莎白一世、拥立苏格兰玛丽女王的诺福克伯爵，

有反对国教的教士，有支持上述人、在国会里出难题的乡绅，有批评国家政策的作家和出版商，还有抱怨食品价格、对圈地运动或任何什么事情不满的人。

运用国家暴力对付这些持不同政见者，需要获得一定程度的合法性，需要众人接受如下观点：权衡两害，国家权力之害毕竟为轻。影响人们接受这种观点的主要手段，便是宣扬绝对主义意识形态，这种意识形态把英国国家说成一座金字塔，对这座金字塔的任何破坏行为都会给全社会带来灾难，并且，绝对主义意识形态变本加厉地坚持"君权神授"。根据这一意识形态，现行的社会制度合乎天意，得到了"上帝"的认可；它是"正当的"，对它的破坏则为"邪恶"。这就是某些莎学家所颂的公正而和谐的"世界图景"。比较一下佩里·安德森对绝对主义的总结："绝对主义本质上就是：重新调整和装配封建统治机器，以便把为数众多的农民固定在他们传统的社会位置上。"

国家之所以需要暴力和宣传，是因为现行制度不断地遇到结构上的困难。与同时期的许多戏剧相似，《麦克白》表现出对暴力的焦虑，这种暴力是打着绝对主义意识形态的旗号来施行的。它集中关注两个主要问题：第一个问题是，合法性与实际权力的分裂所带来的威胁，这种情况发生在君主失去强势地位之时。在封建主义向绝对主义国家的过渡中，这种情况完全有可能出现；大多数欧洲国家统治集团内部钩心斗角，就是因此而产生的。在英国，这种情况之所以成为当时人们的话题，是因为1601年埃塞克斯伯爵谋反：埃塞克斯伯爵在加的斯战功赫赫，说明英国人能够战胜西班牙人，这位领袖魅力十足的伯爵自认为，伊丽莎白女王年事已高，而且优柔寡断，与她相比，自己更适合统治英国，尽管她是合法的君主。所以，在莎士比亚笔下，理查二世警告王位的拥立者诺桑伯兰伯爵说，他注定要推翻博林布鲁克的统治：

你的心里将要这样想，虽然他（博林布鲁克）把国土一分为二，把一半给了你，可是你有帮助他君临全国的大功，这样的报酬还嫌太轻。

乔纳森·多利莫尔和笔者曾在别处说过，莎士比亚写《亨利五世》的时候，埃塞克斯伯爵的权势还未达到顶峰，这部剧把亨利五世写成了力量非凡的人物，原因在于，合法性与实际权力在女王手中达到了惊人的结合。在《麦克白》的开篇，邓肯政权的维系明显仰仗于他最出色的勇士，这就埋下了险象环生的不稳定祸根。在第1幕第7场的开场白中，麦克白坦然认可邓肯的全部合法地位：他是邓肯的亲戚、臣下和军人，国王"对国家大事治理得那么清明"，他篡位的念头一出现，就引出了众天使、入地狱和小天使等宗教意象。但国王的权力毕竟不是来自麦克白；反抗这份权力即是"狼子野心"，也就是麦克白把手中的实际权力变成真正君王权威的内心冲动。

在绝对主义国家的发展过程中，合法性与实际权力的分裂一直是一个潜在的功能障碍。第二个问题没那么多戏剧性，却更具持久性。这个问题是：绝对主义与专制有什么区别？它让人联想起当时发生的许多事件：1572年法国的圣巴塞洛缪大屠杀，1590—1591年苏格兰逮捕一百名巫师，其中许多人遭到拷打和杀戮，还有英国军队对爱尔兰的镇压。1605年发生的火药阴谋案，为探讨《麦克白》与合法性暴力之间的关系提供了直接参照。在这次蓄意反抗国家的暴力行动之后，迫害天主教徒的国家暴力行为持续了许多年：绝对主义国家打算全控制教会机构，天主教徒胆敢抗拒，就会被罚款、监禁、拷打和处决。且看 1598 年对简·怀斯曼的判决：

判决的结果是，简·怀斯曼被投入王座法院的马夏尔西监狱，在狱中，除了允许她用一块亚麻布遮住下体外，让她赤身露体、仰面朝天地躺在地上，在地上挖一个洞，把她的头放在里面；在她全身压上她能承受的石头和铁块，只要她活一天，就得吃监狱里最粗劣的面包，喝最差的水；她吃饭的那一天，不让她喝水，让她喝水的那一天，不让她吃饭，直到把她折磨死为止。

这种办法是用来惩罚那些"收留、支持、帮助和供养教士"的人，这些人宁愿受拷打也不肯揭发同案犯，还用于对付那些拒不认罪的人。本书所提到的国家暴力毫不抽象，也不只是一种理论上的存在。简而言之，我们把这个问题与莎士比亚戏剧联系起来，去看一看麦克白的统治与当时欧洲各国的君主统治有什么区别。

詹姆士一世在 Basilkon Domn 中明确区分了"合法贤君"与"僭主暴君"，以免绝对主义国家不断遭受上述问题的责难：

前者承认自己命定为臣民造福，他从上帝手中接过治理国家的重担，他对此一定是成竹在胸；后者则视臣民为他皇恩浩荡之下的草芥，命定为他服务，受他恣意摆弄，满足他的骄奢淫逸：正因为两者的目的背道而驰，因此，他们为达到目的所采取的手段、他们的所有行为也是南辕北辙。

显然，詹姆士一世意在否认绝对主义君主与麦克白这类人有任何共同点。在上段文字中，詹姆士采用的策略在三方面尤为发人深省。首先，他的主要办法是将两类统治者截然对立起来。这种对比是绝对主义意识形态的典型特征：对此旨在把不平衡的封建权力机器梳理成比较简明的、王室与臣民之间的对立结构，并且，新教往往从类似的对立角度看待"精神"特性。詹姆士本人这样解释恶魔的作用："既然邪恶与上帝完全对立，那么，认识上帝最好的办法就是从反面入手。"认识上述两类统治者也是如此：一方的善似乎成全了另一方的恶。其次，通过界定与僭主暴君相对立的合法贤君，詹姆士否认未曾篡位的统治者会成为暴君。这样一来，通过坚持合法贤君的独特地位，他似乎解决了合法性与实际权力可能出现分裂的局面，通过暗示统治者的行为具有独特的合法性，他又回避了这类统治者的暴行问题。最后，我们会注意到，詹姆士在整体区分的时候，依据的不是这两类君主的行为，而是他们的动机。这样一来，评价绝对主义君主的统治方式便成了徒劳之举。根据这些观点，任何破坏现行权力关系结构的行为都是反上帝和反人民的，结果，维护现行利益的任何暴力行为都可以接受。因而，杀简·怀斯曼就有了合法依据。（事实上，即便在詹姆士的分析中，合法统治与暴政之间的区分最后也不攻自破，因为他始终站在国家的立场上去证明，大权在握的君主即使有残暴之举，也是合理的。）

经常有人推断，《麦克白》的主旨与詹姆士一世的思想有异曲同工之处，提供逻辑严密和令人信服的绝对主义国家意识形态。对《麦克白》做詹姆士一世式的解读，理由显而易见，人们常说这个剧本是特意为国王写的。作者利用一切机会，在意识形态上否定麦克白，认可他的对手。作者调动了一整套自然与超自然的对立机制来做见证，反对这位僭主暴君，它们都是主导意识形态为确立自身地位所惯用的概念。"上天"反对麦克白，麦克白夫人欢迎"作恶的天意"，麦克白将"把大自然孕育的全部宝藏都一起摔碎个满地"。善与恶完全体现在忏悔者爱德华和众女巫身上，天堂和地狱的语言贯穿全剧；麦克白夫人想起了"杀人的帮手"、麦克白承认会因"谋杀他而受到严厉谴责"。这都是在有条不紊地去证实詹姆士一世的观点，无论现在还是未来，僭主暴君和合法贤君总是有区别的。全部策略集中体现在爱德华所说的祛除"邪恶"上，"这位好国王有一手神奇的本领"。詹姆士本人知道这是迷信行为，拒绝采纳，直到谋士们劝他，这在公众眼里有利于他巩固王位。正如弗朗西斯·培根所见，超自然观念会让人默认现状。在全部莎剧中，《麦克白》利用这类观念的次数最多。这都表明，麦克白谋逆之举纯粹是贤明之邦发生的突发事件，从而掩盖了如下观点：在这个社会制度内部，有出现结构性障碍的倾向。这就是在暗示，麦克白的暴力完全是邪恶的，而合法君王施行的国家暴力则另当别论。

鉴于麦克白遭废黜和杀戮，这类策略对于詹姆士一世式的解读就更为必要。绝对主义意识形态宣称，即使是专制君主也不应该反对，当然也就不能让麦克白获胜。剧本在此提供了两个好办法。首先，麦克白的垮台主要源于自然力量而不是人力：好像是善恶对立的结果，"麦克白烂熟了，经不起一摇，上天准备好装备要诛伐了"。很巧妙的是，尽管作者为蓓奈姆森林的移动和麦克达夫不同寻常的出生提供了言之有理的解释，他还是要让观众相信，这些都是自然的结果。其次，要是把麦克白的垮台说成是人力的结果，剧本就得小心地暗示，在被推翻之前，他几乎没有正儿八经地执政。史书所记载的麦克白统治成功的时代，被剧本抹掉了，无论是麦克达夫，还是玛尔柯姆，都没有向麦克白表示过忠心。随着作者笔锋所及，他给撂在了一边，好像从未当过国王似的。即便如此，矛盾还是很难彻底消失。对于詹姆士一世式的解读来说，很有必要把麦克白写成一个彻头彻尾的僭主暴君，以便衬托合法贤君，同时，不让他当成统治者，为的是名正言顺地把他废黜和干掉。剧本一开始，麦克白就杀了两个人：反贼和国王，显然，这完全是两种不同的暴力行为。这就是绝对主义的意识形态。麦克达夫也杀了麦克白，他杀的这个人既是反贼又是国王，但是二者集于麦克白一身。这个最终难以解除的矛盾打乱了对该剧进行詹姆士一世式的解读。

文学批评常常过于轻易地设定，基于历史的原因，对《麦克白》进行詹姆士一世式的解读是非常有必要的，莎士比亚及其同时代人不可能对国家意识形态有别的看法。但事实远非如此：有一套极为完整的理论为贵族抵制王权留有余地，而且，詹姆士一世的观点显然没有说服火药阴谋者。更为相关的是苏格兰人乔治·布凯南的理论，我们可从以下事实中推断出来，1584 年，詹姆士一世在建立个人统治后，试图查禁布凯南的著作；他在 Basilikon Doron 中建议自己的儿子，"运用法律查禁这些人'可耻的咒骂'。"詹姆士如此不遗余力地夸大其词和积极操纵，我们倒要问一问，他想打倒的究竟是何种另类立场？有利于绝对主义的观点构成了《麦克白》意识形态场域的一部分，这体现在该剧采取的全部观念和态度之中；另一个主要组成部分体现在布凯南的《王权论》《苏格兰史》中。按照布凯南的观点，君权源于人民并且与民同在；逆民意而动者即为暴君，理应废黜。苏格兰的问题不在于臣民桀骜不驯，而在于君王无道："在苏格兰，与其说叛乱由人民发起，不如说来自统治者，每逢叛乱，这个自古以来奉行法治的国家就沦落为独裁的和无法无天的专制君主统治。"布凯南的理论与詹姆士的理论完全对立；它最终被用来证明，推翻詹姆士一世之子是合理的。

通常认为，布凯南的《苏格兰史》是《麦克白》的来源之一。布凯南写这本书的目的是阐明他的王权论，同时证实，1567 年苏格兰玛丽女王被推翻自有其合理性。这本书打破了合法贤君与僭主暴君这种二分法，因为玛丽女王既是合法的君主同时又是暴君，废黜她的人是谋逆贰臣，可他们的行为也是合法的。玛丽女王被赋予了麦克白的许多特征：据说她痛恨别人品行廉直，听信巫师的预言，使用外国雇佣军，在反对派府邸中安插密探，威胁贵族的生命；她投降后，在爱丁堡当街受辱，而这种下场正是麦克白所担心的。据说，要是她有机会接近自己的儿子，她会毫不犹豫地把他干掉。这种把玛丽女王写成大暴君的笔墨，令詹姆士十分难堪，也许，这就是剧中女巫向麦克白显示了八个国王的原因。尽管如此，这种观点已经在新教的宣传和斯宾塞的《仙后》中生根，火药阴谋案复活了这种观点。只要想到合法统治者玛丽女王的所谓暴政，就会让人意识到绝对主义意识形态的矛盾，从而破坏了对《麦克白》的习惯性阐释。一旦我们警觉到这种破坏作用，对该剧进行的詹姆士一世式的解读就开始破绽百出。

有关善、恶和神授圣职的一套神学理论，有意区别对待麦克白的暴力和国家的合法暴力，这套神学理论不断地遇到麻烦。笔者曾在别处论及，宗教改革后的基督教想解决把所有的权力和善集中在一个神明身上这一矛盾，笔者在此只指明这个问题的范围。遵照绝对主义意识形态和宗教改革后的基督教的精神，《麦克白》使"善"与"恶"截然对立，但是，与此同时，像通行的教义一样，它坚持认为一切人事都在神的掌握之中。这种双重决定论所产生的神明，扶植了自己所谴责和惩罚的"邪恶"。正统教义，具有开尔文主义的一般特征，很难摆脱这种结局，例如，詹姆士一世在《妖魔论》中说，"堕落天使既是神又是刽子手，上帝让他们轮番担任这两种职务。"尽管如此，虚构故事对它的重新加工经常突出了它的矛盾，暗示出一种难以解决的焦虑。传统文学批评没完没了的争论，女巫在多大程度上让麦克白得到开脱，或在多大程度上让他掌握了自己的命运，它们记录下《麦克白》中的这种焦虑。把政治问题放到假想的自然因素当中去，这种行径似乎证实了绝对主义国家的合理性，但同时也预示一种危险，即当时意识形态可能陷入新的困境。

《麦克白》还向读者揭示出一系列与政治直接相关的问题，布凯南的分析使读者对这些问题保持警惕。这些政治问题往往打破了僭主暴君与合法施行暴力的统治者之间的对立，而这种对立正是詹姆士一世所依赖的。其中很多问题已被批评家指出，尽管批评家通常把它们塞入对该剧进行的单一、完整的解读中。从一开始，邓肯的地位就让人疑窦丛生：弄不清楚他到底有多大权力，他没有明察的能力，就在麦克白施暴谋逆之前，他的国家还处于混乱状态。G.K. 亨特在企鹅版的导论中表达了对麦克白杀死麦克唐华德这一"血腥暴力"的惶惑。玛尔柯姆的头衔也全然弄不清楚，因为邓肯宣布封他为"柯姆伯兰亲王"，暗示了史书的记载，王位的继承不一定是世袭的；麦克白可能是由领主们选出来的。

笔者曾说过，有人会认为，《麦克白》的作用在于证明推翻僭主暴君是正确的。不过，班柯的行为含混不清，暴露出这个问题的尴尬。在《苏格兰史》中，他与麦克白有过合作，但是，如果剧本这样写下去，就会越过詹姆士规定的界线，掩盖了麦克白是邪恶力量的迸发这种观念。莎士比亚做了妥协，让班柯在剧中无所作为。他害怕麦克白的行动"为此干得太肮脏了"，但是没有把他所听到的女巫预言说出来。他反倒怀疑那些话是否会"使我满怀希望"。如果说玛尔柯姆和麦克达夫最终推翻麦克白是正确的，那么班柯采取了清醒的应对措施肯定也没有错。

此外，一旦我们根据布凯南比较实际的政治分析来解读《麦克白》，玛尔柯姆最后的地位就令人感到不安：到后来，麦克达夫与玛尔柯姆之间的关系，相当于最初麦克白与邓肯之间的关系。现在他成了合法国王所依靠的王位拥立者，全部过程有望重演。按照詹姆士一世式的解读，很有必要让观众感受到，麦克白是"贤明"制度下邪恶力量的迸发；认识到麦克达夫在玛尔柯姆政权中的角色，会使我们看到，在封建主义向绝对主义过渡的过程中，权力关系根本不稳定。这最终会让我们看到，国家对于合法使用暴力的要求缺乏正当的理由。麦克白固然是谋杀犯和暴君，但他属于绝对主义统治者，而不是别的。

在与麦克达夫考查性的谈话中，玛尔柯姆本人提出了一些非常贴切的问题以引出暴君的种种特征。在布凯南看来，苏格兰的勋爵一度给了玛丽女王和她的丈夫"在罪证不足的情况下被假定为无罪的权利"，他们遵循的思想是，"只要不危及国家的福祉"，"更多的秘密错误也可以容忍"，麦克达夫准备接受那些影响苏格兰福祉的重大威胁：无限的放纵，本质上是暴虐。这曾经促使幸福的宝座太早出空、许多国王的垮台。可是也不要怕取得你应有的东西。你可以设法充分享受丰富多彩的欢乐而取得一本正经，掩人耳目。我们这里有的是情愿的女子。你的一张饿鹰的馋嘴也吞不了那么多向富贵尊荣竞来献身的国色天香哪。

本质上暴虐，意味着在一个人隐喻性的天性的王国内发生了动乱，但是，在当前语境下，它让人想到君主在现实生活中的放纵所产生的后果。麦克达夫暗示，这类行为不但会使篡位者垮台，也会使端坐"幸福宝座"的国王垮台。尽管有这种危险，他还是怂惠玛尔柯姆"取得你应有的东西"——这句话很阴险，它可能在暗示玛尔柯姆去继承大统，也可能暗示他有权去搞自己想要的女人。所幸的是，女人倒不必搞了，因为"有的是情愿的女子"：麦克达夫准备把女人的身体和灵魂都许给这位被想象为合法明君的恶魔。显然，这么做也不是什么大不了的事情，因为人民很容易蒙蔽：麦克达夫让我们看到，詹姆士一世试图安在绝对主义君主身上的种种美德只是意识形态策略，这些美德造成的假象也许能让现行制度运行下去。

这还不是最糟糕的，玛尔柯姆还有更多的罪过，在麦克达夫看来，"这一种贪欲扎根就更深了"：玛尔柯姆不仅会腐蚀人民，而且会腐蚀财产关系。然而这也会得到宽恕。当然，玛尔柯姆现在还不是这种人，但问题是，他很有可能会变成这种人，正如麦克达夫所说的，许多国王都是这样，也都被接受了。虽说玛尔柯姆最后声明自己一身清白，但这也回避不了他一直在撒谎这个事实。他说道"第一次说假话就是我这次骂自己"，也许的确如此，却说明，对于合法贤君很有用途的谨慎检点对于暴君同样有用。根据霍林希德的《苏格兰编年史》，玛尔柯姆最大的邪恶是撒谎，但莎士比亚却把玛尔柯姆的邪恶替换为他的广泛的、极端的暴虐；玛尔柯姆最初的自责是否过于直截了当？整个对话都是由麦克白特有的和无比的暴政引发的，但是，在这个过程中，对话成功地暗示了暴君与真正的国王有很多共同特征。

《麦克白》给两种极不相同的阐释结构留有余地：在布凯南的启发下，针对詹姆士一世式的、对绝对主义美德的解释，我们可以破坏这种解读。这种破坏做法昭示，宗教是怎样被用来巩固国家意识形态的，而且它颠覆了以下观念：大权在握的君主绝对不应该受到挑战和倾覆，国家意识形态完全是特殊的和合法的。通常认为，批评的功能在于解决如下阐释问题：通过审视渊源、其他剧作、戏剧程规、历史背景等问题来考察该剧，确定该剧反对的是哪一方，并通过解释来消除相反的证据。

然而，这既不是一个完备的方案也不是对普遍发生的现象的一个完整论述。

为了让讨论进行下去，我们姑且假定，詹姆士一世式的解读更适合《麦克白》以及它所在的詹姆士一世时期的历史背景，就像我们此时所理解的那样。这样一来，就会出现两个问题：笔者根据布凯南的著作对那种解读进行的破坏处于什么地位？坚持詹姆士一世式解读的习惯性批评会产生怎样的后果？

关于第一个问题，笔者要说明三点：首先，布凯南的破坏在起作用，并且必然如此。即便我们相信，莎士比亚力图克服绝对主义意识形态的困境，为了做到这一点，他必须处理那些棘手的问题。这些问题必须让读者看到，以便加以处理，这些问题一旦暴露出来，读者就可以把握和关注它们，取代那种自以为是的解读。某种立场往往预设了某种对立。甚至詹姆士一世的著述也难以逃避这类分析，例如，他搬出一桩棘手的事例，先知撒母耳紧急警告以色列人不要选国王，因为他要对他们施暴政。这是圣经中一个不容忽视的显例，所以詹姆士一世引用了它，并且说，撒母耳让以色列人做好顺从和忍耐的心理准备。可是，一旦詹姆士一世将撒母耳的看法公之于众，读者就有权怀疑国王对它的倾向性阐释。很难否认读者会产生这种认识：甚至最周密的打算也会因为不够充分而遭到摒弃。我们受到启发，不再认为文本提出了唯一的和完整的意义，等待着读者去发现，而是开始认为：文本触及一系列的问题，且无法控制后来衍生的大相径庭的阐释。

其次，本书激活了布凯南的破坏作用，这是笔者怀疑詹姆士一世意识形态策略以及关注时下政治问题的结果。可以想见，《麦克白》的许多读者都会有同感。无论这种情况发生与否，都会产生理论的启迪：如果出现这种情形，那么，通常探讨《麦克白》的角度就会发生转变，最后，布凯南的破坏就会逐渐成为看待这部剧的一种显而易见、非常正常的方式。研究文本的正确方法就是这样确立起来的。我们可在女巫的经历中简要地看到这一过程。在詹姆士一世时代的许多观众看来，女巫是一种社会和精神现实：她们像忏悔者爱德华一样现实，也许有过之而无不及。随着人们对超自然力量特别是妖魔力量显灵信仰的衰微，女巫连同时新的舞台、联袂的歌舞、华装丽服、飞行器械，一道进入歌剧表演。经过威廉·戴夫南特爵士的改编，从 1674 年至 1744 年，这种舞台形式左右了戏剧演出，即便后来不再采用戴夫南特的形式，直到 1888 年，女巫的幕间歌舞依然出现在舞台上。到后来，我们采取了其他处理女巫的手法，当然，我们还是无法像莎士比亚时代的大多数观众那样，把她们当成荒原遇到的现象。肯尼斯·米尔评论说："人们逐渐不相信魔鬼的客观存在，可是，魔鬼及其行迹仍象征着邪恶在人们心中的活动。"近年来，文学批评和戏剧演出采取各种新招数，让女巫为当代"服务"。像这样不断地调整戏剧的某些方面、以迎合世态的做法很刺眼，但也说明，正统的文学批评并不像它自认为的那样，是对文本的唯一反应：它在时下可接受的框架内重新塑造了自身。对于詹姆士一世式的解读来说，布凯南的破坏并不总是一种无足轻重的解释。

最后，我们可以假设，布凯南的破坏是该剧最早的一些观众对它的反应的一部分。此事的性质决定难以弄清究竟有多少人倾向于布凯南对王权的分析。但是，这样的人还是有的，国家权威经受了各种挑战这一事实可以证明这一点，当然，这种挑战在内战期间达到了高峰。詹姆士一世时代的一些观众完全有可能把《麦克白》理解成反詹姆士一世的。这就打破了对詹姆士一世式解读的独尊，因为这种做法是有历史依据的：我们一定要想到最初的那些立场各异的观众，激活文本的各种暗示意义。我们可以大胆做出类似阐释。该剧最初在意识形态领域占据复杂的位置，时至今日，我们从中可以领略到的复杂性也不会稍有减少。

鉴于这些对布凯南破坏立场的思考，坚持詹姆士式解读的习惯做法似乎变成一个文学批评中的政治问题。与其他文化生产一样，文学批评能够影响人们思考世界的方式；由于这个原因，本书为理解文本和国家的对立关系创造了空间。不难看出，大多数批评不仅重复而且支持了詹姆士一世式的意识形态，以此来压制《麦克白》可能促发的、对于国家暴力合法性的详细考察。火药案阴谋与 1984 年布莱顿爆炸案异常相似，它们提出了类似的、有关国家和其他暴力的问题，这表明，我们处理的是活生生的议题。笔者的结论性的思考涉及通行的、对《麦克白》解读的政治立场。笔者认为有保守主义和自由主义两种立场；它们往往使用"悲剧"这个让人肃然起敬的术语，以美化他们的论述。

保守主义立场坚持认为，这部剧与"邪恶"有关。肯尼斯·米尔用了一连串引文来证明这个结论：它是"莎士比亚'最深刻和最成熟的邪恶观，可以说全剧是毁灭与创造之间的一场角斗'；它是'对邪恶的说明，它描述了总体战中的一场特殊战役……并且它包含了莎士比亚对善与恶的明确定位'"。这不过是詹姆士一世式意识形态的放大：杀死麦克唐华德是"善"，而杀死邓肯则为"恶"，绝对主义意识形态所设想的等级制社会被当成自然、超自然和"人类环境"的需要。这种观点通常被精心阐发为一种社会—政治方案，据称，它是由莎士比亚阐述的，并得到了批评家的暗中支持。所以米尔写道，"一个井然有序并且和谐融洽的社会，与导致麦克白犯罪的无序状况形成鲜明对比。作者强调那个秩序是自然合理的，而麦克白的破坏行径违逆天意"。欧文·里比纳说福累斯"象征着立足于接受自然法则的未来，当邪恶势力走上穷途末路，它必然会恢复上帝所赐予的和谐秩序"。

保守主义如此支持詹姆士一世意识形态，目的不在于认可现代国家。相反，同20世纪的许多文学批评一样，它回顾过去，求助于先前的、自认为更可取的社会状况。罗杰·斯克拉顿评论说："如果一位保守主义者也是一位众生复位说信徒，这是因为他的生活贴近社会，他在自己身上感受到传染给整个社会的疾病。这样一来，他怎么能不去看一看原来的健康状态呢？"这些话类似许多《麦克白》评论者的论调，他们呼唤詹姆士一世式的秩序，渴望为我们这个困难丛生的社会设计出幸福的出路。然而，由于这种保守主义研究方法建立在对政治和文化过程不够充分的分析的基础上，它在国家权力主要由什么因素决定这个问题上，没有什么结果。

自由主义立场不愿意这么直接认可国家权力，它在麦克白身上找到某种可资补偿的美德："直到最后他也没有彻底让我们失去同情""我们决不会丧失对罪犯的同情"。按照这种观点，国家有过失，它未能照顾到有教养的个体的特殊意识。麦克白的想象力被用来陪衬枯燥乏味的成规，补偿他的所有过失，或许因为这些因素，麦克白超越了他所违犯的法律。用约翰·倍利的话说："他的过人之处在于，他对日常生活、季节和重要的东西有着强烈的感受，而剧中其他任务要么忽视了这种自身感受，要么将这种感受视为理所当然。通过悲剧要求他做出的行为，他不仅逐渐认识了自己，而且认识了生活的真谛。"笔者之所以称这种立场为自由主义，是因为它为国家——无论是绝对主义国家还是现代国家——忽视个体的感受表示忧虑，而且，它准备在一定程度上去认可冥顽不化的个体。但是，它却不去进行迫在眉睫的政治分析。因而，这类批评对麦克白的反叛总是持保留态度，对麦克白最后失败感到慰藉：既然这部剧是在人类状况下写成，麦克白的反叛就必败无疑。像这样回避政治分析和政治行动可能性的做法，实质上和保守主义阐释大同小异，它们都没有向国家提出疑问。

众所周知，莎士比亚有一套办法来预示一切可能的情况。在无视人类状况的局限性的"伟大"悲剧英雄的体验中，文学知识分子找到了自己对宇宙最深刻的直觉，这种看法肯定有点荒唐，我们可以感受到它的夸大妄想。《麦克白》中的两个医生堪称保守主义和自由主义批评家的模范，英国医生的话只有四行半，他说爱德华国王马上会来，那些人的病症令医生尽一切努力都无济于事，他们正等着国王以天赐的神力治疗"邪恶"。未来的国王玛尔柯姆说，"谢谢你，大夫"。这位医生相当于保守主义知识分子，他鼓励人们尊重那些令人困惑的理想的等级制形象，这些形象正是为过去的国家服务的，他引出了"邪恶""悲剧"和"人类状况"等话，事实上产生了默认国家权力的效果。

在第五幕第一场和第三场出现的苏格兰医生，实际上是应邀来给统治者治病的："大夫，要是你能够替我的国家验一验尿，看看她害了什么病。"但这位医生，就像自由主义知识分子，并不急于分析，他说："这种病我没有法子医治。""我心理所想到的，却不敢把它吐出嘴唇""那还是要仗病人自己设法的""要是我能够从邓西嫩远远离开，高官厚禄再也诱不动我回来"。他对国家暴力深感痛心，用旁白庇护自己的良知。这很像自由主义知识分子，明知道现行制度在根子上出了毛病，也不肯设想一个激进的替代办法，而且，为了证明自己的态度正确，他从莎剧中找来"悲剧"和"人类状况"等词语，去解释越轨者必然失败的命运。

按照通常的标准，本书是在倒行逆施。但是，对立式批评注定以这副面貌出现：它的任务与习惯论断相背离，如果有必要的话，与通常人们对文本的理解相左。当然，文学知识分子对于国家暴力产生不了太大的影响，他们补天救世的力量很有限。虽说如此，写作、教学和其他交往方式都有助于舆论的长期、稳步形成，有助于合法性的建立。詹姆士一世本人并没有忽视这种促成作用。对《麦克白》这类文本进行对立式分析，就是要揭露而不是强化国家意识形态。

# 第二节　《汤姆叔叔的小屋》

在笔者人生中的一段艰难时期，曾经住过一座房子的地下室，这所房子位于康涅狄格州哈特福德市的弗雷斯特街，以前属于伊莎贝拉·比彻·霍克，她是哈丽特·比彻·斯托夫人的同母异父姐妹。这个女人一度相信千禧年即将来临，而她注定成为新的母权制社会的领袖。然而，笔者住在那间地下室的时候，对斯托夫人、比彻姐妹，还有19世纪美国妇女的乌托邦幻想却一无所知。笔者怀着崇敬的心情，访问了相隔几个街区的马克·吐温故居，并拍摄了他的书房，全然无视斯托夫人的寓所，虽说它也对公众开放，而且就在草坪对面。笔者为什么要去那儿呢？笔者和所有笔者认识的人都不认为斯托夫人是严肃作家。那时，笔者第一次是讲授美国文艺复兴，讲课内容完全集中在霍桑、梅尔维尔、坡、爱默生、梭罗以及惠特曼等作家，尽管《汤姆叔叔的小屋》也是这个时期的作品，而且，它也许是美国人所写的最有影响的作品，但是我做梦都没有想过要读这本书。首先，正是由于它广受欢迎，才对它很不利，众所周知，除少数作品外，美国经典小说是那些评论界赞扬而公众并不欢迎的作品。

1969 年，笔者住在弗雷斯特街的时候，妇女运动方兴未艾。几年之后，肖邦的《觉醒》和吉尔曼的《黄色墙纸》被放在西奥多·德莱塞和弗兰克·诺里斯中间，成为大学生必读书。这些妇女作家同某些男性作家一样，生前不受欢迎，多亏后来的评论家独具慧眼，她们才声名鹊起。由于这些批评家，眼下读这些作家的作品已成为一件体面的事。与纳撒尼尔·霍桑不同，这些作家在几代人之后才在文学界找到拥护者。但是，尽管妇女运动已经产生影响，19 世纪美国社会史研究大爆炸以及新历史主义正在渗透文学研究，这些女性与斯托夫人一样，一直被排除在文学正典之外，虽说她们的名字在 19 世纪家喻户晓，替如苏珊·沃纳、奥古斯塔·伊文思、伊丽莎白·斯图尔特·费尔普斯及其同名的女儿玛丽，还有弗朗西斯·哈德格森·伯内特。近年来，把她们的作品当作文化畸形的例证来加以研究，已经蔚然成风，但是，从事这项研究的专业评论家，还有那些自称为女权主义者的评论家依然认为她们的作品是文字垃圾。

不过，笔者主要关注的并不是那些评论 19 世纪女性通俗小说家的女权主义批评家，而是那个由男性批评家主宰的学术传统，这个传统控制了美国文学经典以及阐释经典作品的批评视角。以佩里·米勒、F.O. 马西森、哈里·莱文、理查德·蔡斯、R.W.B. 路易斯、伊沃尔·温特斯以及亨利·纳什·史密斯为代表的文学批评传统，甚至阻碍了那些很坚定的女性主义者去认可和坚持一个深厚的和女性特征十足的小说传统的价值。感伤小说的诋毁者轻视它的主要理由逐渐成为审美判断的普遍标准，这些理由是在取代这些女性小说家所代表的福音派虔诚和道德立场坚定的传统的斗争中建立起来的。为了反对她们的世界观——或许更主要是反对她们的成功，20 世纪评论家们教导一代又一代的学生，让他们将流行与堕落、富于情感与缺乏艺术价值、虔诚与欺诈、家庭生活与琐碎无聊等同起来，而这一切又被暗中等同于女性的低劣。

按照这种观点，19 世纪女性作家的感伤小说是一系列文化罪恶的渊薮——美国宗教从神学的严格禁欲主义沦落到反理智的消费主义，不公正的经济秩序被合理化，宣传现代大众文化的堕落形象，在废寝忘食的女性读者中鼓动自我放纵和自恋，这些文化罪恶的后果至今仍困扰着我们。至于她们反抗社会罪恶的程度，她们的反抗行为被认为具有双重性，这种反对行为是她们假意抨击的价值观的产物和表现。按照这些说法，不管是有意还是无意，她们在为压迫性的社会秩序辩护。梭罗、惠特曼和梅尔维尔等男性作家被誉为大胆思考和诚实的典范，相比之下，那些女性作家一般被认为用虚假、陈腐老套的文字做交易，提供智力低下、幼稚乏味的东西，滋养那些没有受过良好教育和失业的女性读者的偏见。这些自欺欺人、无法面对一个竞争性社会的残酷现实的女性作家，还被认为操纵容易受骗的读者大众，她们将读者禁锢在一个充斥自我辩解的陈词滥调的梦幻世界里。从一开始，她们与社会罪恶的斗争就是一场预先安排好了胜负的比赛。

本章所要论证的主题与上述描写正好相反。本章认为，19世纪通俗家庭小说体现了从女性视角重新组建文化的巨大努力。就思想的复杂、抱负和足智多谋而言，这类小说蔚然可观。在某些情形下，这类小说对美国社会批判的辛辣程度，远远超过霍桑和梅尔维尔等著名批评者。最后，本章认为，这些小说极受欢迎——这一直是这些小说饱受怀疑、几近令人深恶痛绝的原因所在——正是它们令人瞩目的理由。无论从哪一个角度，《汤姆叔叔的小屋》都是19世纪最重要的作品。它是第一部销售量超过100万册的美国小说，其影响不可估量。这部小说表现并且塑造了那个时代的价值观，它同样属于感伤小说体裁。感伤小说的主要特征是：作者和读者都是女性，故事内容也与女性有关。就此而言，《汤姆叔叔的小屋》不是例外，而且很有代表性，它是19世纪美国本土宗教的神学知识大全，它出色地修正了与这种文化本身相关、备受它青睐的故事——通过母爱拯救灵魂的故事。感伤小说家根据她们掌握的意识形态材料，精心构建了一个神话，让女性成为这种文化中最有力量和权威的人物，在所有为此所做的努力中，《汤姆叔叔的小屋》是最令人瞩目的典范。

笔者曾用过"巨大的"和"令人瞩目的"等词语来形容斯托夫人的小说及其所属的传统。部分原因是，长期以来，它们是某一类批评态度的牺牲品，这类批评态度把思想成就等同于某种论证式话语以及某些题材。长期存在的学术眼光偏狭的传统，通过一系列文化对比，强制执行了这种话语，这些文化对比包括消遣式"女性"小说与意志坚定、智力型的论文对比，家常"聊天"与严肃思考的对比。因此，概括地讲，这就是"一群可恶的烂写女人"和少数智力惊人的英才的对比，这些在当时怀才不遇的英才与一大批伤感的无聊之作展开了英勇斗争。

20世纪评论家们既无法欣赏《汤姆叔叔的小屋》这类小说中的复杂性和视野，又无法解释它的巨大成功，这源于他们对文学本质和功能的假定。根据现代主义观点，文学的定义是，一种对世界没有任何构想的话语形式。它不想改变事物，而是想用特定的文学语言来再现事物，这种文学语言的价值在于它的独特性。因此，那些目的明确、企图影响历史进程的作品，那些为达到这个目的而采用了不仅不独特而且常见易懂的语言的作品，就不是艺术作品。那些不断地和明显地以打动读者的情感取胜，并采用极为传统的技巧的文学文本，如感伤小说，体现了所有与优秀文学相对立的东西。J.W.沃德概括出《汤姆叔叔的小屋》提出的难题，"对文学评论家来说，问题是，一部看起来如此缺乏艺术性和文学才华的作品是怎样一举成功，并经久不衰的"。

有关这个问题的探讨深入到什么程度，乔治 F. 惠彻在《美国文学史》中论述斯托夫人小说的那一部分有生动的说明。对于优秀小说究竟是由什么构成的这一共识性的看法，惠彻进行了反思，他写道："在斯托夫人那里，或在她的作品中，找不到能够解释这部小说风行一时的原因；作为主日学校的小说供应者，作者的才能并没有与众不同之处，她至多掌握了广义上的情节剧、幽默和感伤力，她的作品就是由这些广受欢迎的要素合成的。"惠彻无法理解就这么合成的一部作品竟然"震撼了一个强大的民族"，他得出结论说，斯托本人的解释"是上帝写的""解答了这个悖论"，这简直难以令人置信。惠彻没有摒弃他对"情节剧""感伤力"以及"主日学校的小说"的偏见，甚至从他的智力来看，惠彻在无奈之下得出的结论也明显是荒唐的。但这不足为奇。现代主义文学审美标准无法解释像《汤姆叔叔的小屋》这样的小说为什么史无前例地受到欢迎，而且经久不衰，因为这部小说的运行原则完全不同于那些决定了当前认可的美国文学经典作品的原则。

然而，笔者的目的不是把霍桑和梅尔维尔拉下神坛，也不是宣称斯托夫人、范妮以及伊丽莎白·斯杜亚特·佩尔泼斯的小说与《白鲸》《红字》这样的作品有相同的优点，而是认为感伤小说的复杂程度和意义不同于那些经典杰作。笔者希望读者抛弃某些评估小说的熟悉范畴，如文体的精细、心理的微妙、认识的复杂深入，不要把感伤小说视为一种恒定不变的表现手法，适合某些形式标准和某些心理学、哲学所关心的问题，而是把它视为一桩政治事业，介于布道和社会理论之间，后两者都整理并试图构建当时的价值观。

感伤小说对读者的感染力取决于读者是否掌握构建人物和事件的观念范畴。那个观念范畴的宝库储存着形形色色的论断：对待家庭和社会制度的态度，对于权力以及权力与个体情感关系的界定，政治和社会平等的观念，最重要的是组建和维持其他一切观念的一整套宗教信仰。一旦掌握构成了伤感小说模式的信仰系统，现代读者才能发现，它催人泪下的故事片段和经常背离常规的做法被赋予一个意义结构，以固定这些作品，在19世纪的读者看来，这些作品并没有被固定在童话的领域或逃避现实的幻想中，而是固定在社会现实之中。这不等于说我们能完全像斯托夫人的读者一样来阅读感伤小说——这根本不可能，但是我们能够并且应该摒弃企图让这部小说湮没无闻的现代主义偏见，从而理解这部小说是怎样以及为何在同时代的读者中产生如此空前的影响。

让我们看一看《汤姆叔叔的小屋》中小伊娃之死的那段，这个情节经常被当作维多利亚时代感伤主义的典型而加以引用，因为它最让20世纪学院派批评家反感。他们深信，这不过是一个伤心故事而已，他们反对感伤主义的全部正是基于此。按照这种说法，小伊娃之死与其他感伤故事没有什么两样，是一种滥情，救治不了它谴责的邪恶。它本质上并没有改变奴隶制，也没有改变小说中的其他人物。对这一情节的藐视基于对权力和现实的一些假设，这些假设极为常见，以至于我们习焉不察。因此，几代评论家降尊纡贵，带着嘲讽的态度评论小伊娃之死。但是在支撑斯托夫人创作的信仰体系中，死亡是英雄主义的最高形式。在《汤姆叔叔的小屋》中，死亡不是失败而是胜利的同义词，它将带来某种力量，而不是失去这种力量。它不仅是人生最高的成就，它就是人生，斯托夫人对小伊娃的全部描写就是为了生动地表达这个事实。

类似小伊娃之死的故事引人入胜，与基督之死引人入胜的道理一样。他们的死表现了一种哲理，这种哲理既是宗教性的，也是政治性的，根据这种哲理，纯洁和无权无势的人以死来拯救有权有势的和腐败的人，从而显示他们比获救者更有力量。简而言之，他们表现了一种权力理论，根据这种权力理论，对于什么有效和什么无效的一般或"常识性"看法完全被颠倒过来，因为社会行动的可能性依赖于个人内心中的行动。小伊娃之死生动地表现了这样的思想，人类最崇高的职业就是为他人献出自己的生命，这种思想是耶稣救世学的关键，小说中的主要事件都是它的变体。它表现了一种牺牲伦理，整部小说就是以这种牺牲伦理为基础的，并且以某种形式涵括了小说的所有主题，而这些主题的不断重现构建这部小说的意识形态框架。

再则，小伊娃之死同样也是在整个文化中流传的一个故事的变体。德怀特·赖门·姆迪牧师 1875 年曾在大不列颠和爱尔兰布道，从他的福音布道书中，可以看到这种故事的十多个版本。其中有一个版本，故事的名字是"儿童天使"，大概意思是，一个七岁的美丽金发女孩是她父亲的骄傲和欢乐，但她死了。她在父亲的梦中出现，从天堂里向他召唤，使他获得拯救。这个故事表明，死亡甚至是一个孩子的死亡，也可以成为拯救他人的手段，因为，她在死亡中获得了一种精神上的力量来控制那些爱她的人，这种力量是她生前所没有的。

死者或垂死者的力量能够拯救那些顽固不化者，这是 19 世纪通俗小说和宗教文学中的一个重要主题，而且母亲和孩子特别胜任这项工作。在《汤姆叔叔的小屋》出版的第二年，斯托夫人发表的一篇题为"孩子"的随笔，她在这篇文章中写道："做母亲的，你知道吗，哦，打开天堂的那个信仰是什么？不要求助于辩论书，也不要求助于神学教条和形式，只要把你的小孩抱在怀里，就能在那双明亮、充满信任的眼睛里读到永恒人生的一课。"如果说孩子在活着的时候，就因为纯洁无邪而能够将成人引向上帝，那么，他们死后的精神力量就更大。斯托夫人在《亡灵的宗教仪式》这本小册子中认为，死亡能使基督教徒开始他"真正的工作"。上帝有时把人从我们身边带走，这样一来，他们"就能从看不见的世界发挥作用，对我们产生更大的影响"。

母亲乐意打动孩子的内心世界。她徒劳地渴望着，向往用她的心灵来影响孩子的心灵，并用一种精神和神圣的人生来激励它；然而她自身的弱点、错误和现世烦恼阻碍并制约着她，直至她死亡，死亡使她解脱所有的束缚。然后，她才先是真正地活着，复活了，被净化了，安息了，这时她或许能镇定地、亲切地、满怀信心地去做她在人生的风暴和沉浮中满怀痛苦和不安的情绪努力去做的事情。

当死亡的精神力量与儿童的自然神圣结合起来时，孩子就成了具有救世力量的天使。

通常，死亡时刻是拯救的时刻，也就是垂死的孩子瞥见天堂的荣耀，证明来世存在的时刻。汤姆叔叔知道，在小伊娃死去的时候，这将要发生，对此，他向奥菲丽娅解释说：

"你知道，《圣经》上说，'半夜有人喊着说，新郎来了。'所以现在我每天晚上都在盼着，菲莉小姐，——所以我不能睡在听不见的地方啊。"

"哎，汤姆叔叔，你怎么会这样想呢？"

"是伊娃小姐给我讲的。上帝他派信使通知灵魂了。我一定要在那儿，菲莉小姐；因为当那个有福的孩子要进天堂时，他们就会把大门打开，我们就可以瞅一瞅天国的荣耀呀，菲莉小姐。"

小伊娃没有使他们失望。在"从死到生"的那一刻，她呼喊着："哦，爱，——欢乐，——和平！"她的呼喊在维多利亚时代的小说和布道文学中回荡，在这些作品中，许多孩子在看见天国之际也是发出这样的呼喊声。狄更斯笔下的保尔·董贝，临死的时候看见了已故母亲的面容，他说："当我走时，头周围的光正照耀在我身上！"就死去了。在莉蒂娅·西古内的《致母亲的信》中，那位长着一双蓝眼睛的漂亮女孩在"死亡的紫痕染上了她的眉毛"时，她母亲恳求她留下一个字，她悄声说道"赞美！"当然，感伤主义的批评者或许会认为，突出孩子死亡的故事，恰恰表明了这一时期文学的弊端。这类故事在《汤姆叔叔的小屋》中的存在，没有被当作一个力量的源泉，相反，它可能被视为一个不幸的让步，以迎合那个时代对催人泪下场面的喜好。但把这些场景作为"全是眼泪和胡说"而一笔勾销，并没有解释充斥这些场面的感伤小说和布道何以大获成功，除非我们愿意相信，一代读者莫名其妙地被那些本来就无聊琐碎的故事感动得热泪盈眶。笔者认为，解释这部小说的成功，最好是根据这些场面与一种无所不在的文化神话之间的关系，这个文化神话赋予经历痛苦和死亡的无辜受害者以力量，这种力量正是斯托小说的批评家所否定的，那就是：拥有生存于这个世界并改变世界的力量。

这就是小伊娃的死亡所产生的实际作用。它的有效性不是通过奴隶制的突然瓦解来证明的，而是通过托普茜的宗教皈依来证明的。这是一个没有母亲、不信上帝的黑人孩子，在皈依基督教之前，她成功地抵制了各种让她成为"乖孩子"的企图。托普茜不愿做"乖孩子"，因为她从未有过母爱，她相信没有人爱她。当伊娃跟她说只要她是"乖孩子"，奥菲丽娅小姐就会爱她时，托普茜大声说道："不。我是个黑鬼，我叫她受不了！她宁可让癞蛤蟆碰她，也不让我碰她！谁也不爱黑鬼，黑鬼也没法子！我管它呢。"

"啊，托普茜，可怜的孩子，我爱你！"伊娃突然激动地说，同时把她瘦小的手搭在托普茜的肩膀上，"我爱你，因为你没有父亲、母亲，也没有亲友；因为你是一个可怜的受人虐待的孩子！我爱你，希望你学好。我身体很不好，托普茜，我想我活不了多久了；看到你这样顽皮我实在非常伤心。我希望你看在我的分上会努力学好；我跟你在一起的日子不长了。"那黑孩子犀利的圆眼睛顿时热泪盈眶，大颗大颗晶莹的泪珠扑簌地滚落下来，落到伊娃小小的白皙的手上。的确，顷刻之间，一道真诚的信仰的光辉，一道圣洁的爱的光辉划破了她那粗野的灵魂中的黑暗！她脑袋耷拉下来，夹在两膝中间抽抽搭搭哭了起来，那美丽的孩子低下头来看着她，活像一幅光明天使弯下腰来感化一个罪人的画面。

这段文字中的修辞和意象——那只白白的小手、天堂的光辉、天使以及大量的眼泪——是对主日学校墙上彩绘宗教画的文学解释，这让人想到诸如"庸俗文学作品""装模作样""多愁善感"这类词语。但是这里生动表达的东西与这些说法并无任何关系。

伊娃向托普茜表示了关爱，从而启动了一个救赎过程，通过真诚的交流，救赎力量能够改变整个世界。实际上这一过程已经开始。从那时起，托普茜"不再是过去的她了"，奥菲丽娅小姐无意中听到了那次谈话，也发生了改变。小伊娃死去的时候，托普茜大声哭喊道，"再也没有人爱我啦"，奥菲丽娅小姐代伊娃回答她说："托普茜，你这可怜的孩子，"奥菲莉娅小姐把她领进自己的房间说，"别伤心！我会爱你的，尽管我赶不上那可爱的小孩。我希望我已经从她哪儿学到了一点基督的爱心。我会爱你的；真的；我要尽力帮助你长大后成为一名好基督徒。"

奥菲莉娅小姐的声音比她的言辞更感人，而她脸上流的真诚的泪水更是感人至深。从此以后，她对那孤苦伶仃的孩子的心灵开始产生一种永久的影响。

托普茜和奥菲丽娅小姐的泪水，虽然很容易引人嘲笑，在《汤姆叔叔的小屋》中却成为救赎的标记。发自内心的情感表达一种仁爱，从说话的声音、手指的触摸中可以感觉出来，但是，在关键时刻，主要从眼泪就可以看得出来。当汤姆躺在红河谷的种植园里即将死去的时候，一直听他说教的那些门徒痛哭失声，证明了他们的皈依。

泪水落在那张诚实的没有知觉的脸上，——那是可怜无知、无宗教信仰的人们新近悔恨的眼泪，这些人是被他临死前的爱心和坚忍唤醒而幡然悔悟的……

甚至那个刻薄、顽固不化的凯茜，也被汤姆"为她做出的牺牲"感动得泣不成声，"那诚挚的人用仅存的一点力气对她说的最后几句话深深打动了她，……那阴郁绝望的女人哭了，并且做了祈祷"。当乔治·谢尔比——汤姆老主人之子——赶来恢复他的自由时，却为时已晚，"男儿有泪不轻流，小伙子弯下腰望着他的老朋友时，不禁潸然泪下"。当汤姆意识到乔治·谢尔比在他身边时，"整个脸也闪出了光彩，那双僵硬的手合起来，泪水流下了他的面颊"。合拢的双手和流泪，我们把这些语言看作是感情表现癖，看作是一种做作，这种做作由于其夸张毁灭了真正的情感。但是，这些人物的眼泪和手势并没有偏离他们的真实感受，假如还有什么没有表现出来的话，那也是他们所强调的体验——拯救，交流，和解。

如果说眼泪的语言好像充满了感伤，小伊娃的死似乎没有什么影响，那是因为，眼泪以及眼泪所代表的救赎，属于当前被普遍认为幼稚和不现实的世界观。拯救托普茜和奥菲丽娅，没有改变参议院大多数人反对取缔奴隶制这一局面，也没有阻止南方种植园主和北方投资银行家进行互惠交易。由于大多数现代读者把这类政治和经济事实视为决定性因素，因此，很难让他们认真对待坚持如下观点的小说，即宗教皈依是社会巨大变革的先决条件。然而，根据斯托夫人对社会变化条件的理解，现代观点反倒是幼稚的。在我们看来构成有效行动的那些政治和经济措施，她却认为是肤浅的，只不过是最初产生奴隶制的世俗政策的延伸。因此，斯托夫人在小说结尾处提出了每一个读者都在思索的问题，"个人能做什么呢？"她建议，应当改变的不是现行的政治和经济结构，而是人心。

有一件事每一个人都能做，他们可以努力做到他们感觉不错。一种同情的气氛笼罩着每一个人，而在与人类利害攸关的事情上有强烈、健康、公正的感觉的男人或女人就会永远造福人类。因此，在这件事上，你一定要有同情心！你的同情心是跟基督的同情心协调一致呢，还是受荒唐世道的摆弄而左右摇摆、主次颠倒呢？

斯托夫人并不反对立法或组成政治压力团体等具体措施，但问题是，这类行动就其本身而言，可能毫无用处。因为如果通过这些手段来取缔奴隶制的话，那么最初产生奴隶制的伦理条件可能继续发挥作用。要选择的并非行动或不行动，并非纲领或情感；要做出选择的是"世俗政策的谬论"引发的行动，还是"基督的同情"引发的行动。根据斯托夫人的观点，操纵具体的环境改变不了现实，只有精神上的皈依才能改变现实，因为，最终只有精神才是实在的。

只有宗教皈依才能导致历史变迁，这种观念是一种权力理论，同基督教本身一样古老，它在《汤姆叔叔的小屋》中得到了生动的描述和证明。小说坚持认为，由于精神的现实存在，所有人类事件才得以组成、澄清并具有意义。小说多处提及四种终极的东西：天堂、地狱、死亡和最后的审判，以提醒读者，只有根据永恒的真理才能了解历史事件的真相。当圣·克莱尔站在小伊娃的坟墓前，无法理解"他们掩埋掉的就是他的小伊娃"时，斯托夫人突然插言道，"那的确不是！——不是伊娃，而仅仅是那光明不朽的形体的脆弱的种子，等到我主基督降临的日子，她一定会以这个形体出现的"。而当勒格利对汤姆之死表示满意时，她又转身对他说："是啊，勒格利，可是谁能封锁住你灵魂里的那个声音呢？那个无法忏悔、无法祈祷、毫无希望的灵魂啊，那永不熄灭的烈火已经在上面燃烧了！"这类提示在小说中频频出现，它们出现在那些数不清的《圣经》引文中——斯托夫人抓住一切机会引用《圣经》，在叙事中、在对话中、在铭文以及其他作家的引文中；它们还出现在贯穿小说各个场景的新教赞美诗中，出现在针对读者的旁白中，针对小说人物的顿呼法中以及宗教诗、布道和祷告中，还出现在讨论宗教问题的大段对话和叙事之中。在斯托夫人的叙事所规定的世界里，基督的死亡和复活以及最后审判日的到来等事实，从未远离我们的脑海，因为只有在这个参照系内，她才能合理合法地让汤姆在死前宣告："我胜利了！"

这种末世论的幻象，把所有个体事件与一种不变的秩序联系起来，以此来消除它们之间的差异，从而使它们交替再现唯一的永恒实在。各色人物融为一个人物，而情节中充斥了互为映照的事件。这些特征不是19世纪经典小说的特征，而是象征叙事的特征。《汤姆叔叔的小屋》所复制和拓展的就是这个传统，而不是英国小说传统，因为这部小说并不仅仅是引用《圣经》，而是把《圣经》改写成一个黑奴的故事。在形式和哲理上，这部小说完全对立于《米德尔马契》《贵妇人的画像》等作品，在这些作品中，一切都取决于人的行动和决定，而人的行动和决定按照时间的顺序逐步展开，直到最后一刻才展露真相。斯托夫人的叙事所传达的真相只能被重现，而永远不能被发现，因为从一开始它们就已经被点明。因此，根据现代主义观点，这部小说的人物刻画落入俗套，事件描写枝蔓丛生、似无必要。然而，就斯托的叙事而言，这些特点正是它的基本属性，因为，这个叙事旨在表明，人类的历史就是一个不断重演神圣救赎剧的过程。正是因为这部小说重演了神圣救赎剧，它才能在当时产生不可抗拒的魅力。

《汤姆叔叔的小屋》从美利坚民族最大的政治冲突入手，从它最珍视的社会信念入手，重新讲述了这个文化中的核心宗教神话——耶稣受难的故事。斯托夫人能把这个文化中的许多重要问题融合在一个叙事之中，这个叙事容易为普通民众所理解，正因为如此，她才能深深地打动那么多读者。这部小说的象征结构，不仅让她表现出政治和社会形势本身，而且，让她把政治和社会形势表现为宗教范式的种种变形，这种宗教范式对政治和社会形势的阐释，既能够让读者理解，又能够打动读者。这部小说不仅是描绘社会世界的一种手段，也是改变这个世界的一条途径。它不仅为理解这种文化提供了某种阐释框架，而且，通过强调一种特定的价值符码，它还提出了应对文化冲突的策略，而它本身就是那种策略的能动者，把制订的措施付诸实践。由于"主日学校小说"的宗教原型规定并构成了社会和政治生活的主要内容，因此，与耶稣受难这个内在的神话相关的"情节剧"和"感伤"，使读者对小说叙事提出的问题产生了共鸣。因此，情节剧、感伤、主日学校小说，这些曾经让惠彻和众多现代学者困惑的流行因素，非但没有使《汤姆叔叔的小屋》的经久不衰成为不解之谜，反倒成为解释它成功的唯一依据。

这些流行因素的性质也限定了全面分析《汤姆叔叔的小屋》的角度。正如笔者所提出的，就体裁而言，它所体现的特征，并不属于现实主义小说的特征，而是象征叙事特征。它的人物，像寓言中的人物，缺乏变化或发展，他们只有在对情境作出必要的反应时才展现自己。对他们进行界定，主要不是依据他们的心理和情感特征，也就是说，不是从心理的角度，而是从救世神学的角度，界定他们获得拯救还是毁灭。同样，故事情节的展开，也不是根据亚里士多德的可能性标准，而是根据预定方案的发展逻辑，作者想方设法利用每一个事件来实施这个方案。故事场景并没有着力描写某一特定时代和地点的特征，而是用来指示精神地图上的位置。《汤姆叔叔的小屋》逼真的细节描写，往往掩盖了它极具计划性的本质，诱使读者认为，他们正身处有因果关系的日常世界中。但是，充作真实细节的东西，例如，运用方言、家庭活动的细节描写，实际上是在小说主导范式的支配下发挥修辞的作用。一旦觉察那种范式，读者就会发现，连最普通的细节也与人类实际生活中的事实相距甚远，而是某种高度图式化意图的表现。

这种图式化对某些叙事内容产生了一种所谓整体性的影响，因此，理解小说中的每个人物、每一个场景和每一个事件都要根据另一个人物、场景和事件，也就是说，一切都处在一个永无休止的相互参照体系中，在这个体系中，提到某一个人物必然要涉及其他人物。为了证明我所说的这种叙事结构——这一证明必然会取代对小说的全面解读，让我们来看一看它是怎样与某一场景发生关系的。伊娃和汤姆坐在庞夏特兰湖畔圣·克莱尔家的花园中。

那是一个礼拜天的傍晚，伊娃的《圣经》摊开在膝头。她读道："我看见仿佛有琉璃海，其中有火掺杂。"

"汤姆，"伊娃突然停下来指着湖说，"那儿就是。"

"什么呀，伊娃小姐？"

"你看不见吗，——那儿？"孩子指着那琉璃似的湖水，湖水荡漾着，反映出天空金色的霞光。"那就是'琉璃海，其中有火掺杂'。"

"完全对，伊娃小姐，"汤姆说，接着汤姆唱道：

"哦，要是我有黎明的翅膀，

我就飞向迦南的海岸；

光明的天使会送我回家，

到新耶路撒冷住下。"

"你想新耶路撒冷在哪儿，汤姆叔叔？"伊娃说。

"啊，在云端，伊娃小姐。"

"那我想我看见它了，"伊娃说，"看那些云彩！——它们看上去像珍珠大门，你还可以看见云彩后面——很远很远的地方——金光万道。汤姆，唱一唱《光明天使》吧。"

汤姆唱起了一首非常有名的循道宗赞美诗，

"我看见一群光明天使，

享受着天国的荣耀；

个个都身穿洁净的白衣，

手拿胜利的棕榈条"。

"汤姆叔叔，我已经看见他们了，"伊娃说。……

"那些天使在我睡着后有时候就来了。"于是伊娃眼睛变得梦一般恍惚，她轻轻地哼着，

个个都穿着洁净的白衣，

手拿胜利的棕榈条。

"汤姆叔叔，"伊娃说，"我要到那儿去了。"

"哪儿呀，伊娃小姐？"

孩子站起来，小手指着天空；晚霞用一种非凡的光辉照亮了她金色的头发和绯红的脸庞，她目不转睛地凝视着天空。

"我要上那儿去，"她说，"去见光明天使，汤姆；过不了多久我就要去了。"

这个内容不断重复的场景是整部小说结构的缩影。伊娃从《圣经》中读到一片"琉璃海，其中有火掺杂"，她抬起头来，发现眼前就出现了这样的一片大海。她又大声地读了一遍。它们使汤姆想起了一首赞美诗，诗中所描绘的景象与伊娃看到的景象极为相似，而伊娃也看到了他所唱的事物。这一次是在云层中看到的，小说对此进行了描绘。伊娃要求汤姆再唱一遍，而他的赞美诗却呈现了同一景象的另一种形式，伊娃又说她已

经看见了：在睡梦中，光明天使来到了她身旁。最后，伊娃重复了这首赞美诗的最后两行，宣布她准备去"那儿"——这段文字中多次提到的地方。接着，斯托夫人又描绘了金色的天空，把伊娃描述为光明天使，并以伊娃再次重复她要去"那儿"而结束了这段文字。

整个场景重现了小说中的其他场景。伊娃放眼眺望庞夏特兰湖畔，她看见了伊莱扎在俄亥俄河对岸所看见的"自由的迦南"，还有伊莱扎和乔治·哈里斯最终穿过伊利湖将要到达的"永恒的海岸"。一片片的水域穿过不同的世界：俄亥俄河在蓄奴州和自由州之间流淌；伊利湖将美国和加拿大分开，逃到加拿大的黑奴不可能被送回主人那里；大西洋分隔了北美大陆和非洲，在非洲，黑人将有他们自己的国家；庞夏特兰湖畔向伊娃展示了她即将去的天堂之家；密西西比河把奴隶从相对安逸的中部各州运送到劳动繁重的南部种植园；红河把汤姆从天堂带到西蒙·勒格利统治下的地狱般的地区。笔者提到的情节片段之间的对应，事实上就建立在地球与天堂之间对应的基础上。俄亥俄、加拿大和利比里亚之所以彼此联系在一起，是因为它们与"光明的迦南"的关系；约旦河将密西西比河和俄亥俄河联系起来了。

与小说中的地点一样，小说中的人物也联系在一起，他们都由第三项决定他们的身份。基督这个人物就是这个常用的第三项，他把小说中所有善良人物统为一体，这些人物德行的高下与模仿效仿基督的程度成正比。伊娃和汤姆居小说人物中的首位，但是，在小说中，他们也与大多数奴隶、妇女和儿童联系在一起，因为他们有共同的特征——具有虔诚、敏感、自发的情感以及受害者的处境。在这个场景中，伊娃与"光明天使"联系在一起，这是因为她能看见她们，而且很快就成为她们中的一员；另一方面，她总是身着白色衣服，小说中有好几处称她为"天使"。伊娃死后，将去奶奶那里，后者的名字也是伊万杰琳，她也总是身着白色衣服，与伊娃一样，据说她也是"《新约》的直接体现和化身"。这种画等号的做法也适用于汤姆叔叔，他是"所有道德和基督教都裹在里面的黑色摩洛哥皮书封面"。这种一连串的环形联想，是小说叙事重复的典型做法：后来，凯西用一条白床单将自己包裹起来，扮作勒格利谦卑慈善母亲的鬼魂。

笔者所描述的情景是影射网的一个交点，在这个网络中，小说中的每个人物、每一事件都有特定的位置。小说叙事的修辞力量，部分源于它给读者的印象：人世间所有的细枝末节，从准备早餐到天使的命令，都在它考虑的范围之内，这些细节还被赋予易于理解和意味深远的目的和意义。小说深入读者的世界，利用它的末世论占领这个世界，换言之，小说不仅将"底层生活"的普通细节融入它的普遍计划中，而且，在那个计划中，赋予它们某种权力和中心地位，从而颠倒了现存的社会——政治秩序。这部小说重复结构的整体效果及其精神救赎的教义，与其政治目的紧密相连：开创一个新时代，那时候，逆来顺受的人们——女人将得到这个世界。

从作者对读者的称呼中可以看出这部小说的具体政治意图。斯托夫人在称呼读者的时候，不单纯把他们当作个体，而把他们当作美国的公民："你们这些生活在南方的高尚慷慨的男女同胞们""马萨诸塞州、新罕布什尔州、佛蒙特州的农夫们""勇敢而慷慨的纽约州的男人们""还有你们，美国的母亲们"。她以《旧约》预言家对以色列人讲话的方式，用规劝、赞扬、责备、警告天罚的到来，直接对读者讲话。"这是一个世界各国动荡不安的时代。四海之内，一股巨大的力量以排山倒海之势冲击着全世界。美国是不是就安全呢？……基督的教会啊，看一看时代的征象吧！"用一位著名的学者的话说，源于宗教复兴运动者所用的词语"愤怒的上帝手里的罪人"的段落，意在"使处于危险境地的民族完成他们的使命，引导他们逐个获得拯救，共同走向美国的上帝之城"。

　　这些话出自塞克万·伯克维茨的《美国的哀史》，这是一部很有影响的现代学术专著，它使我们认识到《汤姆叔叔的小屋》的确是一部哀史，虽说它完全忽略了斯托夫人的小说。根据伯克维茨的定义，哀史是"规劝公众的一种方式……目的是把社会批评和精神复兴结合起来，把公共属性和个人属性结合起来，把不断转变的'时代征象'与某些传统隐喻、主题和象征结合起来"。这本小说是自大觉醒以来最显著、最令人信服的一个哀史例证，却被伯克维茨的著作拒之门外，不予讨论。这非常清楚地表明，学术批评彻底排斥伤感小说。由于《汤姆叔叔的小屋》不在经典之列，即使它达到了一个人的理论中所确立的完美标准，那个人也不会在理论中提到它。因此，它永远被自动地排除在批评话语之外，他在批评话语中的缺场是批评家自以为是的忽视，这种有意的忽视成为一种周而复始的现象。然而，柏考维奇对哀史特征的刻画恰好描述了《汤姆叔叔的小屋》的实际情况：小说在人物、场景、情景、象征和教义之间建立了一系列的对应，把伯克维茨所说的各种不同的经验领域——社会的和精神的、公众的和个人的、神学的和政治的统一起来，并且通过它的有力再现，试图将整个民族推向它所称颂的景象。

　　哀史的传统揭示出《汤姆叔叔的小屋》的意义，因为斯托夫人的小说与哀史一样，都是政治性的，在这两种话语形式里，"神学与政治交织在一起，政治与上帝王国的进程交织在一起"。哀史竭力说服听众接受一种神佑性质的人类历史观，以维护清教徒的神权政治。它不仅在教义上把神学与政治融为一体——这表现在，它把个人的拯救与社会的历史事业联系起来——而且，这样做有实用意义，因为它反映了清教牧师的利益，他们试图维护精神领域的和世俗领域的权威。感伤小说也是一种说服行为，旨在界定社会现实，它与哀史不同的是，哀史体现清教牧师的利益，而感伤小说代表中产阶级妇女的利益。但是，在哀史和感伤小说中，修辞与历史有着同样的关系，并没有出现这种情况：修辞与历史相对立，修辞的内容是愿望的实现，而历史的内容则是抵制修辞进攻的有力事实。修辞根据自身政治意图的指令来塑造现实，它写历史的方式是让人们相信，它对这个世界的描述是真实的。感伤小说家企图获得力量的方式是，他们假设在这个地球上的天国里，女人行使绝对的控制权。倘若历史没有按这些作家的设想那样发展，不是因为她们不谙熟政治，而是因为她们缺乏足够的说服力。

　　然而，《汤姆叔叔的小屋》不同于感伤传统中的其他作品。从传统的政治角度看，这部小说具有惊人的说服力，它为说服一个民族去参战、去解放黑奴作出了贡献。但就它自身的权力观念而言——其他感伤小说也持这种观念——这部小说在政治上是一个失败。斯托夫人把她的作品当作开辟新时代的工具，在这个新时代，主宰世界的不再是武力，而是基督的爱。鞭挞奴隶制，只是这部小说表达最深切的政治愿望的次要方式。斯托夫人写书的真正目的是想在地球上建立天堂。如果读者注意到她的道德说教，就会发现，在《汤姆叔叔的小屋》的世界里，一个没落的奴隶制世界里，镶嵌着一幅田园诗般的人类生活画面，这幅画面既是乌托邦式的又是田野牧歌式的。在"教友会教徒村"那一章所描绘的美景中，基督的爱不是在战争中而是在日常生活中实现的，而且，牺牲的原则并不是通过基督殉难而是通过母性揭示出来的。斯托夫人的乌托邦式社会所呈现的形式与当时的社会秩序截然不同。那些人为的机构——教会、法庭、司法机构、经济制度，在斯托夫人的乌托邦社会中销声匿迹。家庭是一切有意义的活动中心；妇女从事最重要的工作；工作是根据相互合作的精神来进行的，一切都处在一位女性基督徒的引导下，她运用"充满挚爱的言语"、"温馨的道德规劝"以及"慈祥的仁爱"所产生的影响，从摇椅上统治着这个世界。

为什么呢？因为二十多年来疼爱的话语、温柔的教诲、仁慈的母爱，没有一样不是从这椅子上得到的；——无数次的头疼和心疼都是在那里治愈的，——种种精神上和生活中的困难都是在那里解决的，——凡此种种全靠一个善良慈爱的女人，愿上帝赐福给她！

这个女人是上帝的化身。雷切尔·哈利迪，这位小伊娃式的千禧年信徒，坐在厨房餐桌的上首，分发着早餐的咖啡和蛋糕，展现了最后的晚餐的救赎形式。这是一种新的圣餐分派形式：分的不是骨头而是面包。早餐的准备表明了人们在理想社会中的工作方式，在这个社会，没有竞争，没有剥削，也没有命令。在富有自我牺牲精神的爱的激励下，在爱的凝聚力的感召下，人们走到一起，心甘情愿地履行职责，而且甘之如饴：道德劝导将取代武力。

他们在雷切尔温和的"你最好是"或者更加温和的"你最好不要"的语言中顺从地准备早饭……在大厨房里，一切进行得那么友好，那么平静，那么和谐——每个人都愉快地干自己的工作，到处都洋溢着一种互相信任、亲切友好的气氛……

在这里所描绘的印第安纳州厨房里，呈现出伊莎贝拉·比彻·霍克梦想着领导新母权制社会的景象。这个新的母权制社会构成了斯托夫人小说中最有政治颠覆性的维度，它潜在的影响甚至比发动一场战争或解放黑奴更有破坏性，意义也更为深远。而且，母权制社会的理想也不单纯是白日梦。斯托夫人的姐姐凯瑟琳·比彻在《论家庭经济》中为实现这个幻想提出了一个初步计划，1869 年，姐妹俩以增订版形式再版了这部著作，书名改为《美国妇女之家》，这本书题为"献给美国妇女，她们手中掌握共和国真正的命运"的著作是一部家政工具书，书中包含大量实现千禧年目标的科学信息和实用性建议。在这些妇女看来，注重家庭并不像是评论家所认为的那样沉溺于自恋幻想的一种途径，也不是逃避世事，转向专注自我，毫无意义的空想，它是征服世界的先决条件。在这里，征服世界的定义是，通过恰当地关怀和培养年轻的一代来重新构建人类。与《汤姆叔叔的小屋》一样，《美国妇女之家》把家庭生活琐事与它们的救世神学功能联系起来："那么，耶稣基督到世上拯救这个家庭式国家，这个家庭国家所设计的最终目标是什么？为了未来的不朽……它将借助那些智慧和善良人们的自我牺牲的劳动……训练我们人类。"作者们一开始就宣布，"家庭式国家是说明天堂式国度最恰当的世俗例证，而且……女人是它的主宰"。在整个文本中，作者们向女人提供了为建立和维护家庭所需要了解的一切——从家具的构造，直到建筑规划、生活指南、取暖、通风、照明、健康饮食、食物制作、整洁、服装加工和修补、照顾病人、日常生活组织、财务管理、心理健康、婴儿照料、管理小孩、家庭娱乐、家具保养、花园种植、家禽饲养、废物处理、水果培育以及供养"无家可归的人、无助的人和坏人"，等等。作者在详细讲述每项活动之后，描述了家庭事业的最终目标，以此来结束全书。建立一个"真正的'基督教家庭'"将构建一个"基督教居住区"，她们接着指出，这种"令人振奋的例子"会很快蔓延开来，不久，这些繁荣的基督教社区的居民地区将出现在所有黑暗的国家里，像"世界的灯塔"一样光芒四射。因此，正如所计划的那样，"基督教家庭"和"基督教居住区"将变成我们整个人类进入天堂而进行培育的大牧师。

在这部家庭手册百科全书式的知识和坚定的实用原则的背后，是帝国主义冲动；传统上，美国人对家庭生活的推崇被贬为"镜子现象"、"自我沉溺"和"沾沾自喜"，帝国主义冲动与这些贬义词是相矛盾的。《美国妇女之家》是以女基督徒领导的"家庭国家"的名义殖民世界的一幅蓝图。此外，斯托夫人和凯瑟琳·比彻这类人并不单纯地为一套道德和宗教价值观辩护。在宣扬家庭的同时，她们在宣扬经济——家庭经济，这种经济自产生以来一直在支撑新英格兰生活。家庭不代表隐退，也不代表逃避粗俗的工商世界，相反，它提供了另一种经济选择，这种选择向美国社会的整体结构提出了疑问，美国社会是随着商业和制造业的增长而成长起来的。斯托夫人的乌托邦社会形象，正如她对雷切尔·哈利迪的厨房所描述的那样，不仅仅是基督教徒对公有制社会合作与和谐的一种梦想，它反映了乡村生活中真正的公有制社会的实践，这类实践建立在合作、信任和相互支持的精神基础上，斯托夫人小说中贵格教徒的社会就有这些特征。

人们可能认为，尽管《汤姆叔叔的小屋》充满了革命激情，它仍是一部保守之作，因为，它以这个民族最珍惜的社会和宗教信仰的名义，主张回归一种更加古老的生活方式——家庭经济。甚至它强调妇女的中心地位，也可能被视为想回到"家庭作坊时代"，那时候，主要产品都是由家庭制作，妇女承担和指导产品的生产。但斯托夫人的保守思想本身——表现在她依赖既定的生活模式和传统的信仰——恰恰赋予她的小说以潜在的革命性。斯托夫人把那些信仰推向极端，坚持认为它们具有普适性，不仅适用于世俗生活，也可以用来处理一切人类事务，她这样做的用意是想从根本上改造她所在的社会。这种策略的不同凡响之处在于：它利用作者对一种文化的肯定来实现一个摧毁现行经济和社会制度的前景。由于斯托夫人主要寄希望于基督教博爱的拯救力量、母亲及家庭的神圣地位，所以，她重新定位美国生活的权力中心的结果是，权力的中心不在政府，也不在法庭、工厂、市场，而是在厨房里。这就意味着，控制这个新社会的将是女人而不是男人。斯托夫人和比彻论家政学的专著中创造的家庭形象，绝不是一个远离经济和政治生活风暴的避风港，一个脱离现实、不顾工业资本主义的机器继续开动这一事实的避难所；它被视为一个生机勃发的活动中心，这里的活动是体力的，是精神的，是经济的，也是道德的，它的影响在不断扩散。对于这里的活动——这也是关键的创新——男人的作用是次要的。尽管比彻姐妹有时也说起男性的优势，但只是说说而已，女性的作用差不多占据了她们的全部注意力，处于主导地位。男性提供的词料被贬低，而女性的加工得到偏爱。男人提供精子，女人生儿育女。男人提供面粉，女人烘烤面包和准备早餐。把男人从人类生活领域的中心移到边缘，是千禧年计划最激进的组成部分，这个千禧年计划牢固地根植于最传统的价值观，诸如宗教、母权、住宅和家庭。斯托夫人在描述印第安纳州厨房的时候，不经意地插入了这样一个细节：当女人和孩子们忙于准备早餐的时候，作为丈夫和父亲的老西蒙·哈利迪却"不穿外衣，在屋角的一面小镜子前面干着有背家长制的活——刮胡子"，这个细节准确地说明了男人在这千禧年计划中的位置。

借助这一善意安排的细节，斯托夫人重新构想了男人在人类史上扮演的角色。当黑人、孩子、母亲和祖母们做着世界上的主要工作时，男人却心满意足地在一个角落里梳妆打扮。正如评论家们所指出的，这个场景在感伤小说中经常出现，令人感到"亲切"，它的背景是"家庭生活"，它的语气有时甚至是"闲聊式的"，但是，评论家们并没有认识到它那震撼世界的含义。正如斯托夫人的小说所证实的，感伤小说根本不是专注家庭琐事，局限于纯粹的个人问题的。相反，它的使命是全球性的，它的利益与人类的利益相同。倘若在20世纪的评论家看来，19世纪女作家的畅销小说显得狭隘和短浅的话，那么这种狭隘和短浅既不属于这些作品，也不属于那些女作家，而是属于读者。

# 参考文献

[1] 张忠喜 . 英美文学与翻译研究 [M]. 长春：吉林出版集团 .2018.

[2] 张业春 . 英美文学与教学研究 [M]. 北京：中国纺织出版社 .2018.

[3] 常耀信 . 漫话英美文学 第 3 版 英美文学史核心知识精编 [M]. 天津：南开大学出版社 .2019.

[4] 周淞琼 . 英美文学与翻译研究 [M]. 西安：西安交通大学出版社 .2017.

[5] 张晓平 . 英美文学教学研究 [M]. 长春：吉林人民出版社 .2019.

[6] 周建新 . 英美文学与文化 [M]. 广州：华南理工大学出版社 .2019.

[7] 黎敏，唐仁芳 . 英美文学经典选读 [M]. 南京：东南大学出版社 .2019.

[8] 刘凯 . 西方文论 [M]. 西安：西北大学出版社 .2014.

[9] 吴娱玉 . 西方文论中的中国 [M]. 上海：上海人民出版社 .2018.

[10] 卢敏 . 西方文论思辨教程 [M]. 武汉：武汉大学出版社 .2018.

[11] 李芳芳，李明心 . 西方文论与译本的再创造解读 以安乐哲的中国典籍英译本为个案 [M]. 北京：知识产权出版社 .2019.

[12] 高建平，丁国旗 . 西方文论经典：从文艺复兴到启蒙运动 第 2 卷 [M]. 合肥：安徽文艺出版社 .2014.